L'AVEUGLE
DE BAGNOLET

PAR CHARLES DESLYS.

I

La marquise de Vernanges.

C'était au printemps de l'année 1810; c'était le matin de la Fête-Dieu !

Proscrite publiquement, la procession se célèbre toujours dans quelques recoins ignorés de Paris, dans les couvents, par exemple, et dans les grands pensionnats de jeunes filles, *boarding-schools for young ladies.*

Suivez-moi donc vers les paisibles hauteurs du faubourg Saint-Germain; arrêtez-vous avec moi devant cette antique et grande construction à l'extérieur monastique... pénétrons ensemble sous cette sombre porte que surmonte une statuette de la Vierge.

Traversons la première cour et le parloir que défendent des grilles infranchissables, excepté ce jour-là cependant.

Ici, l'aspect change tout à coup; tout à coup la lumière éblouit nos yeux... nous sommes dans un vaste et riant jardin, que ne laisseraient soupçonner ni les noirs bâtiments qui le précèdent, ni les hautes murailles qui l'entourent.

Là, des fleurs... ici de grands arbres... partout le soleil.

A l'extrémité de ce jardin, au milieu d'ombreuses allées, se cache une gracieuse et simple chapelle.

L'odeur de l'encens, les harmonies de l'orgue arrivent jusqu'à nous.

Mais la grande porte vient de s'ouvrir à deux battants.

Au joyeux carillon des clochettes qui sonnent à grandes volées, la procession se met en marche... les *young ladies* apparaissent, toutes vêtues de robes blanches, toutes enveloppées de longs voiles blancs qu'agite la brise de mai.

Elles défilent lentement vers le côté droit du jardin, elles s'avancent en chantant de suaves cantiques, en effeuillant sur leurs pas des neiges de feuilles de roses... Elles vont ainsi, semblables à deux de ces séraphines cohortes qu'on ne voit qu'en rêve, jusqu'au magnifique reposoir élevé par leurs soins délicats juste au milieu du parc.

Là, se balance légèrement, au-dessous des grands marronniers fleuris, un ample velum de satin bleu de ciel; des draferies pareilles, mais toutes bouillonnées de mousseline blanche, descendent jusqu'à terre, en s'élargissant des deux côtés avec art. Sur le fond de cette tente aérienne, fond qui semble découpé dans l'azur même de ce beau jour, se dresse une grande croix, brodée par les pensionnaires sans doute, en perles bleues et or ; partout s'alternent de gracieuses guirlandes de violettes et de muguets ; l'autel, auquel on monte par une verte ramée, semble une immense corbeille de fleurs.

Mille élégantes recherches, mille ciselures exquises, embellissent encore cette fraîche halte de la mystérieuse procession et de ses charmants alentours ; on dirait l'ouvrage des fées.

Les nonnes et leurs pensionnaires ne sont pas entièrement seules cependant ; autour de nous, des deux côtés du reposoir, se groupent quelques invités, sans doute des parents, des amis qui attendent la fin de la messe pour emmener en congé leurs sœurs ou leurs filles.

Parmi cette foule choisie, nous remarquerons, s'il vous plaît, deux personnes.

Une vieille dame, mise avec autant de richesse que de goût, et qui s'appuie, vu son grand âge, au bras d'un charmant jeune homme de vingt ans environ, probablement son petit-fils.

Rien d'aimable, rien de souriant, rien de bon comme le visage si frais encore de cette vieille douairière. Le temps qui a légèrement ridé son front, le temps qui semble s'être complu à argenter entièrement les magnifiques cheveux qui retombent en longues boucles blanches sous la passe légère de son chapeau rose, le temps a respecté toutes ses couleurs, toutes ses dents, tous ses sourires. Ses grands yeux bleus brillent comme à vingt ans. Et qu'il y a de spirituelle bonhomie, de fine tendresse dans ces yeux-là ! Bien des jeunes filles jalouseraient sa taille toujours élégante et droite, son petit pied, sa petite main si parfaitement gantée, surtout l'exquise aristocratie qui se révèle jusque dans ses moindres mouvements, jusque dans ses plus imperceptibles allures. Tous les cœurs se dilatent en la regardant ; une franche et douce sympathie les fait déborder jusqu'aux lèvres ; c'est une attraction respectueuse, sans aucun doute et cependant, il y a quelque chose de si preste encore dans cette noble Ninon, quelque chose de si gaillard, quelque chose de si vraiment jeune, que ce respect-là chez des gens pourrait bien être encore de l'amour. Pourtant... je vous le dit tout bas... elle a la soixantaine bien sonnée, madame la marquise de Vernanges.

Mais l'aumônier du couvent vient de monter à l'autel... mais le saint-sacrement plane au-dessus de tous les fronts inclinés... mais, debout auprès de l'harmonium, dont vient de cesser la ritournelle, une jeune fille entonne à pleine voix le O salutaris hostia de Chérubini. A cette apparition charmante, aux premiers accents qui s'échappent de ses lèvres, nous ne craignons pas de l'affirmer, chez la plupart des spectateurs, étrangers ou non au couvent, tout le reste fut immédiatement oublié, voire même le bon Dieu, dont c'était cependant la fête.

C'est qu'en effet, cette jeune fille, dont la voix monte vers le ciel, semble un ange radieux qui vient d'en descendre en reployant ses invisibles ailes. Elle a cette admirable chevelure dorée qui ne mûrit qu'auprès du soleil, et ces grands yeux d'azur qui ne doivent être faits que pour contempler l'infini ; avec cela de longs cils noirs, ainsi que ses sourcils divinement arqués ; elle a la brune transparence qu'on ne trouve qu'aux rives du Tibre, avec ces roses couleurs qui ne fleurissent que sur les bords du Rhin ; c'est la réunion adorablement fondue des deux beautés italienne et allemande. Rien d'enchanteur comme sa voix, rien d'angélique comme son regard, rien d'enivrant comme son sourire. Oh ! oui, dans ce moment surtout, avec son attitude chaste et recueillie, au milieu de son harmonieuse extase, c'est une vraie fille du ciel.

Quand sa voix s'éteignit dans l'air, il y eut d'abord un long silence... puis un unanime murmure d'admiration.

Seule, la marquise de Vernanges ne s'y associa point.

C'est que, tout en écoutant la chanteuse, elle avait de plus en plus attentivement observé son petit-fils... c'est que, dès la première apparition de la jeune fille, elle avait senti le bras du jeune homme tressaillir tout à coup sous son bras... c'est que pendant toute la durée de l'hymne sainte, elle avait étudié

la physionomie de Gaston de Vernanges, suivi son regard, épié son cœur. Or, ce premier frémissement avait révélé toute une passion à la vieille marquise de Vernanges, qui s'y connaissait bien... Ce regard, éperdument suspendu aux lèvres de la jeune fille, avait été pour la grand'mère un indice éclatant... Ce cœur, qui pour elle était toute sa vie maintenant, ce cœur, sans qu'elle s'en doutât, semblait s'être donné sans retour.

— Ah ! ah ! souriait en elle-même madame la marquise, je pressentais bien qu'il y avait de l'amour sous jeu... Maintenant, ou mon instinct me trompe fort, ou j'ai mis le doigt sur le pot aux roses !

Nonobstant, elle ne laissa rien paraître, ni durant le reste de la cérémonie, ni durant la fin de la messe, pendant laquelle Gaston, tout en feignant de regarder son livre, ne cessa pas d'élever hypocritement les yeux vers la place occupée par la belle chanteuse.

Il est vrai que, tout en ne disant rien, la marquise n'en pensait que davantage, peut-être.

Après la messe, toujours s'appuyant au bras de son petit-fils, elle fit une longue promenade dans le parc, où tous les deux ils paraissaient attendre quelqu'un ; mais elle causait de choses et d'autres, avec une parfaite liberté d'esprit apparente, avec son enjouement d'esprit habituel. Au bout d'une demi-heure, une jeune pensionnaire apparut enfin au bout de l'ombreuse allée que parcouraient à pas lents le jeune marquis et la vieille marquise.

Légère comme toute recluse au moment d'une sortie de couvent, la jeune fille bondit rapidement jusqu'à la vieille douairière et, lui présentant avec une grâce enfantine son front empourpré moins encore par la course que par la joie :

— Voilà, ma bonne tante, dit-elle, je suis prête !

— Allons, ma Caroline, répondit allègrement la marquise, mais tout en promenant son regard si fin du jeune homme à la jeune fille.

Gaston lui avait franchement tendu la main, Caroline avait présenté le front à son cousin qui s'était empressé d'embrasser cousine, bien évidemment il y avait là de la bonne amitié, mais non point, ainsi qu'on le désirait dans la famille, non point de l'amour.

Sans être aussi réellement belle que celle d'entre ses compagnes qui avait chanté le Salutaris hostia, Caroline de Lescars était néanmoins une fort jolie brune, grande, svelte, nativement distinguée, d'une nature un peu trop étourdie, peut-être, mais, au demeurant, la plus vive, la plus joyeuse et la meilleure jeune fille du monde.

Malgré sa légèreté apparente, mademoiselle de Lescars ne manquait pas cependant d'une certaine observation.

En ce moment encore, elle examinait fort attentivement monsieur son cousin ; durant toute la cérémonie sacrée, durant surtout la scène de l'autel, elle avait tout analysé, tout compris, non moins intelligemment que madame la marquise, et, qui plus est, elle avait paru en ressentir une très-grande joie. Mais n'anticipons pas : nous allons revenir tout à l'heure à ce détail.

Madame de Vernanges, après être allée prendre congé de la supérieure, était sortie du couvent avec les deux jeunes gens.

Devant la grande porte que surmontait la statue de la Vierge, un somptueux équipage attendait.

Déjà l'un des laquais poudrés s'apprêtait à dérouler le marche-pied :

— Bah ! bah ! fit allègrement la verte sexagénaire, bah ! nous n'allons pas à l'autre bout de Paris !

L'hôtel de Vernanges effectivement se trouvait contigu au pensionnat.

La marquise de Vernanges grimpa lestement le grand escalier, dédaigneuse des deux bras affectueux qui, de chaque côté, lui avaient offert avec empressement leur secours.

On arriva dans un délicieux boudoir, dont les fenêtres donnaient précisément sur le jardin du couvent.

La première impulsion du jeune marquis fut de courir aussitôt à la fenêtre.

La vieille douairière eut un regard... un sourire... puis se retournant vers sa nièce qui dénouait les brides de son chapeau d'uniforme devant un grand miroir de Venise :

— Mon enfant, dit-elle, ta mère est souffrante et désire t'avoir quelque temps auprès d'elle ; le vieux Jérôme est arrivé cette nuit de Lescars, et, ce soir même, il t'y emmène.

— A Lescars ! s'écria vivement la jeune fille.

— A Lescars, répéta la marquise en clignant des yeux, pour mieux observer mademoiselle sa nièce.

Caroline eut un mouvement de joie très-marqué.

— Bien ! bien ! fit avec un certain air narquois la marquise ; j'aime à te voir ainsi, joyeuse d'aller embrasser ta mère.

Caroline rougit légèrement.

— Et puis, c'est le printemps, poursuivit la marquise, et c'est bien bon, à ton âge, de retourner à la campagne en même temps que les hirondelles. Tu vas aller faire de longues promenades à cheval, par les sentiers tout fleuris du beau mois de mai... surtout du côté du bois des Pervenches.

La vieille dame avait imperceptiblement appuyé sur ce dernier mot.

De roses qu'elles étaient déjà, les deux joues de la jeune fille passèrent subitement au coquelicot.

La douairière eut un petit mouvement qui voulait dire :

— Je sais tout ce que je voulais savoir ; en voilà assez !

Puis, montrant les deux chaises qui se trouvaient auprès de son grand fauteuil, et, avec un air devenu grave tout à coup, presque solennel :

— Assieds-toi là, Caroline, dit-elle... toi, Gaston, ici... Nous avons à causer sérieusement, mes enfants.

Étonnés, mais silencieux, les deux jeunes gens obéirent.

Après avoir toussoté quelque peu, après avoir puisé quelque pâte dans une bonbonnière Pompadour, madame la marquise débuta ainsi :

— Vous n'ignorez pas, mes mignons, que dès votre naissance, vous avez été destinés l'un à l'autre ; votre vieux cousin de Gibrac vous a laissé un gros million, à la condition expresse qu'on vous marierait sitôt la majorité de Gaston. Gaston est majeur depuis trois mois, mes enfants ; à trois mois donc le mariage ! Vous vous aimez beaucoup, n'est-ce pas, mes gentils tourtereaux ? Ta mère tient beaucoup à ce que tout se termine vite, Caroline, et tout naturellement, moi aussi, pauvre vieille grand'maman, qui dois être plus pressée que ta mère !

A ces derniers mots, madame la marquise de Vernanges eut un petit soupir tout guilleret, un petit air de volonté tout étrange ; et, suivant sa maligne coutume, elle regarda en dessous les deux jeunes gens.

Ils avaient balbutié, rougi... voilà tout.

— Ainsi donc, c'est convenu ! reprit, en se levant, la douairière. Tu le diras en arrivant à Lescars, Caroline ; moi, de mon côté, je vais l'écrire à ta mère... tu lui remettras toi-même ma lettre. A tantôt ! mes beaux fiancés ; je vous laisse ensemble pour vous faire de tendres adieux. Vous avez sans doute à vous entre-dire mille douces chatteries qui ne sont plus du ressort des grand'mamans !

Et, après avoir mis un baiser au front de sa nièce, après avoir serré sur son cœur son petit-fils avec un attendrissement qui dénotait une de ces tendresses immenses, suprêmes et passionnées, comme il n'en fleurit qu'au cœur des grand'mères, elle sortit... mais non sans avoir laissé un dernier sourire entre les   battants de la porte dorée qui se refermait sur elle.

Les deux jeunes gens restèrent seuls.

Il y eut d'abord un moment de silence, d'embarras de la part de tous deux.

Après quoi, Caroline, dont le caractère était plus décidé que celui de Gaston, se retourna tout à coup vers lui :

— Cousin, dit-elle.

— Cousine, fit le jeune homme.

— Voulez-vous me promettre d'être franc avec moi ?... En retour, moi, je vous promets d'être franche.

— Interrogez, cousine.

— Gaston, m'aimez-vous ?

— Oh ! ma cousine, pouvez-vous en douter...

— Ah ! voilà déjà que vous allez mentir !

— Mais non, Caroline... non... Je vous aime... C'est tout naturel...

— Oui ! comme une bonne camarade de votre enfance, comme une amie, comme une cousine, comme une sœur.

— Oh ! bien certainement.

— Mais comme un mari... d'amour... là... d'amour... pas le moins du monde.

— Caroline !

— D'amour... vous aimez Lise !...

Lise voulut démentir Gaston d'un air faussement étonné.

Mais Caroline de Lescars n'était pas fille à se rebuter pour si peu.

D'un air souriant, mais ferme, elle reprit :

— Oui, vous aimez Lise, ma compagne, mon amie ! Lise, la belle Lise ; Lise, la perle du pensionnat... Lise, qui, tout à l'heure, dans le jardin qu'on voit d'ici, se reposait bleu, chantait le O salutaris de Chérubini.

Oh ! je vous ai bien observé, cousin ; je vous ai bien compris ; j'en doutais encore ce matin, maintenant j'en suis sûre ; vous aimez Lise.

Une dernière fois, Gaston essaya de balbutier quelques mots.

— C'est qu'il ne l'avouera pas ! s'écria Caroline avec une charmante colère ; c'est qu'il a peur d'en rendre si malheureuse, jaloux ; mais apprenez donc, méchant sournois que vous êtes, mais apprenez donc que moi aussi... de mon côté... en secret... j'aime... quelqu'un... et que ce n'est pas vous, cousin.

A ce brusque aveu, la jeune fille s'arrêta tout à coup, honteuse d'en avoir trop dit, et baissa ses grands yeux noirs.

Gaston prit la parole à son tour, joyeux, provoquant, hardi, il s'écria :

— Vraiment ! Caroline, il se pourrait... et qui donc ?

— Dame ! répondit la jeune fille, avec une hésitation quelque peu hypocrite, dame!... puisqu'il faut tout vous dire... puisque, sans un nom, vous ne me croiriez pas... là-bas, chez nous... en Bretagne... de l'autre côté du bois des Pervenches... il y a le château de Penhoël, et dans ce château...

— Albert de Simiane, acheva vivement Gaston de Vernanges.

— Oui... oui ! fit longuement Caroline de Lescars.

Puis, relevant la tête tout à coup, et avec une impétuosité charmante :

— J'ai tenu ma promesse, vous le voyez, cousin, j'ai été franche... à votre tour maintenant... vous ne devez plus craindre de m'affliger... bien au contraire... n'est-ce pas ? n'est-ce pas?... Mais dites-moi donc que vous ne m'aimez pas... mais dites-moi donc que vous aimez Lise ?

— Eh bien ! avoua enfin le jeune homme avec une émotion profondément sentie, eh bien ! oui, Caroline, je l'aime !

— Enfin !

Et Caroline jeta le cri d'un joyeux triomphe.

— Comme ça se trouve, fit non moins joyeusement Gaston.

Et tous deux ensemble, ils conclurent ainsi :

— Quel bonheur !

Mais en ce moment un bruit léger s'éleva tout à coup de l'une des portes du boudoir.

— Chut ! fit Caroline en mettant un doigt sur ses lèvres.

— Chut !... répéta Gaston en allant ouvrir cette porte.

Mais elle était fermée en dehors.

Il prêta l'oreille.

Rien.

Gaston revint alors près de Caroline, et tous les deux, d'une voix précautionneuse d'abord, mais que la confiance fit remonter bientôt au diapason primitif, ils reprirent l'entretien interrompu :

— Cousine, fit la jeune fille en tendant la main.

— Cousine, fit le jeune homme en l'embrassant avec non moins d'allégresse.

— Ainsi, c'est bien convenu, nous ne serons pas femme et mari ?

— Mais cousins, mais amis...

— Toujours !

— Comme nous allons nous entr'aimer, maintenant qu'il

est bien décidé que nous ne nous aimerons jamais d'amour !

— Bien plus, nous pouvons nous entendre maintenant, nous servir, nous conspirer ensemble pour le bonheur de chacun. Moi, d'abord, je veux à toute force que vous épousiez ma chère Lise.

— Dès aujourd'hui, moi, je vais travailler à ce que vous soyez bientôt madame de Simiane.

— Dès aujourd'hui, non, cousin ; du moins pas ouvertement. Ma mère tient trop à son vieux projet d'alliance et surtout au million de M. de Gibrac.

— Au diable le million ! ma chère Caroline, nous sommes assez riches sans cela. Dieu merci ! et si le testament de mon oncle donne qu'à la condition expresse du mariage, qu'on le distribue bien vite aux pauvres, tout le monde y gagnera ; ce n'est pas ceci qui m'inquiète.

— Quoi donc ?

— Ma grand'mère, à qui je crains fort de faire du chagrin : je l'aime tant ma grand'mère, elle est si bonne !

— Comme ma mère, à moi ; aussi, ne brusquons rien. Je vais la préparer tout doucement là-bas ; ici, de votre côté, faites de même avec madame de Vernanges.

— C'est cela, conclut Gaston ; qu'elles ne soupçonnent rien ni l'une ni l'autre, mais entre nous c'est bien arrêté : alliance offensive et défensive.

— Profond mystère.

— Entente cordiale, et sitôt que les événements le voudront, sitôt que l'esprit des deux mamans nous semblera suffisamment disposé, en avant !

— Au revoir donc ! ma belle alliée ; je vous laisse à vos préparatifs de départ, et je monte à mon cabinet du second étage, dont le balcon s'avance au-dessus du jardin du couvent.

— Une bonne et franche œillade de ma part à votre femme, s'il vous plaît, marquis !

— Bon voyage et prompt retour, madame de Simiane !

Et les deux conjurés, ravis l'un de l'autre, sortirent en même temps du boudoir.

Presque aussitôt, la troisième porte s'ouvrit lentement, cette même troisième porte derrière laquelle ils avaient cru, l'instant d'auparavant, entendre quelque bruit.

Madame la marquise de Vernanges parut sur le seuil.

Elle ricanait d'un sourire plus fin que jamais, madame la marquise : d'une voix plus malicieuse que jamais, elle marmottait tout bas :

— Allez, mes mignons, votre grand secret est en bonnes mains ! Conspirez de votre côté tout à votre aise ; du mien, sans que vous vous en doutiez non plus, je vais organiser à distance la grande contre-mine des deux mamans !

Puis, elle tira de son sein la lettre qu'elle venait d'écrire et, la rouvrant sur un guéridon de nacre et d'ivoire, elle y ajouta cette phrase :

« Je suis certaine maintenant de ce que je vous faisais pressentir plus haut. A vous de déjouer le plan de nos deux amoureux là-bas, veillez bien sur M. de Simiane ; ici, moi, je vous le jure, j'aurai l'œil sur monsieur mon petit-fils. »

Et son malin regard se dirigea vers la haute fenêtre, laquelle donnait aussi, comme on le sait, sur le jardin du couvent.

II

Le bois de Romainville.

Ainsi que le dit la chanson, c'était un bien joli bois.

Les groseilliers et les pommes de terre ont commencé de le battre en brèche ; à l'époque où commence cette histoire, les fortifications allaient presque l'achever. Encore quelques arbres à bas, il n'en restera bientôt plus que le souvenir. Souvenir guilleret et fripon... souvenir tout plein de guinguettes et d'éclats de rire, de refrains égrillards et de chuchottements amoureux, d'allègres festins sur le gazon, de bouffonnes cavalcades de rossinantes et de bourriquets, de cotillons plus ou moins frétillants, de menuets, puis de quadrilles, de gibelottes et de vin bleu, de grisettes et de mirlitons, de folle jeunesse enfin,

de dimanches joyeux, de perspectives vertes et de fraîches moissons de lilas !

Hélas ! oui, voici tout au plus quinze ans... le bois de Romainville avait encore toutes ces champêtres gaîtés-là !

Aussi, quelle foule empressée ! quelle étourdissante multitude de petites industries en plein vent ! Que de sonnettes, que de tapettes, que de cris ! Chevaux de bois... balançoires... bascules... jeux de tonneaux... jeux de boule... jeux de Siam... tirs... loteries... bals... Prenez vos cachets, messieurs ! Pains d'épices et croquets... Abattez la quille à Mayeux !... Voilà l'plaisir, mesdames, voilà l'plaisir !... A la fraîche, à la fraîche !... qui veut boire ?... A tous les coups l'on gagne... à tous les coups !

Ce dernier appel provenait, bien entendu, des marchands de macarons, plus nombreux au bois de Romainville qu'en aucune autre banlieue de Paris.

Ce qui n'empêchait pas cependant d'en distinguer un entre tous.

C'était un vieillard discret... propre et guilleret... bien qu'il fût aveugle.

D'où venait-il ? Quel était-il ? Comment même se nommait-il ?

A toutes ces questions, personne n'eût su que répondre.

Ni ses concurrents, moins favorisés des amateurs, et qui, tous, s'étaient mis en quatre pour découvrir quelque indice susceptible de démonétiser leur heureux rival.

Si les commères, ses voisines, que la curiosité démangeait, d'autant plus qu'il y avait vraiment quelque chose de mystérieux dans la manière d'être de ce bonhomme.

Un beau matin, — il y avait environ dix ans, — on le vit arriver dans un grand fiacre jaune, chargé, tant à l'intérieur qu'à l'extérieur, de tout le modeste ménage d'un célibataire.

Ledit véhicule s'arrêta devant chaque porte au-dessus de laquelle pendait un écriteau.

Chaque fois le vieillard descendit, questionna, marchanda longuement. Chaque fois il remonta dans le fiacre, en marmottant :

— Trop cher ! toujours trop cher ! allons plus loin !

— Plus loin... fit enfin le cocher ; mais nous avons fait tout Romainville... et voici maintenant Bagnolet.

— Bagnolet !... se récria le bonhomme avec une émotion soudaine ; Bagnolet !...

Puis, après un temps et avec une sorte de joie mouillée d'une larme secrète :

— Voyons à Bagnolet, dit-il.

Le cocher se remit en marche ; mais, dès la seconde maison de ce village, il s'arrêta de nouveau.

Il y avait un logement qui parut enfin à la convenance du vieillard... Pauvre homme... c'était le plus infime de tous les taudis des alentours... mais si bon marché !

L'emménagement s'opéra séance tenante par l'intermédiaire officieux du cocher qui repartit aussitôt.

Cette laconique et presto façon d'agir surprit fort le propriétaire... un ex-épicier.

— Môsieur, s'empressa-t-il donc de demander avec la solennité qui distingue l'épicier devenu propriétaire... Môsieur, vous comprendrez sans doute que ma position sociale m'impose le devoir...

Ici l'épicier toussa, pour chercher la fin de la phrase pompeuse qu'il méditait.

— Quel devoir ? ne tarda pas à demander d'un air un peu narquois le nouveau locataire.

— Celui de connaître chacun de mes étages, hum !... hum !... Je réponds au gouvernement de la moralité de tout mon immeuble !

Et le propriétaire se campa superbement sur le nez une paire de lunettes.

Pour toute réponse, le vieil aveugle exhiba de sa longue redingote grisâtre un petit sac de toile bleue, dans lequel sa tremblante main disparut tout entière et fouilla longuement.

Puis, présentant à tâtons six pièces de cent sous :

— Prenez, dit-il, je paie une année d'avance.

— Très-bien ! approuva vivement le propriétaire, qui prit aussitôt (des propriétaires prennent toujours, alors surtout qu'ils furent épiciers).

— Et d'avance je paierai toujours, ajouta l'inconnu ; mais, en revanche, pas de questions !

— Plus rien que deux toutes petites!

— Lesquelles ?

— Votre état ?

— Marchand de macarons, je viens camper dans le bois de Romainville avec mon innocente roulotte.

— Il suffit, Votre nom ?

Le vieil aveugle sembla réfléchir un instant,

Puis, avec un mélancolique sourire :

— Appelez-moi l'Aveugle de Bagnolet, répliqua-t-il.

— Permettez ! permettez ! se rebiffa l'épicier-propriétaire, tout ébahi ; c'est une chanson, çà! ce n'est pas...

— Un nom ? conclut le pauvre bonhomme. Eh bien ! puisqu'il vous faut absolument un nom, je m'appelle le père A-tout-cœur-l'on-gagne.

Ici, l'épicier eut un dernier geste récalcitrant ; mais il daigna néanmoins terminer son interrogatoire, et laissa le vieil aveugle s'installer librement dans son taudis.

Le lendemain matin, dès l'aube naissante, on le vit sortir, sans autre guide que son bâton, se diriger vers Romainville et s'aventurer dans le bois, sans demander aucune espèce de renseignement sur sa route.

Non! il s'en allait franchement par les plus difficiles sentiers, voire même à travers les hautes futaies, tâtonnant de ci, tapotant de là, sans paraître embarrassé le moins du monde, et comme se dirigeant en droite ligne vers un but parfaitement familier.

Cette étrange promenade commença par intriguer très-fort tous les hôtes à deux pattes et sans plumes du bois de Romainville.

— A coup sûr, observaient les uns, ce n'est pas la première fois que ce vieux-là prend ce chemin-ci !

— Faut qu'il ait un œil au bout de son bâton, opinaient les autres.

— Jésus ! bon Dieu, hasardaient même quelques vieilles, c'est peut-être un sorcier !

Parfaitement insensible à toutes ces flèches décochées sur son passage, le vieil aveugle allait toujours son petit bonhomme de chemin, il enjamba de la sorte la grande route, il longea la haie vive du fameux Tourne-Bride, il traversa le taillis qui constitue présentement le côtéret seigneurial de M. Paul de Kock.

Il laissa derrière lui la sablonneuse clairière où la spéculation trace à cette heure une blanche cité de petites villas dominicales ; il descendit dans la ravine pittoresque où les derniers chênes de Romainville vont projeter encore, au printemps prochain, leur ombre suprême ; il gravit d'un pas fiévreux le revers de ce Fontainebleau en miniature ; il atteignit enfin cette rampe finale dont la lisière du bois s'abaisse tout à coup vers le village de Pantin où la pente rapide, et dont les basses ramées permettent d'apercevoir à la fois les hauteurs Montmorenciennes, la plaine Saint-Denis, la barrière Poissonnière et la butte Montmartre, derrière laquelle, par les beaux soirs d'été, se couche si majestueusement le soleil.

Mais qu'importait au pauvre aveugle et les riantes harmonies de la forêt, et la magnifique perspective du coteau ! Hélas ! ce n'était ni par les yeux, ni pour les yeux qu'il était venu jusque-là.

Pourquoi donc alors ? mais pourquoi ?

Dès que le grand air de la plaine fouetta ses cheveux blancs, dès que son bâton l'eût convaincu qu'il ne se trouvait plus d'obstacle devant lui, le vieillard se retourna vivement vers la direction où dix ans plus tard devait s'élever le fort de Romainville, et porta ses deux mains convulsives à sa poitrine, comme pour comprimer les battements de son cœur trop ému.

Puis, attachant à l'un des boutons de sa redingote grise la rustique courroie de cuir à laquelle pendait son bâton, et ses très-tremblantes mains étendues en avant, il recommença de gravir la côte adoucie qu'il venait de descendre, cherchant les grands arbres, les palpant, les comptant pour ainsi dire, et cela avec une sorte de joie douloureuse, avec un fébrile attendrissement qui semblait croître à chaque pas.

Au point le plus culminant du tertre ombreux, au bord même du sentier fleuri qui grimpe fantasquement tout le long du bois, l'aveugle atteignit enfin deux grands chênes jumeaux qui s'élançant ensemble du sol... semblaient avoir été réunis d'abord, puis violemment séparés à hauteur d'homme... et attestaient à quelque vingt pieds de là, par une seconde et mutuelle crevasse, une seconde tentative,infructueuse de réunion... croissant séparément encore jusqu'aux plus gigantesques proportions végétales et, singulier caprice de la nature, se joignaient seulement par deux de leurs branches les plus élevées, comme pour mieux garantir tous les alentours de leur fraternel et superbe feuillage, ou plutôt comme par un suprême embrassement. A peine le vieillard eut-il reconnu les deux tiges primitives, à peine ses doigts frémissants furent-ils remontés jusqu'à la première et commune cicatrice, qu'il jeta tout à coup un de ces cris perçants par lequel déborde l'allégresse ou la douleur trop vive. Puis, comme afin de s'assurer qu'il ne se trompait pas, il tâtonna longuement tout alentour, parut enfin avoir retrouvé quelques caractères à demi-disparus qui devaient conserver un sens mystérieux pour lui seul, se recula peu à peu à pas lents, éleva ses yeux sans regard vers les cimes jumelles, et retira pieusement son vieux chapeau sur lequel avaient dû passer bien des orages!

Quelques-uns même prétendent qu'il se laissa glisser sur les genoux, et qu'il resta longtemps dans cette position, le visage tout inondé de larmes.

Quoi qu'il en soit, lorsque dépassant son zénith, le soleil inonda tout à coup le tertre rocailleux qui servait de piédestal aux deux chênes, le bonhomme était encore là, assis et le front dans ses mains, comme perdu dans des rêves, dans des regrets, dans des souvenirs.

Les chauds rayons le réveillèrent en sursaut de ce demi-sommeil de la pensée.

Puis, une voix qui se mit à fredonner non loin de là dans les buissons pantinois.

C'était la chansonnette de Pipe-Chardonneret, le gamin oiseleur, qui cherchait dans la ravine des nichées de petits oiseaux.

Le père A-tout-cœur-l'on-gagne releva la tête, essuya ses pleurs, fit appel au jeune voyou, et lui dit :

— Mon petit ami, veux-tu gagner dix sous ?

— Dix sous!

Dix sous pour un gamin de douze ans qui fait l'école buissonnière, c'était une fortune. D'ailleurs, messire Pipe-Chardonneret avait les instincts rapaces de la banlieue, où l'on ne refuse jamais un pourboire.

Il demanda donc et vivement ce qui pouvait lui mériter la bienheureuse pièce blanche.

— Il faut d'abord me procurer une bêche.

— Facile... mon père est jardinier au Prés-Saint-Gervais... ensuite ?

— Un peu de gazon.

— Connu... ça s'enlève par tablettes, comme du chocolat.

— Enfin, revenir promptement et m'aider un peu. Voilà tout.

— Suffit...

Et Pipe-Chardonneret prit ses jambes à son cou.

Il est certain que son père dut être fort en peine ce jour-là, s'il eut besoin de sa bêche.

C'était un vrai Tortillard rural que ce Pipe-Chardonneret, maigre, efflanqué, dégingandé, aux pittoresques allures, au langage burlesquement coloré, aux plus fantastiques grimaces. Ajoutez à cela qu'il avait la chevelure rousse et crépue, le front bizarrement bossué, le nez à la Roxelane, et la bouche fendue jusqu'aux oreilles, lesquelles étaient d'un rouge vif, ainsi que ses mains, mais non moins grandes que ses pieds, en réalité, quatre pattes. Quant au caractère, paresseux, gourmand, vagabond, gouailleur en diable... toujours en révolte ouverte contre tout ce qui voulait entraver sa liberté... Intelligent, du reste, spirituel même, mais plus enclin nonobstant au bien qu'au mal ; au demeurant, mauvaise tête et bon cœur ; un vrai gamin de Paris.

Une demi-heure plus tard, il était de retour.

L'aveugle lui fit labourer toute la circonférence de l'arbre, en réitérant à plusieurs reprises la recommandation de ne point endommager les racines.

Il fallut ensuite qu'un petit banc s'élevât au pied même du sentier.

Enfin, et toujours sous la direction immédiate du vieillard, le tout fut recouvert de larges plaques de gazon bien frais, que le gamin sut transplanter des champs d'alentour.

Cela formait une petite pelouse fort agréable à voir, avec son vieux trône centenaire au milieu, avec, au-devant, son rustique fauteuil de velours vert.

L'aveugle ne pouvait en juger qu'avec les mains, mais il semblait avoir des yeux au bout des doigts.

Aussi Pipe-Chardonneret reçut-il immédiatement les cinq décimes convenus.

Il allait s'en retourner, joyeux comme un pinson.

Le père A-tout-coup-l'on-gagne l'arrêta.

— Dis-moi ?... questionna-t-il en hésitant, comme s'il eût appréhendé quelque fâcheuse réponse, dis-moi... mon garçon, l'arbre...

— Lequel ? ils sont deux...

— Oui... mais ils n'en font qu'un...

— Eh bien !

— Est-il en bon état ?

— Le mieux venant de tout le bois.

— Ah !

— Voyez plutôt, reprit étourdiment le gamin.

Puis, après un temps, et avec une mine toute penaude :

— Que je suis bête! ricana-t-il sous cape... il est aveugle.

— Hélas! oui... mais tu as de bons yeux, toi...

— Les meilleurs de tout le Pré.

— Regarde donc pour moi...

— Ça y est ! Allez...

— Le trône ?...

— Vigoureux comme une paire de tambours-majors de la garde impériale.

— Les feuilles ?

— Vertes comme l'espérance.

— Les rameaux ?...

— Tout ce qu'il y a de plus rupin... les deux dernières branches surtout... qui se rejoignent là-haut pour la troisième fois, et qui, cette fois-là, marient enfin pour tout de bon, les deux vieux chênes.

— Il se pourrait... réunis... eux !...

Et le vieillard se détourna tout à coup pour dissimuler deux grosses larmes qui venaient de ruisseler de ses yeux éteints.

— Tiens ! fit l'alerte Pipe-Chardonneret, auquel rien ne pouvait échapper, tiens! m'sieu, vous pleurez !...

— Moi !... non... continue ton examen... tu n'aperçois rien de fâcheux augure...

— Rien du tout... Ah! si fait...

— Quoi donc ?

Et le bonhomme se mit à trembler de tous ses membres.

— A droite, expliqua l'enfant, une touffe de gui qui commence à poindre...

— C'est dangereux ?...

— Très-dangereux... Et de l'autre côté, quel dommage !...

— De l'autre côté ?...

— Toute une belle branche, où le soleil fait briller la cotonneuse enveloppe d'un nid de chenilles... demain soir, tout sera dévoré !...

— Dix sous!... s'écria vivement le père A-tout-coup-l'en-gagne, dix autres sous, si tu grimpes détruire les chenilles et couper tout là-haut le gui.

Déjà, non moins agile qu'un écureuil, Pipe-Chardonneret enjambait les premiers rameaux.

Une demi-heure plus tard, l'arbre de gauche était délivré de son parasite rongeur, l'arbre de droite avait quelques milliers de chenilles en moins, et Pipe-Chardonneret en plus cinq nouveaux décimes.

— Y a-t-il encore quelque chose à faire pour votre service ? demanda-t-il en sautant résolument à terre d'un air affriandé.

— Merci, mon garçon, c'est tout, fit en souriant le bonhomme A-tout-coup-l'en-gagne.

— Dommage! grinça le voyou; mais quand vous aurez besoin de moi... tout à vous, mon vieu' l'aveugle, et de tout cœur même privé...

— C'est convenu, va-t'en...

— Après ça... si c'était plus... ça m'est égal... Bien le bonsoir.

Et Pipe-Chardonneret dégringola jusqu'au bas de la colline, ainsi qu'un lapereau poursuivi, dont le terrier eût été le Pré-Saint-Gervais.

Il était alors environ six heures du soir.

Le vieil aveugle vint s'asseoir sur son banc de gazon, et, le dos appuyé dans l'intervalle des deux chênes, le visage empourpré par les rayons du soleil couchant, il resta là, silencieux et songeur, jusqu'à ce que la brise crépusculaire vint lui siffler à l'oreille.

— Voici la fin du soir... voici bientôt la nuit. L'incompréhensible vieillard se leva seulement alors avec un visible regret, salua tendrement à plusieurs reprises les deux vieux chênes, et de son front branlant, et de ses paupières impuissantes, leur envoya même du bout des doigts un de ces naïfs baisers volants que ne soufflent que la première enfance ou le premier amour.

Puis, avec autant d'assurance que le matin, il reprit à travers le bois le chemin de sa mansarde.

Et depuis dix ans, à partir de ce matin-là, tous les jours, pendant l'été, tous les beaux dimanches, lundis et jeudis de l'hiver, on put être certain de trouver l'innocente roulette à macarons au beau milieu de la petite pelouse artificielle, et sur le joli fauteuil de velours vert, le pauvre bonhomme A-tout-coup-l'en-gagne.

III

Petite guerre.

Rien de spontanément capricieux comme le plaisir.

Dès le dimanche suivant, écoliers et pensionnaires, grisettes et calicots, carabins et carabines, bourgeois et bourgeoises, ouvrières et artisans, voire même la fraîche paysanne, tout le monde s'arrêta devant la nouvelle concurrence de macarons.

La place était si bien choisie, la perspective si étendue, les arbres si beaux, la petite pelouse si verte, le tonnelet d'une propreté si argentine et si chatoyante aux rayons du soleil !

Et le marchand donc !... et le pauvre aveugle !... Il avait une physionomie si sympathique, si engageante !

C'était un de ces vieillards souriants et coquets, un de ces bonshommes vivaces et sains, qu'on aime rien qu'à les voir.

Son visage était de ce blanc bistré qui sied à la vieillesse; sa barbe toujours fraîchement faite, donnait à son menton cette nuance bleue qui rajeunit à tout âge; ses longs cheveux argentés bouclaient juvénilement sur son épaule large et droite encore; il avait le front ouvert et poli d'un poète; son œil mi-clos logeait la malicieuse bonhomie, à défaut du regard éteint; sa bouche, expressive et fine, conservait toutes ses dents et tous ses sourires.

Supposez Béranger jouant le rôle de son aveugle de Bagnolet, et vous aurez le père A-tout-coup-l'en-gagne.

Et puis, si minutieusement propret dans sa misère !... Toujours si bien brossé, si bien ciré, si bien attifé... Du linge si blanc, une main si blanche !...

Ajoutons à cela la curiosité de savoir comment le père A-tout-coup-l'en-gagne, — rien que ce nom eût suffi pour achalander son commerce, — comment l'aveugle croupier s'y prenait pour le contrôle de sa roulette !

Au-dessus du tonnelet, qu'on eût cru d'argent, s'élevait à l'entour une petite galerie de cuivre, au milieu une flèche tournante, également en cuivre; sur la circonférence que décrivait cette flèche, les six premiers chiffres romains entremêlés d'autant de zéros, le tout en saillie, et toujours si cuivre si brillant qu'il semblait de l'or.

Si la pointe de la flèche s'arrêtait sur l'un des chiffres, on gagnait un, deux, trois, quatre, cinq ou six macarons; si, sur un zéro, rien du tout.

La roulette n'était qu'un couvercle qui s'enlevait par la galerie; le tonnelet lui-même constituait le magasin général des macarons.

Au début de sa modeste industrie, le père A-tout-coup-l'en-gagne vérifiait à l'aide de ses doigts clairvoyants l'arrêt numérique du destin. Mais bientôt dédaignant cette soupçonneuse précaution, il se confia héroïquement à la bonne foi publique, ce qui vint augmenter encore sa naissante renommée.

Donc... pas de bande joyeuse qui ne s'arrêtât dans le sentier en face des deux chênes, et qui pût résister au mélancolique appel du père Macaron, — on le surnommait encore ainsi, — lorsqu'il avait murmuré de sa voix chevrotante et douce, ainsi qu'une vieille chanson :

— A tous coups l'on gagne... excepté ceux auxquels on perd!... Essayez-en, messieurs, comme la Fortune je suis aveugle... Allons, mes belles demoiselles, allons... Je suis aveugle comme l'Amour !..

La flèche tournait donc une première fois, puis une seconde, puis une troisième, etc., car l'intéressant vieillard avait toujours aux lèvres quelque calembredaine à la Désaugiers pour les garçons, quelque galanterie à la Pompadour qui faisait sourire les jeunes filles.

Bientôt on ne parla plus dans tout le bois de Romainville que des aimables macarons et des bons mots du père A-tout-coup-l'on-gagne.

Les autres marchands délaissés enrageaient.

Et plus les choses allèrent, plus le dernier venu, presqu'à lui seul, accapara tout le commerce des macarons.

C'était absolument comme dans le royaume des cieux.

Plus de temps à perdre, il fallait en finir à tout prix avec ce fatal concurrent.

Dans ce but perfide, tous les macaronniers des alentours se réunirent solennellement en assemblée générale.

Il y eut un président de choisi, on prononça de fort beaux discours, on finit par crier tous à la fois sans parvenir à s'entendre, ainsi que du reste il arrive assez généralement dans la plupart des assemblées délibérantes.

Cependant, il fut établi que ce malencontreux étranger célait son origine, et n'avait ni permission en règle, ni place reconnue par l'autorité.

Il fut arrêté néanmoins qu'une notable députation irait trouver M. le maire et s'efforcerait d'obtenir la proscription de l'intrus de par le texte du règlement, et de par la nationalité romainvillienne.

Le coup pouvait être dangereux.

Mais, avant même qu'il ne fût porté, le vieil aveugle le para.

Grâce à mons Pipe-Chardonneret.

Ce jeune dénicheur avait encore glané quelques plécettes avec le bonhomme Macaron.

Tantôt c'était un nouveau gui ou de nouvelles chenilles, tantôt une branche malade ou brisée par l'orage et qu'il fallait enlever dans l'intérêt général de l'arbre... Que sais-je, moi?... Fils de jardinier, M. Pipe-Chardonneret cultivait déjà fort agréablement la carotte; et puis il avait prétendu exercer son droit de chasse sur les deux arbres placés sous sa surveillance immédiate, et tout naturellement le bon vieillard s'y était opposé.

Grands débats, suivis d'un traité, par lequel les deux chênes furent déclarés port-franc pour tous les oiselets du bois, moyennant le tribut d'une douzaine de macarons chaque dimanche.

Quoi qu'il en soit, notre devoir d'historien nous oblige à cet aveu... par affection, plus encore peut-être que par intérêt, le vigilant gamin était devenu le véritable ami du vieil aveugle.

En cette qualité, sitôt la résolution prise par ses ennemis, le père A-tout-coup-l'on-gagne fut instruit du péril par Pipe-Chardonneret.

Fiant aussitôt bagage pour tout le restant du jour, le bonhomme se tira à quatre épingles, ni plus ni moins qu'un vieux sergent pour une grande revue, et, s'appuyant sur l'épaule du voyou fidèle, ainsi qu'Œdipe avec Antigone, il s'achemina bravement vers le logis de M. le maire.

— J'allais vous faire mander devant moi, fit tout d'abord cet irréprochable magistrat d'un air majestueux.

C'était encore un ex-épicier... Règle générale... les propriétaires de Romainville sont presque tous d'anciens épiciers.

Sans paraître trop ému de l'aspect de ce Jupiter rural, mais cependant avec une respectueuse politesse, le vieil aveugle réclama du superbe édile l'insigne honneur d'un moment d'entretien.

— Parlez!

— A vous, monsieur le maire... à vous seul?

— Soit... passons dans mon cabinet!

Et la porte se referma sur eux, au grand désappointement de Pipe-Chardonneret, qui d'abord appliqua sa curieuse oreille au trou de la serrure, mais qui, n'entendant rien par ce conduit trop étroit, se résigna bientôt à le transformer en lorgnette.

Il regarda, et vit.

Le magistrat écoutait assis dans sa chaise curule.

L'aveugle était debout, et semblait poursuivre un récit assez long.

— Comme qui dirait son histoire, pensa judicieusement le voyou.

M. le maire conserva durant dix minutes environ ses grands airs officiels.

Puis, peu à peu, devenant de plus en plus attentif, de plus en plus ému, il ne tarda pas à se lever, à courir au vieux conteur, à lui prendre affectueusement les mains, et finalement à le faire asseoir à sa place, à rester debout à son tour pour entendre le reste avec un intérêt, avec une vénération étrange.

— Tiens... tiens... tiens... grommelait le gamin toujours à son observatoire... qu'est-ce qu'il peut donc lui narrer de si fameux, ce vieux sournois-là? Cré coquin, que c'est blaquant de ne pouvoir entendre!

Mais en ce bel endroit, Pipe-Chardonneret se rejeta tout à coup de côté.

La porte venait de se rouvrir.

— Soyez sans crainte, disait le maire avec effusion... vous avez en moi maintenant un ami, et malheur... oui... malheur à qui ne vous respecterait pas!

— En voilà de la fascination, bégayait le gamin tout ébahi; faut qu'il lui ait jeté un sort... pour sûr... ou bien que ce soit un grand magicien, comme défunt Mathieu Laensberg!

Quant au nouveau sorcier, il remerciait son nouveau protecteur avec une cordiale reconnaissance et se dirigeait modestement vers la porte de sortie; il allait disparaître.

Une dernière fois, M. le maire s'élança vers lui, et avec une de ces poignées de main où le cœur semble envoyer tout son sang, et ayant au bord des cils une larme que la dignité consulaire empêcha seule de tomber :

— Ah!... tenez... dit-il... tenez, monsieur, vous êtes un brave homme !...

IV

Mystère.

Qui resta coi ?... ce furent les macaronniers conspirateurs.

Ils cherchèrent à se venger par une foule d'attentats et de vilenies nocturnes à l'égard de la petite pelouse naissante, du joli banc de gazon, voire même du pauvre vieux chêne.

Le tout au grand désespoir du vieillard, à la secrète jubilation du voyou qui trouvait des décimes à gagner dans les rafistolements de tous ces outrages.

Nonobstant, M. le maire tint énergiquement sa parole, et, par une circulaire que colporta le tambour de la commune... circulaire digne en tout point de figurer dans les annales de Romainville... il annonça que tous les brevets de marchands de macarons seraient retirés sans retour à la première vexation qui se renouvellerait contre le tonnelet, contre la pelouse, contre le banc, contre l'arbre ou contre la personne du citoyen connu sous le nom de père A-tout-coup-l'on-gagne.

Aussitôt tout cessa comme par enchantement, et le bonhomme Macaron trôna sans conteste sur son petit fauteuil de velours vert, qui le faisait ressembler au bon roi saint Louis rendant la justice au pied du chêne de Vincennes.

A cela près cependant que ses fleurs de lis à lui, c'étaient de simples pâquerettes blanches.

Il n'en fut que plus tranquille peut-être et plus heureux.

Bien que, les rancunes industrielles ne pardonnant pas, la médisance et la calomnie cherchassent à prendre la revanche de la dénonciation et de la dévastation.

« Tant de fiel entre-t-il dans l'âme des marchands de macarons! »

— Mon Dieu... oui!

Comme le mystérieux vieillard vivait absolument seul, comme il se faisait un assez passable revenu, comme il ne vivait guère que d'un peu de laitage et de pain bis, on commença par le représenter comme un grippe-sou, comme un fesse-Mathieu, comme un avare.

Pipe-Chardonneret ne manqua pas de rapporter à son ami tous ces propos, et ce avec une noble indignation.

— C'est peut-être la vérité?.. fit en souriant le bonhomme.

— Allons donc! se rebiffa vertement le gamin. Plus d'une fois, quand nous allions tous deux à travers les bois, vous m'avez fait donner des gros sous à des mendiants infirmes dont vous ne pouviez cependant entendre la plainte. Et c'est pas là le fait d'un harpagon!

— Bah! bah! laisse-les dire...

Ici le gamin se recueillit un instant, et avec une grimace des plus diplomatiques:

— Je vous comprends, insinua-t-il à demi-voix... Pourvu qu'ils ne devinent pas votre grand secret...

— Hein... plaît-il... mon secret?... se récria tout à coup avec un évident effroi le vieillard, atteint au défaut de la cuirasse.

— Il y er a un... fit aussitôt et triomphalement Pipe-Chardonneret.

Le père A-tout-coup-l'on-gagne s'arrêta tout penaud, prit à son tour un grand temps, se tourna tout d'une pièce vers le curieux, et des deux mains à la fois s'appuyant sur son bâton:

— Eh bien!... fit-il en branlant la tête à la façon des vieux enfants... eh bien... oui...

— Ah!... se dilata voluptueusement l'indiscret affriandé par une apparence de révélation.

— Mais, poursuivit narquoisement le bonhomme, mais si on te le demande, mon garçon... tu répondras que tu ne le sais pas.

— Père A-tout-coup!

Dans ce simple nom tronqué, il y avait tous les arguments imaginables, toutes les hypocrites supplications d'un enfant gâté.

— Pas moyen! répliqua bonassement et malicieusement à la fois le vieil aveugle.

— Cependant...

— Chut!

Et un inflexible doigt remonta lentement aux lèvres souriantes du père A-tout-coup-l'on-gagne; vingt autres tentatives à peu près semblables échouèrent également.

Toujours le même doigt concluant, toujours le même chut! inexorable.

Il y avait néanmoins un mystère.

Le vieillard lui-même l'avait avoué.

Mais lequel?..

Pipe-Chardonneret, très-fort déjà sur la soustraction, avait calculé que la roulette en vogue gagnait, pour le moins, par année six cents francs, et que son fermier-général n'en dépensait que deux cents tout au plus.

Que pouvait devenir le reste?

L'hypothèse de la thésaurisation n'était pas possible... Évidemment, le père A-tout-coup-l'on-gagne n'avait aucune espèce de famille... Son bon sens enfin, sa sobriété, sa vie si simple et si parfaitement connue de tous, ne permettaient pas de soupçonner aucun vice secret, aucune passion, aucune manie. S'il eût entretenu quelque quaterne dévorant, aveugle comme il l'était, il se fût servi de Pipe-Chardonneret, son unique connaissance, afin de savoir au fur et à mesure les numéros sortants.

Aussi la malignité publique, qui d'abord avait admis cette explication, se vit-elle contrainte d'y renoncer bientôt.

Voire même de reconnaître implicitement que le père A-tout-coup-l'on-gagne était une énigme vertueuse, une immaculée charade, un logogriphe irréprochable.

Et cependant...

On avait observé que, chaque premier jeudi du mois, le bonhomme Macaron revêtait certaine vieille douillette amarante qui ne voyait d'autre soleil que celui de ces grands jours-là.

Item une culotte de panne, un long gilet presqu'à la mode du siècle passé, un ample habit qui semblait avoir été taillé pour un autre embonpoint physique et moral, et des bas de soie.

Le tout du plus beau noir.

N'oubliez pas la cravate blanche, les boucles d'argent sur des souliers de daim, l'œil de poudre, le jabot de batiste, le chapeau bas à galon de velours, et la canne à pomme de cuivre doré.

Ainsi travesti en pair de France (comme cancanaient les commères du quartier), l'hiéroglyphique vieillard descendait vers Paris... tout seul encore... toujours tout seul... à moins qu'on ne veuille compter pour un génie familier la belle canne dont il se servait si merveilleusement pour guider sa marche à travers tous les embarras du populeux faubourg.

Une fois au boulevard, le pauvre aveugle prenait une riche voiture de remise, et disparaissait au grand trot, ni plus ni moins qu'un des vieux bonshommes d'Hoffmann...

On l'affirmait du moins... on l'avait vu.

Certaine marchande de sucre d'orge alla même jusqu'à prétendre avoir rencontré le susdit équipage promenant aux Champs-Élysées et déposant à la porte d'un restaurant fameux M. le duc de Macaron, en tête-à-tête avec une toute petite et toute mignonne fillette.

— Une enfant, sans doute, avait voulu faire prévaloir l'officieux Pipe-Chardonneret.

Mais toute la meute jalouse s'était aussitôt récriée en chœur:

— Allons donc!... Quinze ans, peut-être... quatorze ans... douze ans... dix ans... Il est capable de tout, ce vieux voluptueux-là... C'est quelque grand seigneur ruiné qui conserve les vices de l'ancien régime... C'est un Sardanapale... que je vous dis... un vrai Nabuchodonosor!...

Pipe-Chardonneret pensa judicieusement qu'il y avait dans tout ceci quelque exagération... voire même quelque erreur, et cela d'autant plus, qu'outre qu'elle était myope, la susdite marchande de sucre d'orge avait la décevante et fâcheuse habitude de se griser souvent quelque peu... parfois même beaucoup.

Ne pouvant réussir à mériter une confidence, Pipe-Chardonneret résolut de s'abaisser jusqu'à l'espionnage, afin d'en avoir le cœur net.

En conséquence, dès le premier jeudi du mois suivant, le curieux voyou suivit traîtreusement à distance le mystérieux aveugle qui trottinait déjà sur le revers de la colline dans sa soyeuse douillette amarante.

Il dépassa la barrière, le faubourg, le canal... il atteignit le boulevard.

Un peu vers la droite, se trouvait à cette époque une haute porte cochère, au-dessus de laquelle était écrit:

Voitures de remises, à l'heure et à la journée.

Le prétendu pair de France entra sans coup férir.

Le gamin s'assit à califourchon sur une borne voisine, et cligna de l'œil vers la cour.

Un élégant petit coupé déjà s'avançait à l'appel du vieillard, ainsi que vers un client attendu.

— Est-ce que la commère aux sucreries aurait raison? songeait le gamin en se dandinant sur son coursier de granit. Ça m'étonnerait joliment... Mais patience... nous allons bien voir!...

En ce moment, il lui sembla que le bonhomme Macaron parlait bas à l'oreille de l'automédon galonné, et que de loin cet automédon le regardait en dessous, lui, Pipe-Chardonneret.

Enfin, le vieillard monta dans la voiture, et le cocher sur le siège.

Puis, les chevaux s'élancèrent impatiemment au dehors.

— Alerte! se commanda le gamin en bondissant avec l'agi-

Chacun râclait, tapait, soufflait encore plus fort. (Page 10.)

lité d'un chat après les larges courroles aristocratiques qui flottaient derrière le coupé.

Mais, avant même que son pied aventureux n'eût franchi le strapontin, le cocher lui cingla son long fouet à travers le visage.

La surprise plus encore que la douleur lo contraignit de tout lâcher, et il retomba sur ses quatre pattes en fermant les yeux.

Lorsqu'il les rouvrit... lorsque, debout, il regarda... l'équipage avait déjà disparu.

Et le lendemain, au bois de Romainville, lorsqu'il se trouva face à face avec le marchand de macarons, l'humble vieillard lui mit la main gauche sur l'épaule, chercha de la droite, sur la joue du gamin, la cicatrice du coup de fouet, et dit avec un sourire qu'attristait le remords :

— J'en suis vraiment désolé, mon pauvre garçon... mais que cela ne t'arrive pas une seconde fois, ou bien nous ne serions plus amis.

— Plus amis!... père A-tout-coup..

— Non!...

— Oh bien! alors, jamais... jamais!

— Tu me le jures?

— Parole sacrée!

Et le gamin leva la main vers le ciel, après avoir préalablement craché sur le gazon.

Dans la banlieue de Paris, c'est là le serment par excellence.

Pipe-Chardonneret n'y manqua pas.

D'ailleurs, notre gamin commençait à grandir; car, durant tous ces enfantillages, le temps avait marché.

Avec lui, peu à peu, les médisances, les curiosités, les haines même s'étaient éteintes.

Le père A-tout-coup-l'on-gagne avait fini par être toléré, accepté, aimé par toute la population fixe et flottante du bois de Romainville.

En pouvait-il être autrement, lorsqu'on connaissait le père A-tout-coup-l'on-gagne.

— Pardine! expliquait fort bien son fidèle Pipe-Chardonneret, pour ne pas le chérir et le vénérer, ce bon vieux-là... pour lui garder rancune et lui faire de la peine, il faudrait n'avoir pas de cœur, quoi!... faudrait être un bonhomme de pain d'épice!

V

Crédit supplémentaire

Depuis l'installation du père A-tout-coup-l'on-gagne, les deux chênes avaient sept fois dépouillé, puis repris leur feuillage.

Pipe-Chardonneret était devenu un homme, un monsieur!

Car, dédaigneux de la blouse paternelle, le fils du jardinier ambitionnait de porter quotidiennement la redingote.

Il voulait être artiss...

Pauvre Pipe-Chardonneret!

Parlez-moi du bonhomme Macaron... Voilà un philosophe! Toujours suivant son même train de vie, toujours alerte, toujours content, sans jamais un désir au-dessus de son destin.

Et cependant...

A partir de la septième année, le vieil aveugle devint tout à coup inquiet, préoccupé, presque triste.

Le futur artiste, en intelligent ami, observa sans mot dire.

Le vieillard paraissait incessamment calculer, et murmurait des lambeaux de phrases inintelligibles :

— Soixante pour cela... quarante pour ceci... en principal, cent de plus... Donc deux cents... Il faut les trouver !... Comment faire ?... Mais absolument il le faut... c'est pour elle.

— Pour elle ?... Pipe-Chardonneret crut avoir compris.

Ainsi que les autres curieux du bois, il avait fini par admettre que le cachottier vieillard entretenait en ville quelque érotique fantaisie mensuelle, et que tout naturellement la croquante montrait plus d'exigence à mesure que le traitant devenait plus vieux.

— C'est une faiblesse, opinait le tolérant Pipe-Chardonneret; mais, bah! il faut bien se pardonner quelque chose... entre-z-amis !...

Un certain soir, il vint donc trouver le vieil aveugle, et s'asseyant à l'orientale sur la petite pelouse, il lui dit :

— Écoutez-moi bien, père A-tout-coup. Je ne vous demande plus vos secrets, mais je m'en doute, et je trouve que vous avez tort de vous faire du tintouin. Voyons! c'est pas à votre âge et avec votre infirmité que vous pouvez concevoir l'espérance d'être chéri pour vos jolis yeux... M'interrompez pas! J'ai donc compris qu'il vous fallait un supplément de quibus, et j'ai peut-être trouvé le moyen de vous le faire gagner. Voilà!

Le bonhomme avait accueilli le commencement de ce discours avec un air d'indignation, que tempérait cependant son habituel sourire; mais, lorsque arriva la péroraison, il oublia tout à coup l'exorde et s'écria avec une vivacité presque sapace :

— De l'argent! moi, gagner de l'argent! Oh! comment? comment?

L'ex-gamin eut d'abord le haussement d'épaules amical avec lequel on excuse une folle passion, puis il reprit gravement :

— Vous connaissez le bal de Calypso?

— Qui chante tout l'été sous les grands tilleuls du Tourne-Bride!

— Et tout l'hiver à la Courtille... quotidiennement... trois fois par semaine, total : except les vendredis !

— Eh bien !... ce bal?

— J'en suis désormais le chef d'orchestre.

— Toi! mais tu ne joues qu'un peu du violon?

— Il n'est pas même nécessaire d'en jouer du tout pour être chef d'orchestre... à la barrière... suffit d'avoir l'air de battre la mesure; et j'y ai, dit-on, le chic du jeune Musard.

— Enfin?...

— Profitant de la juste confiance dont m'honore M. Calypso, je viens d'obtenir l'adjonction d'un triangle à mon orchestre. Voulez-vous être ce triangle?

— Moi?... mais je ne sais pas.

— Inutile de savoir... à la barrière, suffit de faire du bruit. Vous taperez constamment très-fort, et ceux qui aiment le triangle seront très-satisfaits.

— Cependant...

— L'instrument est fourni par l'administration. Je ne vous parle pas de l'été, car le macaron vous absorbe, et la grosse caisse, qui sied mieux sous les tilleuls, est la partie qui demande le plus de talent expérimenté... à la barrière! Mais l'hiver comprend une centaine de bals à lui tout seul... deux francs chaque : total : deux cents francs, juste ce qu'il faut à votre Dulcinée. Nous partirons et nous reviendrons ensemble. C'est convenu... c'est entendu... je remplace votre bâton!

En dépit de la vive démangeaison qu'il avait d'accepter, le père A-tout-coup-l'on-gagne hésita longtemps. Il était retenu par la honte; il n'osait pas.

Enfin, il consentit; mais ce fut un dernier sacrifice, qui parut énormément lui coûter.

— Faut-il qu'il l'aime! pensait à part lui le présomptueux maestro, faut-il tout de même qu'il soit toqué!

A partir de ce jour-là, dernier jour des bals champêtres de la Calypso d'été, chaque dimanche et chaque lundi, voire même les jeudis et les jours de festivals extraordinaires, Pipe-Chardonneret allait régulièrement, à la tombée de la nuit, quérir le bonhomme Macaron. Bras dessus, bras dessous, ils descendaient ensemble vers la barrière, ils entraient dans le salon somptueux de la Calypso d'hiver.

Là, avec toutes sortes d'attentions et d'égards, notre apprenti Pilote faisait monter son vieil ami dans l'orchestre; il choisissait de ses propres mains le tabouret le moins boiteux et le moins dépaillé de la collection, il y faisait asseoir précautionneusement le vieillard, il le débarrassait de sa canne et de son chapeau, comme un petit-fils on ne peut plus affectionné vis-à-vis de son grand-père, il lui mettait entre les mains le fameux triangle et le sautillant bâtonnet d'acier; il lui disait enfin avec toutes sortes de câlineries dans le geste et dans la voix :

— Allons, père A-tout-coup, voici le grand moment musical. Tapez ferme là-dessus sitôt que vous entendrez mon bâton sur le pupitre. De la fantaisie!... de la verve!... du carillon surtout!... beaucoup de carillon!... et allons-y gaiment!

Quelques minutes après, le signal de la danse était donné.

Je vous laisse à penser l'harmonie!... L'orchestre se composait de deux violons, à savoir : celui de Pipe-Chardonneret, le premier, qui ne jouait guère, puis un autre, le second, qui faisait toujours la même note... un élève de Biboquet. Venaient ensuite sur l'estrade une contre-basse qui se livrait à des rons-rons hétéroclites, un trombone célèbre par ses couacs, une grosse caisse qui couvrait fort heureusement le tout sur lequel se dégageait en incessante carillonnerie le triangle consciencieux du père A-tout-coup-l'on-gagne. Il signor Pipe-Chardonneret ambitionnait depuis longtemps de joindre à cet étrange assemblage, un cornet à pistons. Ah! s'il l'avait eu!... mais il ne l'avait pas encore.

Malgré cette imperfection légère, c'était néanmoins un vacarme assez assourdissant, un charivari fort complet, une musique, comme on disait, à faire danser les banquettes.

Ajoutez à cela que nos musiciens avaient les plus burlesques silhouettes qu'on se pût jamais imaginer; la basse louchait affreusement, le trombone était enjolivé d'un abat-jour vert, le second violon avait une énorme verrue sur le nez, la grosse caisse possédait un abdomen qui remplissait à lui seul la moitié de l'orchestre; tous enfin se distinguaient par leur rouge trogne, que rougissait davantage encore, après chaque contre-danse, le petit vin bleu de l'établissement, dont les flots coulaient avec largesse pour les charivariseurs incessamment altérés.

Mais le bonhomme Macaron était un sobre vieillard; la source seule remplissait habituellement son verre, et c'était vainement que Pipe-Chardonneret, avant d'avoir bu lui-même, s'obstinait à vouloir lui verser le nectar si fort prisé de tous ses collègues.

— Non !... répondait invariablement le père A-tout-coup-l'on-gagne; non, mon ami : j'ai juré de ne plus boire que de l'eau.

Juré... à qui?... pourquoi?... c'était encore un des secrets du mystérieux aveugle.

Le maestro se contentait donc de hausser les épaules, et après avoir ingurgité les deux verres à lui tout seul, sans doute en guise de consolation, il s'en retournait à son pupitre en murmurant :

— Vous ne serez jamais qu'un faux musicien, père A-tout-coup! vous ne buvez pas.

Et le tohu-bohu recommençait de plus belle, car à mesure que le festival avançait, chacun râclait, soufflait, tapait encore plus fort... c'était dans le programme de la Calypso d'hiver... c'était dans le système musical d'il signor Pipe-Chardonneret.

Le vieil aveugle eut bien quelque peine à s'y conformer; mais enfin, tant bien que mal, il s'en tira, grâce surtout aux excitations amicales de son cher chef d'orchestre qui sans cesse lui répétait :

— Plus fort donc, père A-tout-coup; encore plus fort !... c'est là l'essentiel... à la barrière.

Le nouveau triangle, sans le savoir et sans y voir... en arriva facilement à carillonner à tour de bras.

Danseurs et danseuses s'en montrèrent on ne peut plus enchantés.

Item... il maestro Pipe-Chardonneret.

Et le vieil aveugle donc !

Il eut ses deux cents francs au grand complet et, lorsque revint avril, il sembla non moins guilleret que les pinsons qui célébraient en liberté sur son vieux chêne le retour du printemps.

Deux nouvelles années s'écoulèrent ainsi.

Toujour me isolement, même et double métier, même excursion m... térieuse tous les mois à Paris,

En vertu du vieil axiome : qui ne dit mot consent, Pipe-Chardonneret se croyait éclairé sur le grand secret de son vieil ami, et souvent même, dans ses expansions folichonnes, il allait jusqu'à demander à ce bon Quichotte du sentiment des nouvelles de madame Dulcinée du Toboso.

— Elle va bien ! ricanait bonassement le vieillard ; elle me semble devoir embellir chaque mois ; elle est pleine d'esprit et de gaité ; elle m'aime !

Là-dessus, Pipe-Chardonneret riait sous cape, et ne s'inquiétait plus du fameux mystère.

Il en était de même de tous les cancaniers et de toutes les commères des alentours,

On avait presque oublié les étranges commencements du père A-tout-coup-l'on-gagne.

Lorsqu'un coup de théâtre inattendu vint réveiller soudain toutes les curiosités du bois de Romainville.

VI

Une grand'mère à l'affût.

Il est temps de retourner, ce me semble, à l'hôtel de Vernanges.

Le lendemain du départ de Caroline de Lescars, notre fine douairière commença son système d'observation à l'endroit du malencontreux amour qui se jetait à la traverse des plans de famille.

Vers le soir, quelque temps après qu'on se fut retiré de table, Gaston vint embrasser sa grand'mère en lui disant :

— Je vous souhaite, dès à présent, une bonne nuit, madame la marquise... j'ai engagé le reste de ma soirée.

— A tes amis, sans doute?.. sourit la grand'mère ; à ta maitresse, peut-être... Oh! tu peux me dire tout, à moi... je ne suis pas jalouse.

Au mot de maitresse, le jeune homme avait légèrement rougi.

Puis, d'une voix dans laquelle perçait un léger embarras :

— A mes amis... oui, grand'maman ; à mes amis... balbutia-t-il.

— De jeunes fous comme toi... minauda la vieille dame, en lui tapotant la joue ; comme toi, des mauvais sujets.

La rougeur de Gaston augmenta.

Il y eut un temps.

— Ainsi... reprit la grand'mère avec un regard qui quêtait une confidence, ainsi, tu sors?...

— A l'instant, répliqua Gaston avec une certaine raideur quelque peu impatiente.

— Bien du plaisir, mon garçon! conclut madame de Vernanges, en lui tendant sa main à baiser.

Puis, tandis qu'il baissait la tête, à part elle, et avec son malicieux sourire, elle ajouta :

— Il ne me dira rien... Boutonné jusqu'au menton... soit!.. Rira bien qui rira le dernier !

Le jeune homme sortit.

Passant dans sa chambre à coucher, la grand'mère alla se mettre à l'affût à une fenêtre qui donnait sur la cour de l'hôtel.

Cette cour resta parfaitement déserte.

Au bout de quelques minutes, madame de Vernanges repassa dans le boudoir et sonna.

Personne ne vint à ce premier appel.

Elle sonna une seconde fois.

Un vieux domestique parut enfin sur le seuil.

— Ambroise, lui dit-elle, tu veilleras à ce que rien ne manque à mon petit-fils... là-haut... il reste ce soir chez lui.

— Non, madame la marquise, dit vivement le vieillard, monsieur le marquis vient de sortir.

Madame de Vernanges lui donna un grand coup d'éventail sur les doigts, et avec une intraduisible expression de gravité moqueuse :

— Tu veux mentir... avec moi... ricana-t-elle, mon pauvre Ambroise... mais tu sais bien que ça ne se peut pas,

— Madame la marquise... fit le vieux laquais tout penaud.

— Gaston est chez lui... reprit-elle. Gaston t'a donné de l'argent pour me dire qu'il était sorti... pour me tromper... Tu te mets avec les jeunes contre les vieux... toi, toi, vieil Ambroise!...

— Pardon... balbutia le vieillard attendri, pardon, madame la marquise... ça ne m'arrivera plus, je vous le jure bien. Je prendrai toujours l'argent de monsieur le marquis... pour qu'il ne se doute de rien... mais je dirai tout fidèlement à madame la marquise.

— Et tu y trouveras double avantage, ajouta la douairière en lui tendant un louis, car tu en recevras aussi de mon côté.

Le vieux serviteur prit la pièce d'or ; mais, avec une hypocrite bonhomie, il ajouta :

— J'aurai mieux encore que cela, madame la marquise, j'aurai la paix de ma conscience, la douce satisfaction de faire mon devoir et de dire toujours la vérité.

— Comment donc! Mon petit-fils ne sort plus depuis quelque temps?

— Bien rarement, madame la marquise ; jamais le soir.

— Et le soir... là-haut... que fait-il?

— Je ne sais pas, madame la marquise.

— Ambroise!...

— Il regarde à la fenêtre.

— A celle qui donne sur le jardin de la pension?

— Oui... oui... madame la marquise.

— Et dans le jardin... à la même heure... se promène... régulièrement... certaine jeune fille...

— Madame la marquise sait donc tout?... se récria le vieillard tout ébaubi.

— Tu vois bien, mon pauvre ami, qu'il y aurait sottise de ta part à vouloir me cacher quelque chose.

— Mais si madame la marquise en sait plus que moi...

— Ce n'est guère probable, car je ne monte pas chez monsieur mon petit-fils, et c'est vous qui le servez, Ambroise. Voyons! lorsque la nuit est close... lorsque toutes les pensionnaires ont quitté le jardin... il ne reste pas à la fenêtre, je pense... il ne s'amuse pas à regarder les étoiles...

— Non... non, madame la marquise; il ferme la fenêtre alors... il vient s'asseoir à son bureau... il écrit...

— Quoi?

— Des lettres... je présume...

— Vous devez en être certain, Ambroise, car c'est vous, sans aucun doute, qui les portiez à la poste.

— Jamais!... Oh! non, madame la marquise, je vous le jure bien... jamais!

— Ah!

Et la douairière de Vernanges eut un mouvement de tête qui signifiait clairement :

— Voici déjà un point d'éclairci!

Puis, après un temps, et les yeux dans les yeux d'Ambroise :

— Après avoir écrit, reprit-elle, ou avant... car je présume qu'il n'écrit pas toujours... que fait-il encore?

— Il lit.

— Que lit-il ?

Le vieillard hésita.

— Ambroise!... fit une seconde fois la marquise.

— Des lettres... avoua vivement le vieux domestique.

— Rien que des lettres?... toujours des lettres?...

— Toujours.

— Ah!

Nouveau mouvement de tête, nouveau temps.

Puis :

— Et... ces lettres-là... c'est toi, sans doute, qui les lui montes de chez le concierge, ou qui vas les lui chercher au dehors?...

— Oh! madame la marquise, je vous jure bien...

Cette fois, évidemment, la dénégation du vieux domestique était sincère.

— Ainsi donc, déduisit à demi-voix la grand'mère, les lettres ne viennent jamais par l'escalier ?

— Jamais.

— Par où viendraient-elles alors, si ce n'est par la fenêtre ?

Et la marquise cligna des yeux d'une certaine façon vers le jardin du couvent.

A ce mot, Ambroise avait vivement baissé la tête ; il écartait ses deux mains ballantes et, d'un air qui était toute une admiration, au milieu d'un demi-sourire, il murmurait :

— Dame !... si c'est l'opinion de madame la marquise...

— Bien ! fit-elle d'un petit air triomphant, parfait !... Il ne nous reste plus qu'à savoir comment...

— Oh ! quant à cela, par exemple, je l'ignore, se récria sincèrement de nouveau le vieillard, car monsieur le marquis me met toujours à la porte après avoir écrit.

— Et quand tu rentres... ajouta la grand'mère en riant aux éclats, la lettre qu'il vient d'écrire s'est envolée comme par miracle... comme par miracle encore, tu retrouves entre ses mains la réponse...

— C'est cela ! rit à son tour Ambroise ; c'est cela même... ma foi ! Comme madame la marquise devine tout !

— Tout ! que non pas... car, ces réponses... que deviennent-elles ?... Ah ! voilà ce que j'ignore.

Ambroise fit un mouvement ; puis, après avoir regardé derrière lui, de crainte d'être entendu par quelqu'un, il se rapprocha à pas de loup de sa vieille maîtresse, et lui dit :

— Monsieur le marquis les serre bien précieusement dans le tiroir de son bureau... dans le tiroir à gauche... mais je retrouve quelquefois la clé dans ses vêtements... et je pourrais...

— Monsieur Ambroise ! arrêta net la grand'mère, avec une soudaine dignité, je ne veux pas que vous voliez les secrets de votre maître... même pour moi ; j'eusse donné tout au monde pour qu'il me les confiât de lui-même ; il me force à les surprendre sans son aveu... soit ! Mais je saurai bien en venir à bout toute seule... et comme il convient à la marquise de Vernanges... Comprenez-vous cela, monsieur Ambroise ?

— Parfaitement, madame la marquise ; mais c'était par dévoûment...

— Je le crois... mais voici seulement ce que j'exige de vous : Tout voir, tout entendre et tout me rapporter... excepté ce qu'il renfermera dans son tiroir... continuer à le servir surtout comme par le passé, et sans qu'il soupçonne, bien entendu, que nous sommes désormais d'accord... Voilà tout. Allez, Ambroise.

Le vieillard sortit à reculons, saluant jusqu'à terre.

La douairière resta seule, et se pelotonnant dans une ample bergère, elle se prit à réfléchir profondément.

Je ne sais si j'ai fait suffisamment comprendre tout ce qu'il y avait de gracieuse bonté, d'indulgence charmante chez madame de Vernanges, mais aussi, mais surtout de spirituelle pénétration, de malicieuse bonhomie dans ses grands yeux toujours mi-clos, dans son fréquent sourire aux mille nuances insaisissables, jusque dans son moindre mouvement toujours empreint de haute aristocratie, de transcendante diplomatie féminine.

Les hypocrites et les méchants devaient assurément redouter notre aimable douairière ; les nobles esprits et les grands cœurs n'avaient rien à appréhender d'elle ; elle les aimait, au contraire ; elle les protégeait quand même, elle les eût au besoin défendus avec non moins d'énergie que de subtilité. C'était donc chose précieuse que d'être son ami ; il ne faisait pas bon d'être son ennemi, voire même son simple adversaire ; mais, nous ne saurions trop le répéter, il ne se rangeait dans cette catégorie que les méchants et les hypocrites. La belle pensionnaire à la sirénéenne voix se trouvait-elle dans ce cas-là ?

Madame de Vernanges l'ignorait encore. Quant à son petit-fils, il en eût répondu cœur pour cœur, car c'était tout son portrait, au physique comme au moral ; car c'était une vraie nature de gentilhomme, aventureuse, loyale, brave jusqu'à la témérité, aimante comme à l'âge d'or.

Or, madame de Vernanges avait dû aimer, elle aussi, beaucoup aimer... d'amour... autrefois... il y avait bien longtemps de cela... mais elle s'en souvenait encore... mais elle avait fondu toutes ses affections de jeune fille, toutes ses tendresses de femme dans l'unique passion qui convenait à une si sereine vieillesse, dans un immense amour pour son petit-fils Gaston.

Et voilà que Gaston se permettait d'aimer sans la prendre pour confidente, voilà que Gaston avait pour elle un secret, et, qui plus est, un secret du cœur.

Ce secret... à son insu... malgré lui-même... il fallait le pénétrer à l'instant... non pas pour le contrarier, au moins... pauvre jeune homme... qui sait même peut-être... pour travailler, sans qu'il s'en doutât, à la réalisation de ses rêves de bonheur.

Et c'est à cela précisément que songeait en ce moment le perspicace esprit de madame la marquise.

— Méchant enfant ! amoureux sournois !... murmurait-elle tout bas, tu n'as rien voulu me dire... tu ne me diras rien... Oh ! je me vengerai, va !... Je saurai tout... et si elle est digne de toi... si elle t'aime comme je veux que tu sois aimé... au moment même où tu me croiras à cent lieues d'un soupçon... moi-même je t'amènerai ta belle chanteuse... et, plaçant sa main dans ta main, je vous dirai : Embrassez-moi, mes petits-enfants ! Quel bon tour, hein ? quelle bonne vengeance !

Et elle se frottait les mains, la rusée petite vieille... et elle souriait de son plus charmant sourire, et elle creusait son charmant esprit à y trouver le scénario de la mystérieuse comédie qu'elle méditait.

Tout à coup, au moment où elle venait de repasser dans sa mémoire tout ce qui lui avait dit Ambroise ; au moment où elle s'arrêtait plus que jamais à cette conclusion, que les fameuses lettres devaient aller et venir par la fenêtre donnant sur le jardin, mais par la fenêtre de Gaston, bien entendu ; tout à coup elle crut entendre au-dessus de sa tête, dans l'appartement de Gaston, un pas léger qui précisément s'approchait de cette fenêtre.

Sans plus de bruit qu'une chatte convoitant un bon morceau, madame la marquise bondit donc de la bergère, courut à sa fenêtre à elle, l'entr'ouvrit doucement, fit retomber l'un et l'autre rideau ; puis enfin, par l'interstice qu'elle venait avec art de ménager entre eux, elle regarda.

C'était le soir : l'ombre envahissait déjà le vaste jardin du pensionnat ; à peine quelques rouges rayons du soleil couchant parsemaient-ils à glisser encore au-dessus de la haute muraille pour empourprer la cime tremblottante des tilleuls.

Les classes, sans doute, étaient terminées depuis quelques instants déjà ; toutes les pensionnaires étaient là, grandes et petites ; les unes jouant à divers jeux dans le terrain consacré spécialement aux récréations ; les autres jardinant parmi les petits carrés de fleurs qu'on leur abandonnait durant l'été ; quelques-unes enfin, les plus grandes, se promenant çà et là, qui sous les allées ombreuses, qui dans les rares espaces d'où les regards pouvaient s'élever librement vers tous les alentours.

Parmi ces dernières, madame de Vernanges, dès le premier coup d'œil, reconnut celle qu'elle y cherchait.

Causant avec une de ses compagnes, mais écoutant beaucoup plus qu'elle ne parlait, évidemment distraite, la blonde jeune fille au Salutaris hostia dirigeant incessamment ses grands yeux bleus vers l'hôtel de Vernanges.

Non point vers le balcon du boudoir de madame la marquise, mais précisément au-dessus, s'il vous plaît, vers la fenêtre de l'appartement de Gaston.

— Cachez-vous mieux que cela, mes beaux tourtereaux, se prit à ricaner avec un petit mouvement tout Pompadour madame la marquise.

En ce moment, tout à coup, la si fine oreille de la douairière entendit imperceptiblement s'entr'ouvrir la fenêtre en question, et la soie des rideaux crier en retombant comme étaient retombés tout à l'heure ceux qu'elle tenait toujours entrebâillés dans sa main.

A ce double petit bruit, le cœur de la douairière battit violemment, comme il avait dû battre autrefois... bien autrefois... Elle avait quinze ans en ce moment, madame la marquise.

La jeune pensionnaire cependant poursuivait son hypocrite promenade, mais elle regardait de plus en plus de côté...

mais avec quels regards!... et parfois avec quels sourires!...

Hâtons-nous toutefois de le constater, ces sourires-là, ces regards, bien que mo... estement émus, conservaient toute la chasteté, toute la pudeur de l'âme la plus virginale, du plus angélique amour.

— Qu'elle est belle ainsi! ne put se défendre d'admirer tout bas madame de Vernanges; comme il doit être beau, lui aussi, là-haut! Allons, allons! décidément, ma comédie pourrait bien avoir un dénoûment tout couleur de roses.

Une heure ainsi se passa.

Les derniers rayons, les rayons les plus retardataires du soleil couchant avaient disparu.

Déjà le crépuscule se voilait de grises vapeurs que chaque minute de plus assombrissait davantage encore; et en attendant que la lune paresseuse eût achevé sa toilette de nuit, malgré le scintillement douteux des premières étoiles, il y allait avoir quelques instants d'ombre noire.

La cloche avait chassé les écolières du jardin; une seule restait; une ombre blanche que la douairière n'avait pas besoin de voir pour la reconnaître, et qui, furtive, hésitante, s'approchait à pas si légers de l'hôtel, qu'à peine entendait-on crier le sable sous son pied.

Bientôt enfin elle disparut, précisément sous le large balcon du boudoir de madame de Vernanges.

La curieuse douairière ne vit donc plus rien... plus que jamais elle grillait d'envie de voir!

Fort heureusement une épaisse glycine formait berceau tout autour du balcon.

Glisser entre les rideaux, s'accroupir dans le recoin du treillage, insinuer silencieusement sa tête au milieu des fleurs retombantes, ce fut pour notre grand'maman l'affaire d'une seconde.

L'ombre blanche était là... là... exactement au-dessous d'elle.

— Attention! marmotta la marquise entre ses dents, ou je me trompe fort, ou nous allons assister à quelque chose de drôle; attention!

A peine cette pensée s'achevait-elle dans son esprit, qu'un léger frémissement agita tout à coup le feuillage sonore de la glycine.

— Oh! oh! ricanait en elle-même madame de Vernanges; m'est avis que mes fauvettes sont endormies déjà; quel est donc ce nocturne oiseau qui bat des ailes parmi les fleurs?

Et elle releva ses yeux devenus tellement attentifs, qu'elle y voyait pour ainsi dire au milieu de la nuit.

Quelque chose de blanc ne tarda pas à se dégager de la verdure, à descendre en voletant par saccades légères, à passer presque à la portée de l'impatiente main de la grand'maman.

— Un poulet! fit-elle alors avec une intraduisible grimace de malicieuse satisfaction. Bravo... très-bien! j'avais deviné... décidément nous ne vieillissons pas, marquise...

Puis, après un temps, et sa petite main s'avançant toujours vers la lettre qui toujours descendait:

— Pourquoi pas!... conclut-elle, il n'y a pas de clé, cette fois... pas de serrure... pas d'abus de confiance ni d'effraction... et puis d'ailleurs, il fait si noir... ils ne me verront pas.

Et effectivement, la grand'mère happa le billet au passage avec tant de dextérité, avec si peu de bruit, que la cordelière continua de descendre avec la même confiante lenteur, mais en s'arrondissant désormais dans l'espace au-dessous de la friponne main qui tenait maintenant l'autre bout.

De cette extrémité captive, la lettre fut en un clin-d'œil enlevée.

Après quoi, la grand'maman passa de nouveau le bras dans le feuillage et lâcha tout doucement le cordon qui continua de se dérouler sans aucun encombre jusqu'en bas.

— Et d'une!... fit la douairière en cachant le poulet dans son sein palpitant.

Elle le tenait encore du bout des doigts, lorsqu'un léger bruit s'éleva du jardin... comme un murmure de surprise.

D'un rire silencieux la grand'maman se prit à rire.

Au bout de quelques secondes, le cordonnet se tendit, comme sous une secousse venue de la jeune fille; puis, vers le jeune homme, il commença de remonter, offrant bientôt à l'alerte main de la marquise un second poulet qui, comme le premier, disparut lestement de... son corsage.

— Réponse de la bergère au... erger... minaudait en même temps la douairière; et de deux!...

La pauvre cordelière, pendant ce temps-là, remontait toujours.

— Pauvre Gaston! se prit cependant à regretter la marquise; quelle mine, lorsqu'il ne va rien trouver à sa cordelière! quel désappointement! et en bas, donc! quel sujet de bouderie pour demain! pourquoi pas m'avoir écrit hier? réécrira-t-elle: pourquoi ne pas m'avoir répondu? dira l'amoureux. Mais si! mais non! si! que peuvent être devenues les lettres? vont-ils être inquiets l'un et l'autre, intrigués, malheureux? l'auvres enfants! j'en ai presque pitié!...

Bah!... bah! voilà ce que c'est que de vouloir jouer au fin avec moi. Vos lettres, d'ailleurs, sont en bonne main! mes beaux amoureux.

Et, se redressant tout à coup à dessein, mais certaine de ne pas être aperçue, car la lune ne paraissait pas encore, elle rentra bruyamment dans le boudoir.

Semblable à quelque apparition de la nuit que vient d'effaroucher tout à coup la lumière, la jeune fille aussitôt s'évanouit dans les arbres.

Au second étage, il y eut également rapide et bruyante éclipse de l'amoureux.

Avec une allumette parfumée, la marquise elle-même ralluma ses bougies roses, et, déployant les deux lettres sur un guéridon de marqueterie, d'un air triomphant, elle murmura:

— Que madame de Lescars en fasse autant de son côté, et le cœur de nos deux jeunes fiancés n'aura plus pour nous de mystères!

Puis enfin, commençant à demi-voix la friande lecture des deux galantes épîtres:

— Voyons comme il aime, dit-elle, et surtout comme il est aimé!

VII

Disparue!

Il entrait dans le plan de ce livre de donner ici dans toute leur étendue les deux lettres escamotées par madame la marquise de Vernanges, et qui figurent comme pièces justificatives au dossier qu'on a bien voulu nous remettre entre les mains, après nous avoir fait la confidence de cette trop véritable histoire.

Plusieurs raisons nous ont détourné de cette publication: en premier lieu, la longueur des deux amoureuses épîtres, lesquelles ont pour le moins chacune quatre pages; pour bien des lecteurs, ce serait ennuyeux.

Et puis, comprendrait-on bien, ou du moins se donnerait-on la peine de comprendre ce babil ingénu de deux jeunes cœurs s'ignorant presque eux-mêmes, ces deux mélodies tout à la fois timides et passionnées, ces deux fraîches violettes de la première saison, du premier amour?

Non, non!... Je viens de les relire, ces deux lettres trop charmantes. Et dans leur franchise, dans leur innocent abandon, il y a quelque chose de tellement intime, de tellement en dehors des passions de ce monde, que je n'ose pas, que je ne dois pas, que je ne veux pas les laisser sortir du tiroir où je les renferme de nouveau; tout le parfum s'évaporerait, une fois la cassolette entr'ouverte!

Contentons-nous d'en extraire seulement ici ce qu'y cherchait notre grand'mère, à savoir: primo, que son petit-fils était réellement amoureux... amoureux comme les nobles cœurs ne le sont qu'une fois dans la vie... amoureux comme on l'avait peut-être été jadis de madame la marquise.

Car, après cette première lettre, elle éleva vers le ciel ses yeux où perlaient deux tremblottantes larmes; car un soupir s'échappait en même temps de son sein oppressé... un adorable soupir!

Après quoi, passant à la seconde lettre... à celle de la jeune fille, elle se dit :

— Voyons un peu, maintenant, voyons si elle est digne de lui ?

Oh ! oui... oui, elle l'était ! j'en atteste la croissante émotion de la grand'mère en parcourant cette angélique réponse, cette tendre et pure émanation d'un cœur de seize ans.

« J'agis mal peut-être en vous répondant, » terminait la jeune fille ; « mais c'est en vain que je me le répète tous les jours, puisque tous les jours je vous réponds. Est-ce ma faute, à moi, qui de si bonne heure ai perdu ma mère, qui ne sors jamais du couvent, qui, pour toute fam..., n'ai que mon père... le meilleur de tous les pères, monsieur Gaston... mais qui habite la province et ne vient me voir à Paris qu'une fois tous les mois ? Est-ce ma faute si, au milieu de cet isolement qui commençait à me rendre le cœur tout triste, est-ce ma faute si je me suis sentie touchée de votre amitié, si je l'ai acceptée, si je la partage ? Non !... oh ! non ! Un jour viendra, sans doute, où je devrai tout confier à notre chère supérieure, et je lui ferai cet aveu sans rougir, car je lui dirai : Si cet amour nous est éclos dans l'âme, c'est que Dieu lui-même l'y avait mis, ma mère : ou Dieu continuera de le bénir, et alors je deviendrai sa femme... ou les circonstances ne permettront pas ce mariage, et je resterai éternellement ici, et j'épouserai Dieu, qui ne me défendra pas de prier pour lui. »

En achevant de lire ces mots, madame de Vernanges essuya une larme, puis tout bas, elle murmura :

— Allons ! allons ! c'est une noble fille ! Reste à savoir seulement si c'est une fille noble et riche... voilà la question.

Et là-dessus elle s'endormit d'un sommeil tout plein de rêves roses.

Il n'en fut pas de même sans doute de Gaston, inquiet de ne pas avoir trouvé de lettre au bout de sa cordelière. Dans un autre cœur, au couvent, l'inquiétude devait tenir encore deux autres yeux éveillés.

Les astres cependant n'en suivirent pas moins leur cour habituel ; comme de coutume cependant, à la nuit succéda le jour.

Ce jour-là, la marquise fut tout étonnée de n'entendre s'élever aucun bruit du jardin du pensionnat.

A plusieurs reprises, elle regarda.

Le jardin restait vide.

Sonnant donc enfin Ambroise, madame de Vernanges lui dit :

— Tâche de savoir pourquoi mon voisinage est aujourd'hui solitaire et silencieux ; va !

— Inutile, madame la marquise, se prit à ricaner à demi-voix le vieux laquais, j'ai été déjà aux informations ; déjà je sais.

— C'est juste, sourit à son tour la grand'mère, après un regard vers le plafond ; c'est juste, Ambroise, mais moi, je ne sais pas encore, explique-toi.

— C'est aujourd'hui la fête de la maîtresse de la pension, et ce matin, au petit jour, toutes les pensionnaires sont parties en voiture pour une grande partie de campagne. Elles ne rentreront même que ce soir assez tard.

— Bravo ! s'écria joyeusement la marquise ; aujourd'hui, du moins, monsieur mon petit-fils m'appartiendra tout entier, comme en nos bons jours d'autrefois. Vite ! vite ! Ambroise, prie-le de descendre.

Quelques minutes après, Gaston embrassait sa grand'mère.

— Je parie que tu vas déjeuner avec moi, sortir avec moi, dîner avec moi, et, qui plus est, passer avec moi toute ta soirée ?... s'écria plus allégrement que jamais la douairière. Hein ! Gaston ? veux-tu parier ?

— Je vous donne gagné d'avance, grand'mère. Mais comment devinez-vous ?

— Ah ! j'avais rêvé.

Le prétendu rêve devint une réalité : de tout le jour, Gaston ne quitta pas la marquise ; le soir même, il l'accompagna aux Italiens.

Il est vrai que d'avance l'indulgente grand'mère avait dit :

— Nous reviendrons de bonne heure.

Effectivement, dès qu'elle commença d'entrevoir une naissante impatience chez son petit-fils, bien vite elle s'empressa de demander sa voiture.

Aussitôt de retour à l'hôtel, aussitôt dans le boudoir, le jeune homme courut vivement à la fenêtre ; en même temps y couraient aussi les yeux et les oreilles de madame de Vernanges.

Les pensionnaires étaient de retour déjà ; déjà, comme la veille au soir, le jardin se remplissait de divers groupes de jeunes filles.

Mais ce fut en vain que Gaston y chercha la seule qu'il eût voulu voir.

En vain, de son côté, la grand'mère promenait de toutes parts ses yeux étonnés.

Le jour achevait de disparaître ; elle ne se montra pas.

D'impatient qu'il avait été d'abord, Gaston était devenu profondément triste.

— Grand'mère, dit-il enfin, je me sens fatigué, je vous demanderai la permission de remonter chez moi.

— Va, mon enfant, va ! répliqua la grand'mère en lui mettant au front un baiser tout attendri.

Et pendant qu'il se retirait, tout bas elle ajouta :

— Pauvre Gaston ! il me fait vraiment de la peine, mais comment le consoler un peu ?

En même temps elle s'achemina vers le balcon ; elle vint s'asseoir sans bruit sous son épais buisson de glycines.

Au-dessus de sa tête elle entendait aller et venir... parfois même pousser de gros soupirs.

Pauvre Gaston !

Bien décidément la jeune fille ne paraissait pas !

La dernière de ses compagnes ne tarda pas à rentrer dans la maison. La cloche avait retenti ; la nuit venait ; décidément, bien décidément, il ne la verrait pas ce soir-là !

Et cependant la fenêtre du jeune homme ne se refermait pas... et le jeune homme cependant continuait avec obstination de rester à sa fenêtre.

La marquise, elle aussi, demeurait sous sa glycine... elle n'en bougea pas jusqu'à la nuit close.

Une noire nuit, celle-là, et que la brume bientôt rendit plus épaisse encore.

On ne distinguait plus rien dans le jardin du couvent, pas même les massifs les plus élevés, les plus gros arbres.

Peut-être, nonobstant, eût-on pu voir une robe blanche... ou du moins la deviner ?

Le cœur ne fait-il pas l'office des yeux dans l'ombre ?

Mais non ! non, rien ! toujours rien !

Vers le minuit cependant, soit que la lune, glissant un instant entre deux nuages, eût pu lui faire illusion, soit qu'il voulût tenter une de ces magiques évocations, qu'imaginent seulement les enfants ou les amoureux, le pauvre jeune homme alla saisir tout à coup la cordelière, et se prit à la dérouler mélancoliquement, dans l'espace.

Comme la veille au soir, la marquise entendit donc un certain bruissement dans sa glycine ; comme la veille au soir, elle vit descendre à l'extrémité du fil mystérieux.

— Ah ! fit-elle aussitôt.

Et elle courut reprendre l'une des deux lettres subtilisées la veille au soir... la lettre, bien entendu, de la jeune fille.

Puis, elle revint au balcon juste au moment où la cordelière remontait... hélas ! avec la lettre qui venait d'y descendre.

Enlever légèrement ce billet, en un clin-d'œil y substituer celui qu'elle tenait à la main, ce fut pour notre grand'maman l'affaire d'une seconde.

Puis, elle rentra toute joyeuse et referma sa fenêtre en disant :

— Comme ça, du moins, il dormira bien... et moi aussi !

Par malheur, cette seconde partie de la prévision ne se réalisa point ; avant de se mettre au lit, la marquise avait eu la fatale pensée de vouloir lire la nouvelle lettre qu'elle venait de surprendre.

Elle ne contenait que ces quelques mots :

« Lise, si vous restiez encore un jour sans m'écrire, si je
« devais passer encore toute une journée sans vous voir... je
« le sens... j'en mourrais. »

Jugez si la nuit de la grand'maman fut mauvaise !

Et le lendemain donc !

La jeune fille, Lise, — puisque nous connaissons maintenant son nom, — Lise ne se montra pas au jardin.

Le soir arriva, la nuit, pas même l'ombre de Lise !

Nous renonçons à peindre l'anxieuse attente, l'impatience fébrile de Gaston... et surtout de madame de Vernanges, qui maintenant attendait avec autant d'anxiété, qui s'impatientait avec autant de fièvre que son petit-fils.

De part et d'autre, on songea bien à Ambroise, on l'envoya même aux informations.

Mais, Ambroise ne pouvait pénétrer dans le couvent, Ambroise n'interrogeait que les gens du quartier qui ne voyaient absolument que ce qui se passait en dehors du pensionnat, qui, la veille, avaient pu lui dire que toutes les élèves en étaient sorties de grand matin dans de nombreuses tapissières de promenade, mais qui étaient maintenant incapables de lui donner aucun renseignement, aucun indice sur la jeune fille qu'on ne voyait plus au jardin.

Le lendemain, même absence encore ; toujours même absence les jours suivants.

Une semaine ainsi se passa... puis quinze jours, puis un mois... Lise n'avait pas reparu.

La tristesse de Gaston devint bientôt un véritable chagrin, un morne et profond désespoir. Pâle, amaigri, défaillant, indifférent à tous les besoins de la vie, l'heure enfin arriva où, dangereusement malade, il se vit contraint de garder le lit.

La grand'mère alors se ressouvint avec terreur de ces quelques mots qui déjà lui avaient fait froid à l'âme : « Lise, si je restais trop longtemps sans vous voir, assurément j'en mourrais. »

Le premier jour de la maladie, et durant toute la nuit suivante, la grand'mère était restée au chevet de son petit-fils ; au jour naissant, elle se retira enfin, en se disant :

— Il faut absolument que j'aille parler à la supérieure... aujourd'hui même j'irai.

Mais lorsque, avant de sortir de l'hôtel, elle voulut d'abord remonter à la chambre de son cher malade, elle y retrouva le docteur épouvanté.

Le mal venait de s'aggraver tout à coup ; c'était cette terrible fièvre qui, presque toujours, causée par de secrets chagrins, enlève si rapidement les plus vigoureuses jeunesses, les existences les plus pleines d'espérances, c'était la fièvre typhoïde.

La grand'mère rejeta au loin le châle et le chapeau qu'elle venait de mettre pour rendre visite à la supérieure, et pour tout un grand mois elle se rassit au chevet de son petit-fils.

La robuste organisation de Gaston parvint à triompher enfin de la maladie.

Gaston fut sauvé... physiquement, oui ; mais moralement... pas encore ; car, dès les derniers jours de crise, sitôt que le souvenir lui était revenu... la parole, il s'était repris à murmurer incessamment avec une morne désespérance :

— Lise !... disparue !... Lise ! Lise ! A jamais perdue pour moi !

Madame de Vernanges aussitôt s'était penchée vers lui ; madame de Vernanges lui avait dit, avec cette bonne et souriante voix qui ne parle qu'aux lèvres des grand'mères :

— Gaston ! mon Gaston ! je sais tout !... Aujourd'hui même, si tu le veux, je saurai ce qu'est devenue Lise ?

Le jeune malade aussitôt s'était soulevé, comme si toutes ses forces lui fussent revenues tout à coup ; à deux mains il avait saisi la tête de sa grand'mère, il l'avait embrassée passionnément, puis, retombé presque aussitôt sur l'oreiller, avec un intraduisible regard, les mains jointes, la voix suppliante, il avait murmuré :

— Allez, grand'mère ! il y va de ma vie ; allez, allez !

Cinq minutes plus tard, madame de Vernanges entrait chez la supérieure.

Au bout d'une heure environ elle était de retour, mais avec un tel air de tristesse et de désappointement au front, que le jeune malade en parut tout d'abord frappé de stupeur.

— Tout n'est pas perdu ! s'écria vivement la grand'mère ; Gaston, mon cher Gaston, je t'apporte du moins une espérance.

— Laquelle ? s'empressa de demander le jeune homme, dont les yeux, démesurément agrandis, brillaient d'un éclat étrange.

— Un grand événement est survenu dans l'existence de celle que tu aimes ; la supérieure a obstinément refusé de me le faire connaître encore : on lui a fait jurer le secret.

— Mon Dieu !

— Elle m'a promis de lui écrire cependant, de lui apprendre sans retard l'état désespéré dans lequel t'a mis sa disparition, ô mon pauvre enfant ! Sitôt qu'elle aura reçu réponse à sa lettre, elle me le fera bien vite savoir. Un peu de patience, Gaston !

— Attendre ! encore attendre !

— Oui. Mais tu es certain cette fois de découvrir ce qu'elle est devenue... Qui sait même peut-être de recevoir une lettre d'elle.

— D'elle ?...

Et plus calme déjà, le malade parut tomber dans une mélancolique rêverie.

Au bout de quelques minutes cependant, il releva la tête et, d'une voix pleine de prières :

— Répétez-moi du moins ce qu'on vous a dit, s'écria-t-il, tout ce qu'on vous a dit... grand'mère, tout !...

Madame de Vernanges commença aussitôt le récit de sa visite à la supérieure.

Elle était allée franchement au but : dès les premiers mots, elle avait avoué l'amour de son petit-fils ; elle avait demandé ce qu'était devenue celle qui le lui inspirait.

— Je sais tout, avait répondu la supérieure. Lise est une de ces natures candides et pures qui peuvent être surprises un instant, mais qui ne sauraient tarder à en faire l'aveu à celle qui leur servit de mère : or, tel est mon rôle auprès de Lise. Il y a un mois de cela, lors d'une promenade à l'occasion de ma fête, cette jeune fille fit une rencontre inattendue, une imprévoyable découverte, qui devait à l'instant même la contraindre à quitter le couvent, métamorphoser tout son avenir. Le soir, elle ne rentra pas avec ses compagnes ; mais, dès le lendemain matin, elle vint me donner l'explication de sa conduite, et l'approuvai hautement, et je me sentis fière plus que jamais de la nommer ma fille. Puis, après avoir hésité quelque peu, mais sans rougir, néanmoins, tant son âme était blanche, elle tomba à mes genoux ; toute en pleurs, elle m'avoua qu'un immense amour s'était développé dans son cœur. Étonnée, mais sans colère, car, avant d'être religieuse, je suis femme, je voulus apprendre tous les détails de ce mystérieux roman. Il y a deux années de cela, M. Gaston de Vernanges vint avec vous, madame la marquise, au bal que nous donnons chaque hiver dans ce pensionnat : si c'est un tort par trop mondain, que Dieu me le pardonne ! Toute la soirée, Gaston fit danser Lise. De là, mutuelle sympathie, affection naissante.

Le lendemain, à l'une des fenêtres de votre hôtel, elle l'aperçut. Durant tout une année, chaque matin et chaque soir, elle le retrouva à cette fenêtre. Revint l'époque du bal où, pour la seconde fois, ils purent se parler. M. Gaston avoua son amour à Lise. Eh ! mon Dieu ! ne le connaissait-elle pas déjà ? Lise, qui ne sait pas mentir, laissa voir qu'elle le partageait, mais sans croire même commettre une imprudence... la pauvre enfant ! car il lui semblait que Dieu lui désignait un époux, qu'il devait bénir son amour, son mariage. On convint donc de s'écrire : madame la marquise sait par quel moyen. Mais ce n'était pas là l'entr... ement des jeunes sens... non ! non ! Lise m'a remis toutes les lettres de votre petit-fils. Je devine toutes celles que Lise a pu lui répondre : ce fut l'entretien de deux anges sous le regard de Dieu. Quelques jours encore, Gaston devait tout vous dire ; Lise, de son côté, devait tout m'apprendre, car elle était en droit encore de pouvoir espérer devenir la petite-fille de madame de Vernanges... Mais l'événement imprévu qui l'a frappée tout à coup, cette révélation qu'il m'est interdit encore de vous révéler à vous-même, fut la ruine de cette illusion, la perte de cette espérance.

— Qu'est-ce donc, ô mon Dieu ! qu'est-ce donc ? murmura le jeune malade éperdu.

— Tu le sauras demain, Gaston, sans aucun doute, dès demain ; en attendant, ne fût-ce que pour tromper ton impatience, écoute jusqu'au bout ce qu'acheva de me dire madame la supérieure.

— Parlez toujours, grand'mère, je vous écoute : oh! parlez!

— Lorsque Lise eut tout dit, elle demanda naturellement conseil sur la conduite qu'elle aurait à tenir désormais. La religieuse se recueillit un instant, puis elle se résuma ainsi.

« Je connais mal les passions humaines, mon enfant, mais je crois qu'il faut attendre avant tout l'effet de ta disparition subite. De deux choses l'une : ou M. Gaston, ne te voyant plus, t'oubliera... Je ne le pense pas... Non! Mais il faut admettre cependant l'inconstance de la jeunesse, les distractions de son rang, de sa fortune... ce serait le plus heureux, ma pauvre enfant! car tu serais seule à souffrir, et tout ainsi serait fini. Au contraire, s'il persévère dans son amour, s'il tente quelque folle démarche pour te revoir, s'il en est aussi malheureux que tu vas l'être toi-même, je le saurai, moi, et, s'il le faut, je te le ferai savoir.

« — Vous me le promettez? demanda la jeune fille.

« — Je te le jure! répondit la supérieure.

« — Ce n'est pas tout, reprit Lise; si l'on venait à vous interroger... oh! je vous en supplie, ma mère... j'ai trop grand' peur dans mon amour; n'indiquez à personne le lieu de ma retraite. »

La supérieure consentit sans peine à cette noble et courageuse résolution... Elle jura, quelque demande qui lui serait adressée, quelques prières qui lui seraient faites, de ne révéler à qui que ce soit le lieu que Lise habitait, les motifs qui avaient soudainement changé son avenir... en un mot, elle jura de laisser cette étrange disparition le plus profond mystère. Tu comprends, mon Gaston, tu comprends bien : elle a juré!

— Et vous n'avez rien pu obtenir... rien? s'écria fébrilement le jeune homme.

— Si fait! répondit la grand'mère. Après bien des pourparlers, bien des prières, j'ai obtenu de la supérieure la promesse favorable, qu'aujourd'hui même elle écrirait à son ancienne pensionnaire. Demain soir, au plus tard après-demain, elle aura la réponse.

— Un jour!... deux jours au plus!... réfléchissait déjà le jeune malade, Lise n'est donc pas loin.

— Ne va pas te tourmenter la tête et le cœur! s'écria vivement la grand'mère; tu as besoin de calme, mon enfant, de beaucoup de calme. Tâche de te rendormir, je t'en supplie, mon Gaston; le bonheur, tu le sais, vient parfois en rêvant.

Pour toute réponse, le jeune homme embrassa tendrement la bonne vieille main tendue vers lui; puis, du regard, indiquant certaine fiole posée non loin de là, et que le docteur avait ordonnée comme soporifique :

— Verse-moi le sommeil, murmura-t-il; du moins, grand'maman, je pourrai rêver d'elle?

Quelques minutes plus tard, il sommeillait profondément.

Mais la réponse si impatiemment attendue n'arriva pas le lendemain; le surlendemain, durant toute la matinée, pas davantage encore; la fièvre reprenait, augmentant à vue d'œil; le soir enfin, Ambroise annonça la supérieure du couvent. Plus de doute, elle tenait sa promesse; mais elle s'avança d'un air si grave et si triste en même temps, que la physionomie du jeune malade un instant épanouie, s'assombrit aussitôt.

De plus en plus solennelle, la religieuse vint s'asseoir au pied du lit, et néanmoins avec une grande douceur dans la voix, elle commença :

— Mon fils, il faut savoir accepter avec résignation les épreuves que Dieu nous envoie; notre vie dans ce monde n'est qu'un passage de quelques instants, et ceux que les lois humaines y séparent, peuvent du moins conserver la douce espérance d'être un jour unis dans le ciel. Ici-bas, le mariage que vous rêviez est impossible.

Gaston, atterré, laissa retomber sa tête en silence.

Mais lorsque la sainte femme voulut entamer l'austère chapitre des consolations religieuses, il releva vivement son front pâle, et, d'une voix convulsivement émue :

— Dites-moi tout, s'écria-t-il, dites-moi tout ce que Lise vous a répondu.

À ces mots, mais avec plus d'angélique mansuétude que jamais, la supérieure prit une lettre à sa ceinture, la déploya lentement, et dit :

— Voici le passage de la lettre qui vous concerne :

« Ma mère, répétez bien à M. Gaston que je l'aime : répétez-lui cent fois que je l'aimerai toujours; mais que je me sais trop pauvre maintenant, et surtout d'une naissance trop obscure, pour qu'il me soit permis encore d'espérer être sa femme. Même dans l'état où il se trouve maintenant, encourager de nouveau son amour, lui laisser entrevoir la consolation de me revoir bientôt, ce serait mal, interdit maintenant de lui donner moi-même, pour qu'un jour, du moins je ne le puis plus, je ne le dois pas. Mais qu'il le sache bien, je ne serai jamais à d'autre qu'à lui. J'ai un grand devoir à remplir; et sitôt que ce devoir m'aura rendu la liberté, je retournerai au couvent où s'écoula mon enfance et, tout le reste de sa vie, sous votre religieux uniforme, ma mère, priera Lise pour que Gaston lui pardonne tout ce qu'il souffre aujourd'hui, pour qu'une autre femme, plus digne de sa fortune et de son nom, lui donne en ce monde tout le bonheur qu'il m'est interdit mainte-nant de lui donner moi-même, pour qu'un jour, du moins j'en ai la foi, nous soyons réunis dans le ciel, où le bon Dieu marie les âmes. Afin que ce beau rêve puisse se réaliser pour les nôtres, s'il croit devoir quelque chose à celle qu'il aurait tant aimée, s'il veut me rendre bien heureuse ici-bas, qu'il se résigne comme moi; comme moi, qu'il attende avec courage : à lui le travail, lui, la gloire, l'avenir; moi, je n'aurai que la prière et les larmes. Il sera le moins malheureux de nous deux, car, tout en lui gardant mon amour, je ne lui demande que de me conserver son estime. En agissant autrement que je le fais aujourd'hui, je cesserais de le mériter. »

Lorsque la supérieure acheva cette lecture, le jeune malade s'enveloppa silencieusement la tête dans ses draps comme dans un linceul.

Non loin de là, madame de Vernanges pleurait amèrement.

Après avoir échangé quelques paroles avec elle, la supérieure sortit.

La grand'mère et le petit-fils restèrent seuls; celui-ci toujours invisible; celle-là devenant de plus en plus songeuse.

— Pauvre fille! murmura-t-elle à demi-voix; noble cœur! c'est beau ce qu'elle fait là... oh! oui, bien beau!

À ces mots, tout à coup le jeune homme écarta violemment les draperies dont il s'était enveloppé, et d'une voix stridente, éperdue, folle :

— Comment! s'écria-t-il, vous applaudissez à sa conduite, lorsqu'elle me désespère, lorsqu'elle me tue?

À ce douloureux éclat qui touchait presque au délire, on se serait attendu, sans aucun doute, à ce que madame de Vernanges se précipitât dans les bras de son petit-fils, et lui criât du fond de son cœur de grand'mère :

— Qu'importe qu'elle ne soit pas noble, qu'importe qu'elle soit pauvre, elle sera ta femme; je le veux; je te la donne.

Eh bien! non; bien au contraire, madame de Vernanges se redressa, austère et solennelle comme la supérieure, et après avoir dominé le violent combat qui bien évidemment se livrait dans son âme, avec un regard étrange, avec une inexplicable voix, elle répondit :

— Gaston, je donnerais pour toi ma vie s'il le fallait, tu ne peux en douter; mais j'ai dans notre famille une position toute particulière, qui m'impose plus qu'à personne le plus respect du nom de Vernanges. Tu ne peux pas me comprendre, mon enfant; tu ne le dois pas; après ma mort, peut-être, et alors tu me rendras justice. Aujourd'hui, j'ai un devoir à accomplir aussi, moi; comme elle, je dois te crier : Résignation et oubli! comme elle, je dois te dire : Ce mariage est impossible!

— Impossible? murmura le jeune homme stupéfait; mais hier encore... mais ce matin...

— Hier!... ce matin!... je me disais encore : Je ne connais ni le nom ni la fortune de cette jeune fille; mais elle est élevée dans un pensionnat où il ne doit se trouver que des alliances dignes de nous; peut-être est-elle un peu moins riche, un peu moins noble, qu'importe? Je tenterai l'impossible. Mais je viens d'apprendre, — et par elle-même, l'admirable enfant! — qu'elle n'était rien, qu'elle n'avait rien, absolument rien. Tu ne dépends pas de moi seule, Gaston; tu as

La grand'mère happa le billet au passage. (Page 13).

un tuteur, des parents, qui jamais ne consentiront, auprès desquels il me serait même interdit de plaider la cause de votre amour. Quelle est cette jeune fille? nous l'ignorons tous les deux. Il y a deux mois encore, elle l'ignorait elle-même, et sitôt qu'elle a connu la vérité, tu le vois, elle te l'écrit. C'est impossible... il y a là-dessous un mystère, un mystère qu'il faut savoir respecter, qui fera notre malheur à tous peut-être, mais auquel tu dois avoir l'énergie de survivre; car, tu le sais, je mourrais aussi, moi, si tu venais à mourir, et tu ne voudrais pas tuer ta vieille grand'mère!

À ces mots, frémissante, mais calme, elle déposa un long baiser au front de son petit-fils; puis, tremblant si fort qu'on eût dit qu'elle allait tomber à chaque pas, elle disparut.

Un instant, le jeune homme resta silencieux, immobile, étrangement ému par cet étrange adieu.

Puis, ses pensées prenant un autre cours tout à coup :

— Oh! si je pouvais retrouver Lise! s'écria-t-il; si je pouvais lui parler une heure... seulement une heure!... Mais qui me mettra sur la trace de Lise, qui me dira ce qu'elle est devenue?...

— Moi! répondit de l'un des coins de l'appartement une jeune et souriante voix; eh! parbleu, moi! mon cousin.

— Caroline! fit Gaston.

C'était effectivement mademoiselle de Lescars, dont l'espiègle et brune tête venait d'apparaître depuis déjà quelques instants à la porte dérobée de la chambre de Gaston.

— Moi! poursuivit-elle; moi, qui arrive de Lescars, où j'ai travaillé secrètement à la grande conspiration, mais sans en rien dire encore à ma mère, ainsi que nous nous l'étions promis. Aussi les choses vont-elles parfaitement de mon côté; il

en serait probablement de même du vôtre, mon cher cousin, si vous vous étiez souvenu que jusqu'à nouvelle convention, vous ne deviez avoir qu'une seule confidente, si vous aviez uniquement compté sur votre sincère et loyale complice.

En même temps, Caroline tendit sa petite main au jeune homme tellement interdit, qu'à peine parvint-il à murmurer :

— Comment, cousine, vous savez?...

— Ce n'est pas pour rien qu'on m'a surnommée le lutin de la famille. Je sais déjà tout; à tout déjà j'ai trouvé remède.

— Il se pourrait!... Comment?...

— Ayez donc confiance dans votre alliée, cousin; elle ne vous demande qu'une heure pour vous apprendre ce que vous demandiez si passionnément aux échos.

— La retraite de Lise?...

— Si dans une heure je vous rapporte son adresse et son numéro... cousin, serez-vous guéri?

— Radicalement.

— En ce cas, à bientôt!

Et elle se dirigeait vers la grande porte de sortie.

— Où donc allez-vous? fit encore le jeune homme.

— D'abord, rendre mes devoirs à ma grand'tante; ensuite, faire une visite toute naturelle à mes anciennes compagnes du pensionnat... des petites filles innocentes comme votre toute dévouée cousine... C'est bien le diable si elles ne savent pas tout le mystère sur le bout de leurs petits doigts.

— Oh! s'écria Gaston, vous êtes mon bon ange!

— Oh! que non pas... un lutin, moi!... le bon ange, ce sera Lisette!

Et, non moins légère en effet qu'un farfadet, elle s'enfuit

Avec quelle impatience Gaston n'attendit-il pas son retour!

Mais ce n'était déjà plus la fiévreuse et débile attente de la maladie; déjà le pâle jeune homme avait repris quelques rouges couleurs; déjà notre amoureux si désespéré tout à l'heure, se tenait accoudé sur son chevet, rasséréné, gaillard et fort. Dame! pour tout de bon, cette fois, il espérait!

Exacte à sa promesse, Caroline, au bout d'une heure, fut de retour.

— Eh bien! s'écria le jeune homme du plus loin qu'il l'aperçut.

— Chut... fit la jeune fille en avançant sur la pointe de ses pieds mignons; chut donc! cousin... nous conspirons, ne l'oubliez pas! et pour les conspirateurs, ainsi que pour les conspiratrices, toutes les murailles ont des oreilles; or, je ne veux dire le grand secret qu'aux vôtres.

A ces mots, se penchant avec grâce par-dessus le chevet, l'œil étincelant d'esprit, les lèvres toutes fleuries de charmants sourires, elle commença tout bas... tout bas... un assez long récit, lequel se termina par trois mots qui firent que, finalement, le jeune homme poussa un grand cri de joie.

En cet instant précisément rentrait madame de Vernanges.

— Eh bien? dit-elle en s'approchant du lit avec crainte, eh bien! méchant enfant, veux-tu toujours mourir?

— Moi! s'écria impétueusement le malade, je veux vivre, au contraire... ce soir même je serai debout... je sortirai d'ici demain.

— Non pas! s'il vous plaît, cousin; dans huit jours tout au plus, repartit joyeusement Caroline; c'est l'ordonnance du docteur.

— Quel docteur? fit la marquise tout ébahie.

— Un grand docteur!... chère tante; car vous le voyez, il fait des miracles.

— Mais quel est-il?

— Voici!

Et mademoiselle de Lescars, tout en se montrant elle-même, fit une profonde révérence.

— Toi! comment?

— Ne me trouvez-vous donc pas assez jolie pour cela? Oubliez-vous donc que mon cousin et moi nous nous aimons éperdument, et qu'il faut qu'il se rétablisse promptement pour la grande fête de notre mariage.

— Oh! oui... oui! accentua passionnément l'ex-malade, mais en ne répondant, bien entendu, qu'à la première des assertions de la jeune fille.

Madame de Vernanges était une de ces spirituelles et bonnes natures qui acceptent vivement le bonheur sans demander ni pourquoi, ni comment.

Folle de joie, elle se jeta donc en pleurant et en riant tout à la fois dans les bras de sa nièce, à laquelle elle venait de crier du fond du cœur :

— Caroline, ma fille, oh! tu es un ange!

— Et de deux! sourit in petto la jeune fille; ce que c'est que de savoir garder un secret!

VIII

Où le lecteur va connaître aussi le grand secret.

Il serait temps de revenir, ce me semble, au bonhomme A-tout-coup-l'on-gagne et à son obligeant ami, messire Pipe-Chardonneret.

Ce dernier, l'on s'en souviendra sans doute, n'était déjà plus depuis longtemps le dénicheur par excellence du bois de Romainville.

Dix années pour le moins s'étaient écoulées depuis l'installation du tourniquet à macarons. Ces dix années n'avaient apporté que peu de changements à la physionomie de notre aveugle de Bagnolet. Les chagrins l'avaient vieilli sans doute, vieilli avant l'âge, car, dès les premiers jours de son mystérieux emménagement chez l'épicier-propriétaire, il avait déjà les rides nombreuses et les nombreux cheveux blancs qu'il possède maintenant, et qui lui font paraître environ la soixantaine.

Un seul incident depuis lors était survenu dans sa paisible existence, à savoir : sa promotion inattendue au poste important de triangle en chef et sans partage de la Calypso d'hiver.

Les quelques cents francs qu'il avait glanés dans l'orchestre de M. Pipe-Chardonneret avaient paru combler la mesure des désirs du bon homme. Plus d'inquiétude désormais, plus de souci quant à l'incompréhensible passion qu'il entretenait probablement en ville (telle était du moins l'opinion romainvillienne) et qui lui dévorait à chaque visite mensuelle tout son argent.

Quant au reste, il lui fallait si peu de chose! du pain, de l'eau, quelques légumes et quelques fruits; aux grands jours, la fine côtelette et le vin bleu, généralement préférés sur la bourse de Pipe-Chardonneret : c'était là toutes ses dépenses.

Les choses allèrent donc ainsi jusqu'au second événement que nous avons annoncé vers la fin d'un de nos derniers chapitres, et dont il sera parlé tout à l'heure. Jusqu'à ce second événement qui devait métamorphoser sa vie, le bonhomme A-tout-coup-l'on-gagne ne changea donc ni d'allure, ni de caractère.

Durant ces dix années, il resta donc le même vieillard béni, souriant, heureux.

Il n'en avait pas été ainsi de M. Pipe-Chardonneret. Grandissant à vue d'œil, bien que toujours aussi burlesquement laid, le gamin était devenu un homme, ou du moins à peu près. Mais il était resté fidèle à la flânerie vagabonde, à l'école buissonnière quotidienne, et cela jusqu'au jour où l'Euterpe du bois de Romainville lui avait soufflé à l'oreille de devenir musicien.

Ce dernier désir avait rapidement grandi dans cet indépendant cerveau. Pour premier professeur il avait eu les pinsons et les fauvettes du bois de Romainville et, d'après leurs naïfs concerts, il s'était formé une méthode lyrique à lui appartenant, et qu'il sifflottait sans cesse à tous ses buissons favoris. Bientôt cette espèce de flageolet fourni par la nature, et sur lequel notre gamin était devenu grand maître, ne lui suffit plus. Il rechercha la société des joueurs d'orgue, de clarinette, de violon, de trombone et d'accordéon de tous les alentours. Il sollicitait ardemment leurs conseils, s'emparait à la dérobée de leurs instruments, en tout bien tout honneur bien entendu, car c'était un honnête gamin, et, tant bien que mal, apprit rapidement tout ce qu'ils savaient eux-mêmes, c'est-à-dire pas grand'chose. Néanmoins, à force d'avoir râclé par-ci, soufflé par-là; à force de s'être exercé de toutes façons, sous la direction de ces seconds professeurs, beaucoup plus équivoques que les premiers, la fantaisie musicale de Pipe-Chardonneret devint une véritable vocation, et il osa franchement aborder son père en lui disant:

— Je veux être musicien!

A ces mots, le brave jardinier du Pré-Saint-Gervais entra dans une superbe colère! jusqu'alors il avait toléré d'assez débonnaire humeur les fugues quotidiennes de monsieur son fils; il ne faisait rien, il ne voulait rien faire : passe encore! Mais voilà qu'il s'imaginait d'être artiste? quelle horreur! artiste!

Incontinent il le flanqua à la porte avec un grand coup de pied n'importe où.

En fils respectueux qu'il était, le gamin s'en moqua pas mal; bien plus, il en fut ravi, car pour notre futur maestro, ce coup-de-pied-là, c'était la liberté.

Mais, va-t-on dire peut-être, comment vivre désormais?

Le jeune vagabond n'en fut nullement embarrassé, je vous le jure. Imiter le chant des oiseaux sur les places publiques, jouer de tous les instruments de ses nombreux amis, lorsqu'ils se voyaient contraints de faire relâche par indisposition, attraper par-ci quelques sous en ouvrant les portières, par-là quelques autres en vendant des contre-marques, qui ne lui avaient rien coûté; tel fut le premier gagne-pain de Pipe-Chardonneret qui, je ne saurais mieux vous l'expliquer, trouva constamment le moyen de subvenir à tous ses besoins, voire même à tous ses caprices, lesquels étaient bien autrement dispendieux que ceux du bonhomme A-tout-coup-l'on-gagne ; un jour même, le plus grand jour de sa vie, Pipe-Chardonneret put acheter sur les quais un vieux solfège de Rodolphe qu'il se mit à étudier aussitôt avec une infatigable ardeur.

Oh ! c'était plaisir, je vous le jure, que de le rencontrer dans ce bois de Romainville solfiant à haute voix, battant la mesure avec un bâtonnet arraché dans les broussailles ; bref, étudiant tout seul l'art presque indéchiffrable, vers lequel il se sentait entraîné par un invincible instinct.

Vers la même époque, Pipe-Chardonneret eut le bonheur de faire la connaissance d'un vieux boiteux qui jouait un peu moins mal du violon que tous les autres. Ce nouveau professeur était très-friand de petits oiseaux ; Pipe-Chardonneret lui en apporta chaque matin une grillade ; chaque matin, en échange, il reçut une véritable leçon ; de cette autre façon les pauvres oiselons du bois de Romainville continuèrent ce qu'ils avaient commencé, c'est-à-dire l'éducation musicale de leur ingrat élève.

Pauvres pinsons ! pauvres fauvettes !

Trois mois plus tard, il achetait un violon.

Quel violon ! c'était néanmoins tout ce qu'il fallait pour travailler. Depuis l'aube jusqu'au crépuscule, Pipe-Chardonneret travailla tous les jours. L'été suivant, il était admis en qualité de second violon à la Calypso champêtre ; un mois à peine plus tard, suivant l'une de ses expressions favorites, il avait dégotté le premier violon de l'établissement, et s'asseyait triomphalement au pupitre conquis.

A partir de ce jour-là, de ce mémorable jour, il serait impossible de dire tout ce qu'il déploya de persistance, d'astuce, d'intrigue même (n'est pas intrigant qui veut), au vis-à-vis du gargotier, qu'en vil flatteur qu'il était, il avait audacieusement surnommé monsieur Calypso. Le bâton de chef d'orchestre on le sait déjà, fut la récompense de toutes ses manœuvres ; nous renonçons à peindre la joie de Pipe-Chardonneret. Il semblait avoir grandi de six pouces tout à coup ; la gloire l'avait rendu presque beau ; il marchait orgueilleusement dans son habit noir, quel habit noir ! Jamais ministre promu de la veille n'avait eu de semblables airs de tête et de morgue ! Il faisait la roue vis-à-vis de toutes ses anciennes connaissances ; il portait une de ses mains dans son gilet ; l'autre derrière son dos, à la Napoléon ; il se croyait l'empereur de la banlieue, l'autocrate du bois de Romainville.

Mais toute cette fièvre de vanité ne le rendit pas moins affectueux, moins empressé, moins filial avec son vieil ami l'aveugle de Bagnolet. On a vu qu'il imagina pour lui son dévoûment inventif ; nous venons de dire de quelle régalade gastronomique il se plaisait à ragaillardir le pauvre vieillard... Maintenant encore, au moment où nous reprenons ce chapitre nous allons le retrouver, non loin des deux chênes jumeaux devant lesquels, par une belle matinée de juin, trône comme d'habitude le bonhomme A-tout-coup-l'on-gagne.

Les pratiques pour le moment sont absentes, mais le tonnelet est là, tout constellé d'affriolants macarons ; mais à chaque pas qui retentit dans les sentiers d'alentour, le vieil aveugle fait tourner l'aiguille, et d'une voix engageante reprend sa chanson :

— A tous les coups l'on gagne, messieurs ! Enlevez, enlevez les bons macarons, mesdames et mesdemoiselles.

Pipe-Chardonneret va et vient pendant ce temps-là ; parfois il s'éloigne à travers les taillis voisins ; parfois il reparaît pour annoncer à son vieil ami l'approche de quelque joyeuse caravane ; toujours il marche à grands pas, l'air inspiré, le violon à la main, souvent même à l'épaule, battant la mesure du pied, fredonnant et de la chanterelle et de la voix une sautillante mélodie qui se distingue surtout par son originalité joyeuse.

— Que diable fais-tu donc là !

— Ce que je fais... vous me le demandez, père A-tout-coup !... ce que je fais... Eh ! palsambleu, de la musique... je compose.

— Toi !... mais tu ne sais pas la composition !...

— J'espère l'apprendre ; en attendant je l'invente. C'est un système qui m'a toujours réussi : vous m'en direz des nouvelles demain soir.

— Demain soir !...

— A la Calypso ! où vous ferez votre partie de triangle dans la première œuvre musicale de votre maestro et ami. *Les échos du bois de Romainville*... contre-danse inédite à grand orchestre : déjà j'en suis au galop final ; écoutez-moi ça, père A-tout-coup... Tra la la, tra la la... dzim-boum... boum, boum... tra la la, dzim...

Et chantant, râclant, galopant à la fois, Pipe-Chardonneret disparut bruyamment dans les buissons voisins.

— Pas mal... pas mal ! opinait amicalement le vieil aveugle. C'est drôle tout de même : ce gamin-là finira peut-être par devenir un vrai musicien.

Une demi-heure plus tard, Pipe-Chardonneret fut de retour, chantant encore, mais sur un autre ton :

> Qu'elle est gracieuse ! qu'elle est belle !
> D'un doux feu son œil étincelle ;
> Son regard fait battre le cœur, etc., etc.

— Qu'est-ce que c'est que ça ? fit encore le vieillard souriant.

— Ça, répliqua majestueusement l'apprenti compositeur... ça, c'est une romance, paroles et musique de Pipe-Chardonneret ; le tout vient de m'être inspiré par la vue d'une jeune fille.

Oh ! mais quelle jeune fille !

Puis, sans même attendre qu'on l'interrogeât de nouveau :

— Père A-tout-coup... poursuivit-il avec enthousiasme, tout à l'heure j'étais devant notre Calypso. Trois immenses tapissières s'arrêtent sur la grande route. Dans ces tapissières, tout un pensionnat de jeunes demoiselles... un grand pensionnat de Paris, j'en répondrais, car ces petites filles ont un chic !... de vraies grandes dames en herbe... quoi ! des marquises et des duchesses ! Je m'approche naturellement, je regarde, j'écoute : dame ! on n'a pas pour rien des yeux et des oreilles. Je ne tarde pas à savoir que c'est aujourd'hui la fête de la maîtresse de pension, qu'on arrive du Raincy : — « Il est de bien bonne heure encore ! s'écrie une petite voix ; si l'on nous permettait d'acheter la journée dans le bois de Romainville. — Le bois de Romainville ? répètent en chœur toutes ses camarades : oh ! oui... oui !... permettez-nous de courir un peu dans le bois de Romainville ! » Le consentement fut difficile à obtenir, à ce qu'il paraît, car il y eut une longue hésitation ; mais enfin, accordé ! Un grand cri de joie ; puis, toutes mes fillettes de sauter à bas des carrioles ; puis, toutes les robes blanches et toutes les ceintures violettes de s'éparpiller joyeusement à travers le bois. Je les ai vues toutes passer à portée de mon œil nu. Oh ! il y en avait de charmantes ! Une surtout, une blonde, avec un teint de rose comme on n'en voit guère, avec des yeux bleus comme on n'en voit pas. Quelle grâce ! quel sourire ! et puis des airs longs comme ça !... et puis des dents !... et puis un pied !... et puis une main !... et puis une voix !... et puis une taille !... et puis... et puis... et puis... si je voulais dire tout ce qu'il y avait encore en elle de joli, ça n'en finirait pas. Qu'il vous suffise seulement de savoir, père A-tout-coup, que je lui offrirais volontiers mon cœur, ma fortune et ma main.

Et de rechef, Pipe-Chardonneret se prit à chanter avec plus d'enthousiasme que jamais :

> Qu'elle est gracieuse ! qu'elle est belle !

Mais dès le second vers, s'interrompant tout à coup et d'un ton de marquise mélancolie :

— Hélas ! soupira Pipe-Chardonneret, elle a probablement le sac. Ce mariage est impossible. N'importe : je lui donne place dans mes souvenirs, et je lui dédie ma première romance, dont je viens de vous donner un aperçu, père A-tout-coup, et dont les paroles viennent de me jaillir soudainement du cerveau. Je n'étais encore que musicien, elle m'a rendu poète. Oh ! merci, Lise... merci !

— Lise ! s'écria tout à coup le vieillard aveugle, avec une stupéfaction étrange.

Mais notre poète improvisé ne s'en aperçut pas.

— C'est son nom ! expliqua-t-il, je l'ai entendu appeler par une de ses compagnes, Lise... oui ! et tenez, père A-tout-coup...

voilà déjà tout le pensionnat qui se dirige précisément de ce côté... elle en tête... elle ! elle ! j'aurai le temps de la voir, car elles vont sans doute s'arrêter ici ; retenez-la le plus longtemps possible autour de votre tonnelet, mon vieil ami, je vous en conjure ! C'est, du reste, une fameuse aubaine que le ciel vous envoie ; allons, chaud ! chaud ! ou je me trompe fort, ou tous vos macarons vont se transformer en gros sous.

Effectivement, une folle nuée de robes blanches accouraient à travers les arbres... en tête, les plus petites qui s'amusaient à divers jeux... sur les ailes ; les moyennes, qui cherchaient des fleurs dans le gazon... un peu en arrière, vers le milieu, une douzaine de grandes, parmi lesquelles l'adorable blonde qui venait si fort d'enthousiasmer messire Pipe-Chardonneret, et que, le bras étendu, l'œil étincelant, il indiquait encore en murmurant avec une croissante adoration :

— C'est elle ! la voilà... c'est elle !

En même temps croissait aussi la soudaine émotion du vieillard ; elle arriva presque à l'effroi : bien loin de répondre comme d'habitude à l'appel mercantile de son jeune ami, bien loin de paraître flatté de la probable métamorphose de ses macarons en gros sous, il se releva vivement, au contraire, et, de ses deux tremblantes mains déjà cherchant le chemin, l'aveugle de Bagnolet parut prêt à s'enfuir.

Mais Pipe-Chardonneret ne le lui permit pas.

Pesant avec force sur ses deux épaules, il le contraignit à s'asseoir sur le banc de gazon.

Après quoi, d'une voix plus excitante encore qu'étonnée :

— Eh bien ! se récria-t-il, eh bien ! qu'est-ce qui vous prend donc, père A-tout-coup ? une si belle occasion ! allons ! allons donc... faudra-t-il que je m'en mêle ?

Et comme le vieil aveugle continuait de rester silencieux, immobile, atterré, Pipe-Chardonneret s'assit lestement à ses côtés, et, s'emparant de la direction du petit commerce, lui-même il fit entendre l'espèce de chanson du vieil aveugle :

— A tous les coups l'on gagne, mes jolies demoiselles ! Voyez... voyez les beaux macarons, ça ne coûte qu'un sou, mes jolies demoiselles ! A tous les coups l'on gagne !

Et, pour doubler l'effet de la mélopée champêtre, il accompagna burlesquement de son violon criard.

L'effet fut spontané, merveilleux.

L'avant-garde des robes blanches bondit aussitôt vers le tonnelet et se groupa follement à l'entour.

Une main déjà touchait la flèche dorée.

— Non ! s'écria tout à coup une voix enfantine ; non... mesdemoiselles... à Lise d'abord... à Lise.

Et toutes de répéter en chœur :

— A Lise !...

A ce nom, de nouveau répété par trois fois, le vieil aveugle avait trois fois tressailli : il venait encore de se redresser ; plus que jamais il paraissait vouloir s'enfuir avec une folle épouvante.

Mais Pipe-Chardonneret ne le lui permit pas encore.

La jeune fille que toutes les voix venaient d'appeler se trouvait à l'arrière-garde de l'essaim des robes blanches. Arrêtée sur le point le plus culminant du sentier, à demi tournée vers Paris, tout entière à la perspective qui se déroulait, inondée de soleil, à ses regards éblouis, elle n'avait encore aperçu ni le tonnelet, ni les macarons, ni le vieil aveugle.

Sommée cependant de combattre la première le hasard, elle se retourna avec une alerte et souriante complaisance ; elle s'avança légèrement entre les deux files de pensionnaires, qui firent semblant de lui porter les armes au passage, et se trouva bientôt face à face avec le bonhomme A-tout-coup-l'on-gagne. Alors, tout à coup, dès que les yeux bleus rencontrèrent les yeux éteints, Lise bondit spontanément en arrière en jetant un cri perçant.

Et pâle, palpitante, éperdue :

— Grand Dieu ! balbutia-t-elle comme en rêve... ici... sous ce costume... dans cette position... lui... mais non !... non... c'est impossible !...

Puis, s'élançant vers le vieillard, elle saisit les deux mains, dont il cherchait à se voiler le visage, et les écarta violemment afin de le regarder de plus près.

Un même cri s'échappa simultanément alors et des lèvres ridées et des lèvres roses.

— Elle ! sanglotait le pauvre aveugle avec une indicible confusion ; c'est bien elle !

— C'est lui ! conclut l'aristocratique pensionnaire en tombant à demi évanouie dans ses bras ; c'est bien lui ! c'est mon père !

IX

La fille de l'Aveugle

Pour obéir à la voix du cœur, pour proclamer hautement la vérité, il fallait plus de courage, plus de vertu, plus de grandeur d'âme qu'on ne saurait l'imaginer tout d'abord.

Car un chuchotement ironique, un murmure dédaigneux avait déjà circulé parmi toutes ces futures grandes dames plus ou moins riches.

Comment ! cette compagne qu'elles avaient ouvertement reconnue pour la plus jolie, pour la plus intelligente d'entre toutes... comment... cette reine du pensionnat, c'était la fille d'un industriel en plein vent, d'un roulier qui demandait presque l'aumône, d'un marchand de macarons !

Ah ! fi ! fi donc !

La fille de l'aveugle, en se redressant, n'eut besoin que d'un seul regard pour tout comprendre ; et, sans que la moindre fausse honte empourprât son front si pur, elle n'en poursuivit pas moins avec une exaltation généreuse :

— Oui... mesdemoiselles... c'est mon pauvre père que tant à l'heure encore je croyais aussi riche que les vôtres... et dont je suis maintenant plus fière que vous ne sauriez l'être jamais... bien que je ne fasse que présenter le saint mensonge, le sublime dévoûment auxquels je dois l'éducation qui me fait votre égale. Oui, mesdemoiselles, c'est mon noble père auprès de qui je veux rester désormais... c'est mon héroïque père !

Plus confus de l'éloge qu'il ne l'avait été de la rencontre, le vieil aveugle luttait de générosité avec la jeune fille ; le vieil aveugle avait d'abord essayé de la dénégation, le vieil aveugle balbutiait encore :

— Vous vous trompez, ma belle demoiselle... je ne suis pas votre père... je ne vous connais pas...

Lise lui jeta sa petite main frémissante sur les lèvres.

Les pensionnaires cependant commençaient à revenir sur leur première permission, laquelle, à l'encontre du proverbe, avait été mauvaise.

Il y avait tant de douleur sur le visage tout en larmes du pauvre vieillard, tant de dignité touchante dans la noble attitude de la jeune fille, qu'elles commençaient toutes, petites et grandes, à comprendre, avec le généreux instinct des jeunes cœurs, qu'il y avait là plus à plaindre qu'à blâmer ; que leur compagne, loin de déchoir dans leur estime, avait droit désormais à leur admiration.

Ce revirement néanmoins ne se décidait pas encore ; les jeunes filles ne murmuraient plus, ne souriaient plus ; mais, indécises encore, hésitantes, osant à peine relever les yeux, elles allaient se retirer en silence.

Pour conquérir un cordial adieu à la fille de l'aveugle, pour faire déborder tous les cœurs, il fallait un mot, un rien, une goutte d'eau, une larme.

Ce fut Pipe-Chardonneret qui en prit l'initiative.

Au commencement de la scène, le brave garçon avait reculé de quelques pas ; muet de surprise, doutant encore, croyant rêver, il était resté là, le regard ébahi, la bouche ouverte, l'archet et le violon ballant à chacune de ses mains pendantes.

Mais au bout d'un instant, lorsque ses sens se furent remis, de grosses larmes d'attendrissement s'échappèrent de ses yeux, et laissant enfin retomber à terre l'archet et le violon, il s'écria tout à coup :

— Comment ! mesdemoiselles, vous allez la quitter ainsi !... sans un serrement de main... sans un dernier adieu... elle que tout à l'heure encore vous reconnaissiez comme la première d'entre vous toutes... elle que vous nommiez votre amie... mais vous ne comprenez donc pas ce qu'il y a de beau dans ce qu'elle vient de faire ?... Oh ! oui, c'est bien beau ! tant d'autres à sa place eussent feint de ne pas reconnaître le pauvre vieillard, qui lui-même l'eût ainsi désiré, qui le voulait ainsi ! tant d'autres, par honte ou par vanité, auraient accepté son dévouement sublime ; mais non !... non ! elle a crié : C'est mon père ! elle vous l'a répété avec un noble orgueil, et elle a eu raison, mesdemoiselles, cent fois raison, car il y a de quoi être fière d'être sa fille. Je ne sais pas ce que c'est que la fortune, moi ; je ne sais pas ce que c'est que la naissance ; mais j'ai vu à l'œuvre le pauvre vieux ; mais pendant dix années, je l'ai vu gagner par son travail, manger du pain sec, boire de l'eau claire, ne jamais se donner la moindre douceur. Ah ! ben oui... pauvre vieux !... et tout ça, pour que sa fille fût élevée comme une grande demoiselle ; et tout ça, sans le dire à personne ; vis-à-vis d'elle, ce mystère-là se comprenait encore : elle n'y eût pas consenti ; mais avec les autres, avec moi, qui suis son ami ; avec moi, qui le soupçonnais tout haut d'être un avare, un... Oh ! comme je lui en demande pardon aujourd'hui ! je vous en demande pardon à deux genoux. Oh ! oui... oui ! père A-tout-coup... je vous admire comme un saint vieillard... je vous vénère comme un bon Dieu... je vous aime... oh ! oui, oui... pardon !

Et, tout sanglotant, Pipe-Chardonneret s'agenouilla devant le père de Lise qui, de l'autre côté, une main dans la main du vieillard, semblait le présenter orgueilleusement à toutes ses compagnes, honteuses désormais de leur premier mouvement.

Déjà cette honte se transformait en repentir, en sympathie, en chaleureuse admiration. Pouvait-il en être autrement, à la vue de ce touchant tableau ?

L'une d'entre elles enfin, une petite marquise, bondit spontanément jusqu'à la fille de l'aveugle, embrassa sa main en pleurant, et lui dit :

— Tu es toujours notre Lise, entends-tu bien ? Viens avec nous.

Une grande presque aussitôt s'avança, la fille d'un banquier dix fois millionnaire :

— Il est temps de regagner nos voitures, ajouta-t-elle ; allons, mon amie... ma sœur !

Et le pensionnat tout entier s'écria d'une seule voix :

— Lise, tu es bonne autant que belle... viens avec nous ; Lise, viens !

— A la bonne heure ! approuva Pipe-Chardonneret, de plus en plus ému.

Et le vieil aveugle donc ! et sa fille !

Néanmoins, elle eut le courage de répondre :

— Non, mes amies, non ! cela n'est plus possible ; mon devoir est ici, maintenant, je reste.

Et il y eut un second murmure à l'entour des deux chênes, mais, cette fois, du moins, un murmure de regret.

— Je reste, poursuivit Lise, mais je veux presser vos mains amies ; mais, ainsi que l'a dit ce brave garçon, ce sera par un dernier baiser que nous nous dirons adieu.

Nous renonçons à décrire la scène tumultueuse qui s'en suivit.

Puis, comme la voix des sous-maîtresses donnait de loin le signal de la retraite, après maints embrassements, maintes protestations, maintes larmes, toutes les robes blanches disparurent à travers les arbres du bois.

Le vieil aveugle et sa fille restèrent seuls avec Pipe-Chardonneret qui s'était retiré discrètement à l'écart.

Mais le vieillard ne l'avait pas oublié ; mais Lise aussi se souvenait : car, avant tout, elle se retourna de son côté, et, lui tendant sa blanche main :

— Merci monsieur, dit-elle ; oh ! merci !

— Oui, ajouta le vieil aveugle ; oui, c'est un brave cœur ! je te dirai tout ce qu'il a fait pour moi, tout ce que nous lui devons l'un et l'autre, et demain tu feras plus ample connaissance avec lui. Ce soir, j'ai à te parler, mon enfant ; nous avons à régler notre avenir ; il faut que nous causions seuls. Viens donc avec moi, ma Lise, et toi, Pipe-Chardonneret, à demain !

— A demain ! à demain, monsieur ! ajouta la jeune fille avec un charmant sourire.

— A demain ! répondit Pipe-Chardonneret qui de son côté bientôt aussi s'éloigna tout pensif.

. . . .

Que se passa-t-il entre le père et la fille ?

Nul ne saurait le dire.

Pas même Pipe-Chardonneret qui, dès l'aube suivante, attendait au pied des deux chênes, et qui ne tarda pas à voir venir à lui le pauvre aveugle.

L'ex-gamin se précipita vivement à la rencontre de son vieil ami, lui sauta follement au cou, lui étreignit et lui baisa les deux mains.

Puis, avec un accent non moins passionné que la veille :

— Vous m'avez pardonné, n'est-ce pas, père A-tout-coup ? cria-t-il du fin fond de son cœur, n'est-ce pas ?... N'est-ce pas, vous ne m'en voulez plus ?... c'est que j'ai tant de honte de vous avoir soupçonné de vilaines choses, d'avoir cru que c'était pour une maîtresse que... c'était votre fille !... Ah ! je ne saurais trop vous le répéter, père A-tout-coup, vous êtes un saint vieillard comme il y en a sur les images des livres de messe ; vous êtes un bon Dieu !

Pour toute réponse, le vieil aveugle lui serra expressivement la main.

Après quoi, tout triste, il alla s'asseoir sur son banc de gazon.

— Quoi donc ? fit Pipe-Chardonneret tout anxieux, eh bien ! quoi ?...

— J'ai eu beau dire et beau faire, elle ne veut plus retourner à sa pension.

— Tant mieux !... elle restera avec nous.

— Ces trois dernières années... grâce au produit de mon triangle... (si elle savait encore cela, grand Dieu !...) ne t'avise jamais de lui dire, au moins !...

— Jamais ! père A-tout-coup, jamais !... je vous le jure.

Après ?

— Grâce aux nouveaux maîtres que ton orchestre m'avait permis de payer pour elle, Lise s'est perfectionnée dans la peinture et dans la musique ; elle croit pouvoir gagner le bien-être de mes vieux jours en donnant des leçons à Paris.

— A Paris !... cré coquin... vous allez donc quitter le bois de Romainville !

— Sitôt que son ancienne maîtresse de pension, sitôt que la supérieure du couvent lui aura trouvé des élèves.

— Que vais-je devenir, moi ? s'écria Pipe-Chardonneret stupéfait.

— Rassure-toi, mon garçon, s'empressa de répondre le bonhomme A-tout-coup-t'ai-gagne ; en attendant des leçons, elle fera de la broderie cet été... ici... près de moi... et jusqu'à l'automne, du moins, afin que je contribue pour ma part à l'installation de notre nouvelle existence, elle veut bien me permettre encore les macarons.

— Ah ! ah ! fit Pipe-Chardonneret qui, cessant de parler, se prit à réfléchir.

Sur ces entrefaites, Lise à son tour arriva... Lise, vêtue maintenant en simple grisette... Lise, toujours aussi belle avec sa fraîche robe d'indienne et son petit bonnet à rubans bleus comme ses yeux.

Elle courut tout d'abord embrasser son père, tendit la main à Pipe-Chardonneret, comme à un vieil ami, préparant la broderie qui devait gagner son pain de la journée, elle vint s'asseoir sur le petit banc de gazon à côté de l'aveugle de Bagnolet.

Durant quelques minutes, Pipe-Chardonneret contempla silencieusement ce touchant tableau ; peut-être aussi cherchait-il quelque spirituelle phrase par où commencer l'entretien.

Lise, la première, prit la parole.

— J'ai envoyé ce matin au pensionnat, dit-elle, et le commissionnaire, comme j'en avais l'espérance, m'a rapporté tout ce qui m'appartient.

— Ah ! oui, fit le vieillard, ton trousseau... Il ne pourra plus te servir à grand'chose... maintenant que te voilà devenue la fille d'un simple marchand de macarons.

— Ne l'ai-je pas toujours été, mon père ! d'ailleurs, on se mettait bien simplement au couvent, la preuve en est, que j'ai retrouvé dans ma malle toute ma toilette d'aujourd'hui... toilette qui me convient à ravir, n'est-il pas vrai, monsieur Pipe-Chardonneret ?

— Charmante ! balbutia en rougissant le maestro pris au dépourvu.

— Mais, reprit Lise, mon messager m'a remis quelque chose de bien plus précieux encore.

— Qu'est-ce donc ? demanda le bonhomme.

— Une réponse de madame la supérieure, qui approuve hautement ma résolution, qui m'assure de son amitié, qui me prie de venir la voir demain matin avec vous, mon père. Vous m'accompagnerez, n'est-ce pas ?

— Demain ! fit le vieillard, mais c'est jeudi, jour de recette.

— Je tiendrai pour vous la boutique aux macarons, hasarda Pipe-Chardonneret qui, d'ordinaire si bavard, ne trouvait absolument rien à dire ce jour-là, et qui, vis-à-vis de la jeune fille, pour la première fois de sa vie, se trouvait tout embarrassé.

Ce premier point accepté, convenu, l'entretien dériva tout naturellement vers celui qui venait d'en donner la solution.

Le vieil aveugle raconta tous ses rapports avec l'ex-gamin, tous les services qu'il en avait reçus, toute l'affection sincère qu'il lui avait constamment témoignée ; puis, il arriva à l'éloge du caractère de son jeune ami, à l'analyse un peu moqueuse de sa vocation naïve.

— Comment ! se récria la jeune fille étonnée, comment ! vous vous êtes fait musicien tout seul, monsieur ? mais vous avez donc une passion bien grande pour la musique ?

Forcé dans ses derniers retranchements, il signor Pipe-Chardonneret prit la parole en ces termes :

— Pour ce qui est de ça, mademoiselle, c'est né avec moi, comme chez les o'seaux auxquels personne n'apprend à chanter. On m'a bien donné, par-ci, par-là, quelques conseils, mais ceux-là dont je les ai reçus, n'étaient pas bien forts eux-mêmes. Ah ! si quelqu'un me montrait ! mais là... quelque chose me le dit là... je deviendrais un grand artiste !

À ces mots, toute timidité s'était évanouie chez notre ex-gamin ; son œil brillait ; une énergique volonté s'épanouissait en lui ; son visage, pour un instant, dépouilla presque sa laideur.

— Vraiment ! fit la jeune fille avec un charmant sourire, vraiment, monsieur Pipe-Chardonneret, vous désirez un professeur ? Comme ça se trouve, voyez un peu... moi qui cherche précisément à donner des leçons.

— Comment ! mademoiselle, vous daigneriez ?...

— Pourquoi donc pas, monsieur Pipe-Chardonneret ? c'est maintenant mon état, vous serez mon premier élève.

Je laisse à penser la folle joie de Pipe-Chardonneret.

— Vous l'entendez, père A-tout-coup ? s'écria-t-il en battant à la fois des mains et des jambes ; vous l'entendez... quelle occasion !... quel bonheur !

— Tu le vois, mon garçon, ricanait, de son côté le vieil aveugle, tu le vois ; les proverbes ont toujours raison, un bienfait n'est jamais perdu. C'est toi qui m'as fourni les moyens de perfectionner l'éducation musicale de Lise, et voilà que Lise à présent va perfectionner la tienne.

— Est-ce que mademoiselle Lise connaît la composition ? demanda Pipe-Chardonneret.

— Parfaitement ! répondit la jeune fille, de plus, je suis assez bonne exécutante ; on le dit, du moins. Par malheur, un seul instrument m'est familier, celui des demoiselles, le piano.

— Ah ! vous ne jouez pas du violon ?...

— Non, monsieur Pipe-Chardonneret, et c'est précisément, je crois, votre instrument ?

— Oh ! mon instrument... je jouaille de tous... un peu... pas beaucoup... mais pas du tout du piano.

— Ça sera difficile ?

— Dans les premiers temps... oui ! car il faudra m'en passer moi-même ; mais lorsque nous serons à Paris... bientôt, je l'espère...

— Comment, mademoiselle, vous n'en avez pas un à vous ?...

— Non, monsieur Pipe-Chardonneret, et même je vous l'avouerai, c'est la seule chose que je regrette, la seule chose qui me manquera. Mais voici l'heure de notre visite au couvent, mon père ; allons, je vais lui dire un dernier adieu aussi, à mon piano... à mon pauvre piano !

Bien que la jeune fille s'efforçât de paraître indifférente et joyeuse, il y eut à ces mots un léger frémissement dans sa voix, dans son regard une larme contenue.

Bien qu'il ne pût la voir, le vieil aveugle cependant comprit tout, et, tandis qu'il prenait son bras pour le départ, un soupir s'échappa de son cœur navré.

Pipe-Chardonneret aussi avait compris ; mais, bien loin d'être triste, abattu, il avait redressé la tête, au contraire, et se grattait vivement le front, ce qui, chez lui, dénotait une triomphante idée prête à jaillir.

À peine le vieillard et la jeune fille eurent-ils disparu qu'il poussa soudain un cri d'allégresse, et qu'il se prit à courir de l'autre côté, vers Paris, en murmurant :

— C'est cela ! c'est bien cela ! ce soir, à son retour, elle sera contente !

Pendant ce temps-là, le bonhomme A-tout-coup-l'on-gagne endossait son travestissement de pair de France, Lise mettait sa plus simple toilette, et bientôt, nouvelle Antigone, elle conduisit au couvent son innocent Œdipe.

Là, le bon vieillard raconta tout ; là, la jeune fille répéta ce qu'elle avait écrit le matin, tous ses plans d'avenir.

La supérieure tout émue l'attira sur son sein, et, lui mettant au front un tendre baiser :

— Bien ! dit-elle, bien, ma fille !

— Attendez, murmura Lise à son oreille, je ne vous ai pas dit encore ce qui est mal, et je voudrais vous le dire à vous seule, ma mère.

Étonnée, la supérieure prétexta des adieux aux intimes de Lise, et l'emmena dans un autre parloir.

Ce fut à genoux, le sein oppressé, les yeux en pleurs, que la jeune fille avoua son amour, ses innocentes relations avec Gaston, sa mystérieuse correspondance qu'elle remit entière aux mains de la supérieure, en lui disant :

— Pardonnez-moi, ma mère ! Conseillez-moi : que faut-il faire ?

La sainte femme réfléchit un instant ; puis, d'une voix qui s'efforçait vainement d'être sévère :

— C'est mal, mon enfant ! répondit-elle, c'est bien mal ! Pourquoi ne pas m'avoir plus tôt ouvert ton cœur ? je t'eusse peut-être épargné bien des chagrins, et à lui aussi ; car, mieux que personne, je connais la famille de Vernanges. Si l'avenir de Gaston ne dépendait que de sa grand'mère, tout espoir ne serait peut-être pas perdu pour vous. Tu es pauvre, il est vrai, ton père n'est qu'un honnête homme ; cependant ton éducation, ton intelligence, ta beauté, ton cœur surtout, te rendraient digne de la plus haute alliance. Mais la vieille marquise de Vernanges a vis-à-vis de la famille de son petit-fils une position fatale pour votre amour ; mais le mariage de Gaston dépend surtout du chevalier de Lescars, son tuteur... un vieillard entiché de sa noblesse, qui ferait un terrible scandale au seul soupçon d'une telle mésalliance, qui jamais ne consentira... non, jamais ! Il te faut donc renoncer à toute espérance, mon enfant ; il faut disparaître sans même laisser de trace ; il faut oublier.

— Oublier ! sanglota la jeune fille éperdue ; oh ! demandez-moi tout, ma mère ! tout... excepté cela.

— Bien d'autres ont dit comme toi ! murmura la sainte femme avec une étrange émotion ; bien d'autres ont cru mourir de douleur ! et que la religion a fait survivre cependant à leur amour brisé, qui sont sorties résignées courageusement à leur malheur. Du courage donc ! ma fille. Espère tout du temps et de la prière : le bon Dieu est bien bon !

Nous nous abstiendrons d'entrer dans plus de détails sur la suite de cette scène, dont le lecteur connaît déjà les résultats, car il se rappelle sans aucun doute, ce qui se passa durant les trois mois suivants, à l'hôtel de Vernanges.

Lise finit par se résigner au devoir que lui traçait la supérieure du couvent. Elle abandonna sans murmurer les lettres de Gaston ; elle promit de ne plus lui écrire, de ne lui donner aucun indice qui pût faire découvrir sa retraite.

— Mais s'il allait être par trop malheureux, s'écria-t-elle cependant, mais s'il allait mourir ?

La supérieure eut aux lèvres un intraduisible sourire d'incrédulité ; puis, avec un accent plein de maternelle douceur :

— Je saurai tout, conclut-elle, et s'il le faut alors, je t'écrirai, mon enfant : nous aviserons.

Lise essuya donc ses yeux, rejoignit son père, et bientôt

ressortit avec lui du couvent, mais non sans avoir jeté vers certaine fenêtre de l'hôtel de Vernanges, un long regard de poignant adieu.

Une heure plus tard, ils étaient de retour au modeste logement du vieil aveugle.

Mais quel ne fut pas l'étonnement de la jeune fille?

Dans la chambre que son père venait de louer pour elle à côté de la sienne... dans cette triste mansarde si vide encore le matin... un piano!

A la vue de ce consolateur inattendu, son pauvre cœur oppressé de tristesse ne put retenir un cri de joie.

Le vieil aveugle en demanda vivement la cause.

— Mais quelle est donc la bonne fée qui a fait ce miracle? murmurait la jeune fille ne pouvant revenir encore de sa surprise. Dois-je vous gronder, mon père? est-ce vous?

— Moi! s'écria le vieillard; eh! non, parbleu, ce n'est pas moi! c'est la fée Pipe-Chardonneret.

Le père A-tout-coup-l'on-gagne ne se trompait pas.

Dès que Pipe-Chardonneret arriva tout bouffi de satisfaction habituelle, dès que le vieillard et sa fille lui eurent tour à tour reproché cette dépense, cette folie :

— Une simple location! s'écria-t-il avec une généreuse hypocrisie, dix francs par mois!... et n'allez pas croire que ce soit pour mademoiselle Lise... c'est pour moi... pour moi seul... ne va-t-elle pas me donner des leçons?

Dès le lendemain, en effet, les leçons commencèrent.

Dire l'ardeur de Pipe-Chardonneret, ses progrès étonnants, ses espérances d'avenir, ce serait impossible.

Car ce n'était plus seulement par vocation qu'il travaillait maintenant, c'était bien plus encore... nous osons à peine écrire le mot...

Mais, que voulez-vous? dès sa première rencontre avec Lise, Pipe-Chardonneret avait senti s'allumer dans son cœur un sentiment tout nouveau.

Et maintenant que les événements l'avaient rapproché d'elle... maintenant qu'elle était la fille du pauvre aveugle... c'est-à-dire presque son égale... maintenant qu'il la voyait chaque jour... chaque jour après la leçon il se surprenait à murmurer en lui-même :

— Eh! pourquoi pas?... si je devenais un grand musicien!

Où il est uniquement parlé des amours de M. Pipe-Chardonneret.

Six semaines s'étaient écoulées sans apporter aucun changement, en apparence du moins, dans la situation de nos trois amis du bois de Romainville.

Le vieil aveugle, d'abord profondément affligé de l'espèce d'abaissement dans lequel était tombée sa chère fille, commençait à se remettre cependant de cette première impression d'un généreux chagrin.

Lise n'était au couvent, c'est vrai; Lise ne vivait plus de la vie des jeunes filles les plus titrées et les plus riches; Lise partageait la misère et l'obscurité paternelles; mais enfin, qu'y faire? Cela, tôt ou tard, devait arriver? L'éducation de la jeune fille était complète. Quelques mois plus tard il aurait toujours fallu quitter le pensionnat! qu'aurait-elle pu devenir alors dans quel monde, dans quel état? Le dévouement le plus ingénieux aurait-il pu la placer? Bien souvent, dans ses longues journées solitaires, au pied des deux chênes, dans les insomnies anxieuses de sa mansarde, bien souvent le père A-tout-coup-l'on-gagne s'était posé cette terrible énigme. Jamais encore il n'en avait trouvé la solution; elle s'était faite toute seule. En réfléchissant mieux, le bonhomme finit par s'apercevoir qu'il n'aurait pu trouver autre chose. La position devait infailliblement devenir meilleure : bientôt l'on pouvait à Paris; bientôt, grâce au talent de la jeune fille, on pouvait espérer une certaine aisance. En attendant, plus de secrets, plus de séparation; sa fille était auprès de lui; il vivait à la voir, ou du moins l'entendre, à toute heure, toucher à chaque instant du jour ses petites mains si blanches et

si douces, la presser sur ses genoux comme au temps plus heureux sans doute, où elle était un petit enfant, caresser les grappes retombantes de sa blonde chevelure, l'embrasser chaque soir en rentrant au logis, chaque matin à son réveil. Et puis, Lise était si prévenante, si affectueuse, si pleine de réjouissante câlinerie pour son vieux père! Aussi, le chagrin s'en alla bien vite; aussi notre vieux philosophe, comprenant enfin que tout était pour le mieux dans le meilleur des mondes possibles, redevint-il plus content, plus souriant, plus guilleret, plus heureux qu'il ne l'avait jamais été.

Hélas! il n'en était pas ainsi de Lise.

La découverte de sa véritable position avait sans retour brisé son cœur... son pauvre cœur de dix-sept ans! Elle avait cru à l'avenir; elle avait aimé dans la naïve confiance en sa fortune; elle avait bâti dans son imagination mille châteaux de cartes charmants, qu'un souffle du destin avait suffi pour renverser tout à coup. Plus de bonheur pour elle maintenant... plus même d'espérance... cette ombre trompeuse qu'on prend si souvent à son âge pour le bonheur. Oubliez!.. lui avait-on dit. Est-ce que Lise pouvait oublier Gaston? Est-ce que le souvenir de Gaston ne vivait pas en elle... non plus enchanteur et souriant comme autrefois... mais amer désormais, navrant et désolé? Pauvre Lise! elle parvenait néanmoins à sourire, à mettre de la jeunesse et de la gaîté dans sa voix, à faire croire à son père qu'elle était heureuse. Hélas! elle ne le trompait pas parce qu'il était aveugle. Oh! s'il avait eu ses yeux, le père A-tout-coup-l'on-gagne!... s'il avait pu voir la triste pâleur de sa fille... ses longues et mornes rêveries... les frémissements fiévreux qui l'agitaient tout entière, aussitôt qu'une parole venait la réveiller tout à coup... oh! comme l'instinct paternel lui eût bien vite appris toute la vérité!

Si ce Pipe-Chardonneret avait de bons yeux, lui! mais Pipe-Chardonneret, à sa façon, aimait aussi la jeune fille. Il s'aperçut de sa mélancolie, de sa tristesse, il voulut en rechercher la cause. Heureusement pour sa passion naissante, il ne la soupçonna même pas. C'est tout simple, finit-il par croire. Elle s'était imaginée qu'elle était riche, et comptait sur tous les plaisirs que donne la fortune; elle vivait au milieu de ses joyeuses compagnes, et la voilà seule maintenant... toute seule avec un vieil aveugle. Dame! il faut en convenir, ça n'est pas amusant. Il lui faudrait quelque chose de plus gai pour la ragaillardir un peu, quelque chose de jeune et d'émoustillant... quelque chose comme un amoureux... comme un mari; ça me semble!

Comme on le voit, notre ex-gamin approchait de la vérité; sa seule erreur était de se réserver à lui-même le rôle du prince Charmant; et ce rôle, il s'y dévouait avec une confiance digne d'un meilleur sort. Tout le temps que lui laissait la Calypso, il le passait assidûment auprès de la jeune fille. Chaque matin, à l'heure convenue, il grimpait à la mansarde pour prendre une première leçon; la leçon terminée, et Dieu sait comme le musicien et l'amoureux se réunissaient en lui pour la prolonger davantage! on se quittait en se disant : A ce soir! Mais une heure tout au plus après, sitôt que le vieil aveugle avait installé la roulette aux macarons, sitôt que la charmante brodeuse s'était assise à ses côtés sur le banc de verdure, la tête de Pipe-Chardonneret apparaissait joyeusement entre les deux chênes :

— Coucou!... me voilà! mes affaires sont terminées; bonjour!

Et l'ex-gamin déjà s'était enfantinement blotti derrière le tronc d'un des deux arbres; mais le vieil aveugle avait reconnu sa voix, mais la jeune fille s'était aussitôt retournée pour le voir et déjà lui tendait la main.

Pipe-Chardonneret bondissait aussitôt au-devant du banc de gazon; il s'asseyait sur une pierre, sur une racine; il se mettait à jacasser avec cette spirituelle et bouffonne volubilité qui distingue le vrai Parisien. En apparence, il cherchait à égayer le vieillard; en réalité la jeune fille. Quelle joie! lorsqu'il parvenait à obtenir enfin du regard moins attristé, une réponse presque en rapport avec son insoucieuse humeur, un jeune et franc sourire! Quel habit, pour qu'il se renouvelât! Quel bonheur, lorsqu'à la fin du jour il pouvait se dire : elle a ri! elle a été gaie! elle est heureuse!

Puis, le soir venant, chaque fois du moins que ses fonctions de chef d'orchestre ne l'appelaient pas au bal champêtre, il s'empressait de charger le tonnelet aux macarons sur son épaule; il passait sous son bras celui des deux bras du vieillard que n'avait pas pris déjà la jeune fille, et tous les trois, ainsi réunis, on cheminait à petits pas jusqu'à Bagnolet. Arrivait-on enfin devant la porte à laquelle il allait falloir se quitter, Pipe-Chardonneret employait mille ruses ingénieuses pour qu'on ne dit : montez avec nous! Ne l'invitait-on pas par hasard? Il s'en retournait d'un air tout attristé, puis, revenant sur ses pas au grand galop, il grimpait l'escalier jusqu'aux marches où venaient de s'arrêter ses deux amis, et, d'une voix haletante, il disait au vieil aveugle : Père A-tout-coup, si je ne craignais pas d'être indiscret, je demanderais à mademoiselle Lise de vouloir bien me donner ce soir un supplément de leçon. — Toujours la jeune fille l'accordait. Oh! quelle bonne soirée de gagnée!

Il est vrai de dire cependant que l'amoureux ne faisait aucun tort au musicien, qui travaillait avec autant d'opiniâtreté que de fruit. Chaque leçon amenait un progrès nouveau; chaque jour il apportait à son aimable professeur quelque nouveau travail éclos durant la nuit précédente; tantôt un exercice méthodique où les fautes d'harmonie devenaient de plus en plus rares; tantôt une contredanse destinée au bal de la Calypso; tantôt une romance où se trouvait maintenant autant de rectitude que d'imagination, où les règles de la musique étaient désormais religieusement observées. Ce n'était pas encore de l'art, mais il y avait dans tout cela tellement d'originalité, d'entrain et de mélodie, une saveur si naturelle, un tel parfum de verdure, de jeunesse et de gaîté, parfois même de mélancolie toute primitive, que Lise en arriva bientôt à se montrer fière de son élève, à lui dire avec une véritable conviction, qui dans sa bouche devenait une charmante espérance :

— Décidément, monsieur Pipe-Chardonneret, je n'en doute plus : vous serez un grand compositeur.

A cet encourageant éloge qui devait doublement flatter son esprit et son cœur, le jeune homme baissait les yeux, balbutiait gauchement quelques paroles de gratitude, et plus gauchement encore soupirait.

Mais sitôt qu'il était affranchi de la présence de la jeune fille, sitôt que le grand air battait sa chevelure crépue, sitôt qu'il se trouvait seul dans le bois de Romainville, Pipe-Chardonneret ne manquait jamais de s'écrier, avec un soudain élan, avec une folle gesticulation, avec une intraduisible physionomie :

— Ça va bien! ça va bien! oh! oui, que je serai un grand compositeur, car c'est par la fortune seulement, c'est par la gloire que je deviens son mari.

Son mari!... Lise certainement était à cent lieues de soupçonner l'ambitieuse espérance du pauvre garçon; à son insu, cependant, elle l'encourageait; affectueuse avec lui, elle le traitait comme une ancienne connaissance, comme un ami, comme un frère. Rien de plus, il est vrai; mais il y avait tant de grâce dans son affabilité, tant d'indulgence ingénue, tant d'adorable sans-façon dans ses moindres rapports avec Pipe-Chardonneret, que celui-ci tout naturellement en vint à se dire à lui-même :

— Elle ne m'aime pas encore, c'est évident : mais elle a pour moi de l'amitié déjà : l'amitié, c'est la ritournelle de l'amour. Attendons avec patience un andante un peu plus tendre; après mon premier succès, l'allegro!

Et pour activer de toutes les façons ce grand jour, non-seulement Pipe-Chardonneret redoublait encore d'assiduité, mais il s'étudiait d'autre part à devenir un tout autre homme. Son vieil habit noir, roussâtre et râpé, avait été mis au rancart; une élégante redingote le remplaçait maintenant. Notre futur maëstro se ruinait en pantalons et en gilets à la dernière mode; il le croyait du moins. Son linge était d'une irréprochable blancheur. Il se coiffait à présent; il se brossait, il se parfumait, se cravatait, s'attifait, se pomponnait avec une véritable coquetterie.

— Je suis laid, se disait-il en soupirant, je ne le conteste point; mais l'art accomplit des merveilles; c'est comme pour la musique.

Et il se regardait complaisamment au miroir : mais l'art,

hélas! ne pouvait rien, ni pour ses grosses mains rouges, ni pour sa chevelure idem, ni pour son nez en trompette. Raison de plus pour s'efforcer d'être galant, pour redoubler de petits soins et d'attentions délicates. Fallait-il rendre un service au vieillard ou à sa fille, satisfaire un désir de celui-ci, un caprice de celle-là?... Pipe-Chardonneret se mettait en route aussitôt; pour réussir, il eût couru jusqu'au bout du monde. Chaque matin, il arrivait avec un bouquet de fleurs de la saison, des fleurs les plus aimées de Lise; aujourd'hui des lilas, des violettes, demain des œillets ou des roses; parfois même, des fleurs plus rares, comme héliotropes ou camélias. Les premières fois, la jeune fille avait voulu le gronder; mais il avait sa réponse prête :

— Mon père est jardinier au Pré; ça ne me coûte rien.

C'était là une demi-vérité. Pipe-Chardonneret s'était réconcilié tout exprès avec son père pour avoir des fleurs, mais beaucoup plus souvent, il les lui dérobait en cachette. Le pauvre homme de jardinier se fit bien du mauvais sang dans ce temps-là; durant bien des nuits, il monta d'inutiles gardes pour découvrir le larron qui ravageait ainsi ses serres et ses plates-bandes...

Deux mois s'écoulèrent ainsi. Les leçons et les galanteries allant toujours leur train, sans que la jeune fille conçût un soupçon; mais il n'en fut pas de même du vieil aveugle, qui commença à pressentir la vérité. Ce n'étaient pas ses yeux, cependant, qui pouvaient l'éclairer sur la secrète passion de l'ex-gamin, qu'il semblait devoir toujours considérer comme un enfant sans conséquence; mais, par cela même qu'ils n'y voient pas, les aveugles observent davantage que tous les autres; les quatre sens qui leur restent semblent avoir hérité du cinquième qui leur manque; ils voient pour ainsi dire avec les oreilles, avec le flair, avec le bout des doigts; sans cesse recueillis en eux-mêmes, sans cesse attentifs au moindre bruit qui passe dans l'air qui les environne, sans cesse touchant les mains de ceux qui leur parlent, afin de deviner leurs moindres sensations, ils arrivent rapidement à connaître, à deviner mieux même qu'ils ne le feraient avec les yeux; et puis, on ne cherche pas à dissimuler en leur compagnie! on croit pouvoir s'abandonner en toute sûreté à l'impression, au sentiment qu'on a dans l'esprit. Si vous voulez connaître la pensée intime des habitants d'une maison où se trouve un aveugle, c'est cet aveugle qu'il faut interroger; mieux que personne, il vous dira tout; car rien ne lui échappe à lui, car il a tout deviné, car il sait tout.

Il devait donc en être ainsi du bonhomme A-tout-coup l'on-gagne, qui avait un sens de plus encore que la plupart de ses pareils, qui voyait avec les yeux du cœur.

Par le cœur, il fut averti de la secrète espérance de Pipe-Chardonneret; par le cœur, il s'assura qu'elle n'était point partagée, et, pour épargner à sa chère fille une imminente et fâcheuse déclaration, au pauvre Pipe-Chardonneret une désillusion trop grande, il résolut de provoquer, pendant qu'il en était temps encore, une franche et loyale explication : c'était son droit, c'était son devoir.

Un jour donc que Pipe-Chardonneret était assis à ses côtés sur le banc de gazon, il profita d'une absence de Lise, qui venait pour quelques instants de retourner au logis, et, tout à coup, saisissant la main de son voisin, l'autre main sur son épaule, il lui dit :

— Pipe-Chardonneret, tu es amoureux de ma fille!

— Moi! voulut se récrier le jeune homme stupéfait.

— Tu es amoureux de ma fille! reprit avec plus de force le vieillard; n'essaie pas de le nier, mon garçon; on ne me trompe pas, moi. Voilà longtemps déjà que je t'observe à ma façon : maintenant, j'en suis sûr, et je ne m'en étonne nullement; ma Lise doit être si belle!

— Comment pouvez-vous croire?...

— J'ai vu.

— Vu!... vous?... père A-tout-coup!...

— Ne sais-tu pas que je suis un aveugle clairvoyant, un somnambule extra-lucide? tes frémissements ne m'a échappé; pas une de tes physionomies, pas un de tes soupirs. Et maintenant encore... tiens! ton cœur bat sous ma main; ton souffle haletant brûle mon front; ta main tremble dans la

Ne me trouvez-vous donc pas assez jolie pour cela. (Page 18).

mienne. Tu l'aimes! ne t'en défends donc plus : tu aimes Lise.

Le vieil aveugle en même temps tournait vers lui le jeune homme palpitant : de ses deux grands yeux sans regards, mais qui semblaient effectivement avoir le don de seconde vue, il sondait en ce moment les replis les plus cachés de son âme; il voyait en réalité ce que nul n'aurait pu voir; il avait partout des yeux.

Pipe-Chardonneret prit enfin son parti; tout à coup il s'écria :

— Eh bien! oui! père A-tout-coup... oui, j'aime mademoiselle Lise! mais pour le bon motif au moins. Ça vous offense-t-il?

— Mais... non! avoua doucement le vieillard, tu n'as rien, c'est vrai; mais nous sommes aussi pauvres que toi. Tu n'es pas beau; mais la beauté n'est pas nécessaire pour faire un bon mari. A défaut de l'éducation que possède ma fille, tu parais devoir arriver à une véritable supériorité dans ton art. Deviens ce que tu promets d'être... un grand musicien; et, pour ma part, je ne vois rien de révoltant dans cette union. Je dis plus, elle me sourirait assez, car j'ai foi dans ton cœur, et le moment peut arriver bientôt où ma Lise se trouvera toute seule au monde. Dame! je suis bien vieux; mais ce n'est pas de moi surtout que Lise dépend, c'est d'elle-même. Il faut tout lui dire.

— A elle!... à mademoiselle Lise!...

— Il le faut; car ton amour augmente de jour en jour, je vois encore cela; et si Lise ne doit jamais le partager, s'il ne peut faire que ton malheur, je ne veux pas, je ne dois pas laisser grandir cet amour; car je t'estime, mon garçon... moi, je t'aime...

— Père A-tout-coup!...

— Tu le comprends donc, il faut s'expliquer sans retard.

— Ah! je n'oserai jamais.

— Je parlerai pour toi.

Puis, se retournant vers le sentier par lequel avait disparu la jeune fille, le vieil aveugle sembla prêter un instant l'oreille à quelque imperceptible bruit, et, d'une voix certaine de ce qu'il allait avancer :

— C'est elle qui revient! dit-il.

— Oui, oui, reconnut Pipe-Chardonneret, lorsqu'au bout d'un instant un pas léger fit crier les feuilles mortes, lorsque quelques secondes plus tard, la silhouette gracieuse de la jeune fille se détacha légèrement d'entre les arbres verts.

— Du courage! reprit le vieillard; du courage, Pipe-Chardonneret! ce soir même tu sauras à quoi t'en tenir.

— Oh! pas devant moi... s'écria vivement le pauvre amoureux.

Pour toute réponse, le vieillard le retint énergiquement par la main.

Quelques secondes plus tard, la jeune fille arrivait auprès d'eux.

— Oh! mon Dieu! fit-elle tout étonnée, comme M. Pipe-Chardonneret a l'air drôle ce soir! comme vous paraissez solennel, mon père!

— Pour l'un de nous trois au moins, reprit celui-ci, l'heure effectivement est grave. Écoute-moi donc sérieusement, ma fille.

— Mon père... par!

— Lorsqu'un brave garçon aime une honnête jeune fille, et lorsque celle-ci n'a pas même soupçon de cet amour, n'es-tu pas d'avis, mon enfant, que son père a pour devoir, alors surtout qu'il est l'ami du jeune homme, de dire franchement à sa fille : Je connais quelqu'un qui t'aime, n'a enfant; si cette union n'est pas celle que tu désirs, si tu sens en ton âme qu'elle ne s'accomplira jamais, dis-le tout de suite, dis-le tout haut; afin de ne pas laisser accroître un amour que plus tard peut-être il ne pourrait plus arracher de son cœur..., ça fait trop de mal.

En prononçant ces derniers mots, le vieillard eut dans la voix une étrange émotion... comme l'écho lointain d'une poignante douleur.

— Oh! oui... ça fait bien mal... répéta la jeune fille avec la même douleur, avec la même émotion.

Pipe-Chardonneret ne dit rien, lui; mais il était devenu d'une effrayante pâleur, le pauvre garçon; mais il tremblait comme les hautes feuilles qu'agitait en ce moment la brise du soir à la cime des deux chênes.

— Eh bien!... reprit le vieillard après un silence. Eh bien!... celui qui t'aime en secret... cet honnête jeune homme auquel je veux que tu répondes sans retard avec toute la franchise de ton âge... le voici!

— Monsieur Pipe-Chardonneret... fit la jeune fille tout étonnée; puis, levant les yeux au ciel et avec une pitié profonde dans la voix, avec l'angélique douceur d'un généreux regret, elle ajouta :

— Pauvre garçon!

Un double cri répondit à ces deux mots, prononcés de telle sorte qu'il était impossible de se méprendre sur le sentiment qui les inspirait.

— Mademoiselle... gémit le jeune homme en portant la main à son cœur déchiré.

— Lise! avait dit le vieillard, tu crois donc ne jamais pouvoir l'aimer?...

— Comme une amie!... comme une sœur!... s'empressa de répondre la jeune fille; oh!... si, toujours, mais autrement... comme il l'espérait peut-être... Oh! mon père, vous avez eu raison de parler comme vous venez de le faire... aujourd'hui même... devant lui... Je serais si malheureuse d'être la cause d'un semblable malheur!... mais il en est temps encore, je l'espère... Gardez-vous bien de m'aimer, monsieur Pipe-Chardonneret, car je ne serai jamais votre femme!

A cette réponse trop sincère, il y eut sous les deux chênes un sanglot étouffé.

Pauvre Pipe-Chardonneret! parmi ceux-là même qui le trouvaient ordinairement le plus drôle, il n'en est pas un qui, le regardant en ce moment, aurait eu envie de rire.

— Lise!... avait murmuré d'autre part le vieillard que venait de frapper au cœur la douloureuse expression, avec laquelle la jeune fille avait accentué son refus.

— Ne m'interrogez pas davantage, mon père... s'empressa-t-elle d'ajouter, avec plus de souffrance encore peut-être dans la voix, j'ai loyalement répondu, comme vous le désiriez... cela doit vous suffire.

— Ma fille!...

— Cela doit vous suffire aussi, monsieur Pipe-Chardonneret. Dites-moi que vous vous exagériez à vous-même l'affection que vous me portez... dites-moi que ce que mon père avait pris pour de l'amour n'était qu'une ardente amitié... que vous n'avez jamais songé sérieusement à devenir mon mari... que vous n'y songerez plus jamais... Dites-moi cela, mon ami, mon frère, mon élève. Oh! si vous saviez comme en me le disant, vous me rendriez heureuse!

Rien de bon, rien de gracieux, rien de touchant comme la jeune fille, alors qu'après avoir prononcé cette prière, elle tendit au jeune homme sa main confiante et loyale.

Pipe-Chardonneret n'était pas un sot. De plus, sous sa grotesque écorce il y avait un grand cœur... qui comprit aussitôt celui de la jeune fille... qui voulut à l'instant se montrer à la hauteur de la franche amitié qui lui était offerte. Pauvre garçon, hélas! il n'avait plus à espérer que cela. Par un héroïque effort sur lui-même, par une de ces brusques transitions dont les natures primesautières comme la sienne ont seules le secret, il refoula jusqu'au fond de sa poitrine toutes les douleurs qui l'oppressaient; il chassa toutes les tristesses amoncelées sur son visage; il plaça dans la main de la jeune fille sa main qui, pour la première fois était blanche, et trouvant l'héroïsme de sourire à travers ses larmes, le nez au vent, l'attitude gaiement dézinguée, la mine plus jovialement épanouie qu'il ne l'avait jamais eue :

— Soyez heureuse! s'écria-t-il, je ne vous aime pas... d'amour... jamais je n'ai songé à devenir votre mari... Qu'est-ce qui a dit ça, donc!... c'est le père A-tout-coup... Ah! bien, père A-tout-coup... quand vous aurez des idées comme ça... vous ferez joliment bien de les garder pour vous... Moi, me marier!... et avec mademoiselle Lise encore... allons donc! Est-ce que les sansonnets des bois songent à épouser des colombes?... C'est fini! bien fini... n'en parlons plus! Je serai votre frère, comme vous dites, mademoiselle, votre ami... Oh! pour ce qui est de ça, oui! toujours, et en attendant, votre élève. A demain donc, comme d'habitude, notre leçon, mademoiselle Lise, à demain!

Et, sans doute pour pleurer en toute liberté, le pauvre garçon s'enfuit à toutes jambes.

Le vieil aveugle et sa fille demeurèrent pensifs.

— Ce n'est donc pas assez d'aimer sans espérance, se disait Lise; il me faut encore désespérer l'amour des autres!

— Je ne me vanterai plus de tout deviner, pensait anxieusement le père A-tout-coup-fin-gogue; Lise a mis en défaut ma prétendue clairvoyance : ma fille me cache un secret.

XI

Où reparaît Gaston.

Assurément, Pipe-Chardonneret souffrit beaucoup, mais quelque grand que fût l'amour qu'il éprouvait pour la fille de l'aveugle, la philosophie naturelle de son heureux caractère ne tarda pas à le ramener à la raison. Il avait lu dans les yeux de Lise que tout espoir lui était enlevé sans retour; il reconnaissait maintenant l'insurmontable distance que l'éducation, la beauté, l'élégance mettaient entre elle et lui; il en arriva rapidement à se promettre de remplacer l'amour, qui n'eût été qu'une folie, par un dévouement à toute épreuve, par une ceine amitié.

Dès le lendemain donc du refus de la jeune fille, il vint comme d'habitude prendre sa leçon, le visage pâle encore, les yeux rougis par les larmes de la nuit précédente, qu'il avait passée tout entière à rôder dans le bois de Romainville, le cœur déchiré, saignant toujours, mais le front calme en apparence et la physionomie sereine; il n'eut pas un mot, pas un soupir, pas un regard qui pût révéler son profond chagrin, sa douloureuse résignation.

Lise cependant, la bonne Lise, comprit tout, et comme en le quittant le pauvre garçon s'efforçait de sourire, elle lui prit la main et, sans dire une parole, à plusieurs reprises, elle la lui serra comme pour lui dire :

— Bien, frère; bien! Je suis contente de toi.

Les jours suivants, dans les moindres actions de la jeune fille, dans les mille délicates prévenances par lesquelles elle s'efforça constamment d'adoucir son refus, il y eut comme un baume divin qui devait rapidement cicatriser la blessure qu'elle avait faite à son insu, dont elle semblait elle-même avoir le plus généreux regret, le plus intelligent remords.

— A nous deux, lui dit-elle un soir, nous arriverons à vous faire oublier.

— Oublier! murmura Pipe-Chardonneret, je ne puis pas vous promettre cela, mademoiselle; mais je vous injurie pas davantage de mon pauvre cœur; c'est un bon garçon, voyez-vous, c'est un grand philosophe; c'est une boîte à musique! Tout est fini maintenant, bien fini.

Bien qu'il mentît un peu, Pipe-Chardonneret se rapprochait cependant de la vérité. Chaque jour apportait son soulagement; à la maladie succédait la convalescence; c'était déjà la guérison. De son amour, bientôt il ne lui resterait plus qu'un souvenir amer, dont s'éloignait de plus en plus le douloureux été-là... qu'une vague souffrance qui parfois même cessait totalement de se faire sentir, comme celle de ces anciennes blessures qu'on ne se rappelle plus que les jours de pluie... qu'un seul sentiment, mais bien vivace celui-là... la jalousie?

Or, Pipe-Chardonneret ne tarda pas à avoir l'occasion d'être jaloux.

Un matin, le lendemain de jour probablement où Caroline de Lescara était revenue de la Bretagne, un élégant tilbury s'arrêtait au bois de Romainville, précisément en face du restaurant de la Calypso d'été.

Un beau jeune homme de vingt ans environ, au maintien aristocratique, au visage excessivement pâle, aux yeux noirs et doux, descendit de l'élégant véhicule et, prenant à part l'illustre gargottier, auquel il semblait demander quelques renseignements mystérieux, il causa longuement avec lui. M. Calypso parut très-fort flatté d'une si haute confiance, et finit par indiquer obséquieusement le chemin des deux chênes.

Pipe-Chardonneret était arrivé vers la fin de l'entretien, il en avait entendu les derniers mots; un pressentiment jaloux lui avait averti le cœur.

De loin donc, et se cachant de buissons en buissons, il suivit le bel inconnu qui arriva rapidement en face du banc de gazon.

Au bruit de ses pas, la fille de l'aveugle releva la tête... puis, ayant sans doute reconnu le jeune homme, un cri s'échappa tout à coup de son cœur.

— Ma fille, qu'as-tu donc? s'empressa de demander le vieillard inquiet.

— Rien... rien... mon père, balbutia la jeune fille.

Et, s'adressant au mystérieux inconnu qui seul pourrait la voir (Lise le croyait du moins) elle lui montra le pauvre aveugle avec un geste empreint de tant de douloureuse résignation à la fois, et d'expressive dignité que cette simple pantomime fut tout un poème du cœur qui bien clairement signifiait:

— Voici mon père... vous le voyez, monsieur; plus rien de possible maintenant, plus rien de commun entre nous!

Après quoi, retombant brisée sur le banc de gazon, de tout le reste du jour elle ne releva plus les yeux de dessus sa broderie, sur laquelle cependant ils laissèrent pleuvoir plus d'une larme.

Ces larmes, Pipe-Chardonneret les vit, les commenta, les expliqua; plus tard, il vint à son tour s'asseoir sur le banc de gazon. Sans avoir l'air de rien, il observa attentivement la jeune fille; son sein était oppressé, ses mains fiévreuses, son visage affreusement pâle, toute sa personne évidemment en proie à un désespoir contenu, à l'un de ces terribles combats intérieurs qui semblent devoir être la mort de l'âme.

— Je connais ça, se disait Pipe-Chardonneret; c'est ce que j'ai éprouvé moi-même... Plus de doute... elle l'aime... et elle ne peut pas être à lui.

En même temps, dans des allées et venues, ménagées avec art, il observait aussi le jeune homme, qui de même paraissait douloureusement affecté, et qui, bien loin d'avoir disparu à première sommation, jusqu'au retour de la nuit, rôda vainement à l'entour des deux chênes.

Naturellement le vieil aveugle ne se doutait de rien.

Mais Pipe-Chardonneret avait de bons yeux; il était galant; il avait deviné.

— Je ne souffrirai pas qu'on vienne lui faire ainsi les yeux doux à notre nez et à notre barbe, grondait-il en prenant au trop au sérieux son rôle de frère, j'empêcherai bien qu'elle ne soit perdue pour nous... Oh! oui, je l'empêcherai.

Le rôle de dénonciateur cependant répugnait à Pipe-Chardonneret; mais, que voulez-vous? si la dénonciation sauvait Lise!

Dans la soirée donc, il trouva moyen de prendre à part son vieil ami, et, avec des précautions mélodramatiques, il lui révéla tout.

— Merci! répliqua le bonhomme profondément ému; mais Lise m'avait déjà prévenu... Je sais... Je sais...

Il mentait.

Bien plus; afin que sa fille ne fût pas même soupçonnée, il affectait une parfaite quiétude.

Mais, pauvre père! il se sentait déjà le cœur rempli d'effroi.

Le lendemain cependant, à l'heure des macarons, il n'avait rien dit encore à la prétendue coupable.

Il réfléchissait, il écoutait, il entendait.

Le jeune homme de la veille ne tarda pas à se montrer à travers les arbres.

Pipe-Chardonneret, par malheur, n'était pas là.

Néanmoins, à la respiration plus oppressée de la jeune fille, à certains frissonnements de sa broderie, à ce secret instinct surtout qui avertit le cœur du père, le vieil aveugle devina que l'instant enfin était venu.

Tout à coup, saisissant donc une main qu'il n'avait pas besoin de voir pour rencontrer, et avec une solennelle autorité dans les traits et dans la voix:

— Ma fille! demanda-t-il lentement, qui est là?

— Mon père!... balbutia Lise, pressentant aussitôt que ce n'était plus un banal interrogatoire, mais qu'il allait emprunter à la situation une sorte de caractère sacré.

— Réponds! insista doucement et gravement à la fois le vieillard; qui est là?

— Un jeune homme! répondit-elle franchement, car Lise pourrait se taire, mais ne savait pas mentir.

— Tu le connais?

— Oui.

— Il t'aime?

— Oui.

— Tu l'aimes?

Cette fois, Lise ne répondit pas tout d'abord.

Mais après un silence, et se jetant tout en pleurs dans les bras du vieil aveugle:

— Mon père! sanglota-t-elle éperdue; mon père! venez... rentrons... et je vous dirai tout... oui, tout.

Quelques minutes plus tard, le père et la fille s'enfermaient dans leur humble mansarde; celui-ci, tout tremblant, s'asseyait dans son vieux fauteuil; celle-là s'agenouillait lentement devant lui; et, d'une voix émue, mais limpide comme son âme, elle lui répétait tout ce qu'elle avait déjà dit à la supérieure du pensionnat, tout ce que le lecteur déjà connaît des chastes amours de Gaston et de Lise.

Car ce bel inconnu si pâle, dont la soudaine apparition avait alarmé la jalousie de Pipe-Chardonneret... avons-nous besoin de le dire?... c'était Gaston de Vernanges.

XII

Le père et l'amant.

Dès que Caroline de Lescara lui eut révélé la retraite de celle qu'il croyait avoir perdue sans retour; dès que sa convalescence, devenue maintenant une guérison, lui avait permis de se lever et de sortir... oh!... c'était vers le bois de Romainville qu'il avait tout d'abord couru.

Caroline ne l'avait pas trompé! Lise était là... Lise!

Mais elle lui faisait signe de s'éloigner; mais elle semblait le supplier de ne plus revenir... mais, lui montrant le vieil aveugle, elle avait dit clairement... que tout espoir d'avenir était désormais impossible.

Gaston avait compris; Gaston avait souffert; mais, bien que se tenant toujours à distance, il était revenu les jours suivants. Mais le lendemain de celui où le vieillard avait reçu la confidence de sa fille, il était encore là... là toujours!

— Que se passe-t-il? demanda à voix basse l'aveugle qui l'avait deviné, qui l'avait vu. Ma fille que fait en ce moment M. Gaston?

— Là!...

— Eh bien?...

— Il me montre une lettre.

— Une lettre?

Il y eut un long silence, durant lequel le jeune homme, qui ne pouvait soupçonner à distance cet accord, continuait de

aiser entrevoir l'amoureux billet avec toutes sortes de supplications dans le geste et dans les yeux.

— Lise! reprit enfin le vieillard, relevez-vous doucement...
et, comme de vous-même, indiquez du doigt à M. Gaston le
trou que le temps a creusé dans l'un de mes deux chênes.

— Mon père!... se révolta la pudique jeune fille.

— J'ai mes raisons... Je t'en prie... je le veux.

Invisiblement poussée par l'aveugle, elle obéit enfin et donna
l'indication commandée.

Le jeune homme laissa échapper un mouvement de joie et
disparut avec un éclair triomphant au front.

L'heure de la retraite ne tarda pas à sonner dans le lointain.

Avant de plier bagage, le père A-tout-coup-l'on-gagne prétexta la fantaisie d'un tour de promenade au bras de sa fille.

Au retour ainsi qu'au départ, la petite pelouse et ses environs étaient parfaitement déserts.

— Prends la lettre? dit néanmoins l'aveugle.

— La lettre?...

— Prends donc!

La lettre se trouvait effectivement dans le tronc du chêne.
Sitôt rentré dans sa mansarde, le vieillard en exigea la lecture.

La jeune fille lut avec la même et candide franchise qu'elle
avait parlé.

C'était un billet doux et passionné, comme tous ceux des
amoureux de vingt ans.

Néanmoins, pour le vieil aveugle, qui ne connaissait encore
Gaston que par le récit de sa fille, une grande élévation de
sentiment y respirait, une tendre et touchante loyauté, une
sincère et chevaleresque poésie.

Mais hélas! il se terminait par la traditionnelle prière :

« Ce soir, à l'heure où votre père dormira, revenez seule au
« pied du vieux chêne. Au nom de notre bonheur à tous
« deux... au nom de notre amour... il faut que je vous parle
« une dernière fois, Lise!... il le faut! »

Cinq années plus tard, Pipe-Chardonneret eût mis cette lettre en musique.

— C'est bien! dit froidement le vieillard, j'irai.

Et le soir venu, lorsque s'approchant à tâtons de la petite
pelouse, Gaston crut entendre un pas léger venir à lui, lorsqu'il murmura tendrement à voix basse :

— Chère Lise... est-ce vous?

— Non! répliqua tout à coup le vieil aveugle! Non! monsieur; c'est moi que vous allez écouter... c'est à moi seul que
vous allez répondre!

Quelque loyal qu'il fût, le jeune homme ainsi pris au piége,
eut un premier mouvement pour fuir.

— Que craignez-vous? fit en le retenant le vieillard, avec
une mélancolique amertume. Je veux seulement vous dire qui
je suis... ce que j'ai souffert... combien je suis seul au
monde... et, lorsque vous saurez tout... lorsque vous me con-
naîtrez aussi parfaitement que je me connais moi-même... si
vous vous sentez encore le courage de vouloir m'enlever mon
unique consolation, ma seule joie, ma fille... Eh bien! alors...
monsieur, eh bien!... vous serez libre!

Vainement Gaston voulut balbutier une excuse, une protes-
tation, une promesse.

Le père A-tout-coup-l'on-gagne l'interrompit d'un geste, le fit
asseoir à côté de lui sur le banc de gazon et, d'une voix pleine
de douce et triste simplicité :

— Écoutez! dit-il, écoutez!

Ah! si le curieux Pipe-Chardonneret eût été là!

Mais non!

Il n'y avait autour d'eux que les grands arbres à travers
lesquels chuchottaient les brises nocturnes... à leurs pieds
que la plaine, dont les molles vapeurs se constellaient peu à
peu de lueurs errantes ou fixes... sur leurs têtes que des milliers d'étoiles resplendissant au milieu d'un ciel bleu sombre...
que la pâle lune qui vint inonder tout d'un coup, de ses calmes
rayons, le visage recueilli du vieillard qui commençait
son récit.

Cette histoire, nous voulions d'abord la reproduire telle
qu'elle sortit de sa bouche, simple et brève.

Mais la modestie du père A-tout-coup-l'on-gagne devait y
mettre trop de restrictions ; mais il nous semble intéressant
de peindre les différentes époques historiques qu'elle devait
traverser ; mais cette histoire se trouvant être aussi celle du
bois de Romainville, pour lequel nous avouons une prédilection toute particulière, nous demanderons au lecteur la permission de lui dire nous-même, sous cette réserve toutefois,
lorsqu'il en sera temps, de rendre la parole à notre vieil et
touchant conteur.

XIII

André et Lisette.

C'était en 89. La Révolution commençait. L'ancienne société
était à l'agonie. Les grands mots de liberté, d'égalité ébran-
laient le cœur de la France, et notamment Paris, son cerveau. Mais, quelles que soient les idées qui tourbillonnent
dans l'air, il y a toujours des gens qui s'inquiètent fort peu de
l'avenir, encore moins du passé ; à peine songent-ils au présent qui, pour eux, n'est que le plaisir. Ces gens-là sont peut-
être les égoïstes, mais à coup sûr ce sont les heureux.

Donc, par une belle matinée du printemps de 89, la foule
était grande au bois de Romainville : c'était le dimanche des
Lilas. Commis et grisettes, carabins et carabines, gardes-françaises et frétillons de toutes sortes gravissaient depuis l'aube
la côte serpenteuse, aux deux côtés de laquelle s'alignent les
maisons de Belleville, un simple village alors, qui n'en valait
peut-être que mieux.

Bras dessus, bras dessous, rubans au vent, le sourire et la
chanson aux lèvres, on avait passé devant l'Ile-d'Amour,
ce joyeux cabaret devenu maintenant une mairie. On s'était
joyeusement éparpillé dans le parc de Saint-Fargeau, qui n'est
plus, hélas! aujourd'hui, qu'un champ de pommes de terre.
Enfin, sur le midi, on était arrivé au bois de Romainville, qui
était alors le rendez-vous par excellence des friponnes amou-
rettes et des galités champêtres.

Là, cent cabarets badigeonnés des plus riantes couleurs étalaient leurs drôlatiques enseignes ; là, vingt orchestres appelaient sous la feuillée les danseuses et les danseurs. Des jeux
de toute espèce bordaient la grande allée. De bruyantes cavalcades de rossinantes et d'ânons passaient et repassaient à travers le bois, jetant à chaque taillis de grands éclats de rire.
Un peu plus loin, dans les rares recoins qui restaient soli-
res, des couples amoureux marchaient lentement, la main
dans la main, ou bien s'asseyaient à l'ombre de quelque buisson épais, parfois même au beau milieu des seigles et des blés
d'alentour.

Chacun avait déjà sa provision de lilas ; ceux-ci, tout simplement à la boutonnière ; celles-là, sur leurs têtes, en guise
de couronnes ; la plupart, en gros bouquets, dont on se faisait
au besoin des parasols ou des éventails. Et tout cela tourbil-
lonnait incessamment, comme dans une kermesse hollandaise,
comme dans une ballade allemande. On entrait tour à tour
dans les guinguettes, dans les spectacles forains, dans les
bals ; on s'isolait tour à tour pour échanger de galants caque-
tages, qui sait même? parfois, pour donner raison à l'égrill-
larde devise du lieu : Ce bois... ce bois... ce joli bois!... Vous
savez le reste.

C'était un gigantesque trumeau, mis en action ; c'était la
vraie fête du printemps ; c'était une étourdissante bacchanale-
Pompadour.

Il y avait là de bien jolies filles, je vous le jure! Une surtout, qui se tenait cependant à l'écart, qui ne dansait pas, et
qui, retenant avec peine une larme qui perlait au bord de sa
paupière, regardait incessamment vers Paris.

Elle avait à peine seize ans, des cheveux blonds comme les
blés, des yeux bleus comme les bluets, des lèvres rubescentes
comme les coquelicots. Rien de tendre à la fois et d'éveillé
comme son regard ; rien de malicieux et de fin comme son

sourire qui, dans chaque joue, creusait une adorable fossette. Elle avait des pieds et des mains de duchesse, une taille à prendre dans les dix doigts, des airs de tête surtout, et des allures à la faire assurément devenir reine, si elle eût vécu au temps où les rois épousaient des bergères.

A défaut de monarque épris tout à coup de ses charmes, il y avait là de nombreux amateurs qui, depuis longtemps, avaient remarqué cette fine fleur de jeunesse et d'amour; qui tournaient autour d'elle, les merveilleux poudrés en chiffonnant leurs jabots, les gardes-françaises en retroussant leurs moustaches, et qui tous finissaient invariablement par lui dire sur tous les tons imaginables : Mademoiselle, voulez-vous danser? Voulez-vous boire, mademoiselle? Mademoiselle, voulez-vous aimer?

A la première de ces questions, la jeune fille répondait par un refus poli; à la seconde, par un sourire quelque peu hautain; par un gros soupir à la troisième. Après quoi, de nouveau, elle regardait vers Paris.

Quelques heures s'écoulèrent ainsi, La jeune fille s'écartait de plus en plus de la galerie des danseuses et commençait à pleurer pour tout de bon.

Tout à coup, cependant, elle se redressa, et, avec un fol élan de joie, courut tomber dans les bras d'un bel et souriant jeune homme, qui arrivait enfin tout essoufflé, tout en désordre.

La fillette était trop émue pour pouvoir parler encore, et, sans aucun doute, gronder son amoureux d'un retard aussi prolongé.

— Lisette! s'était écrié celui-ci, Lisette, qu'as-tu donc? tu pleures!

— Moi! non, non!

Et Lisette eut un rire si franc, si heureux, qu'il sembla qu'autour d'elle tout se faisait écho pour le répéter.

Le jeune homme lui jeta une bras autour de la taille, et de l'autre main lui serrant la main, les yeux dans les yeux :

— Eh bien! reprit-il, tu ne dansais donc pas?

— Tu n'étais pas là, répliqua simplement la fillette.

— Mais il y en a d'autres avec lesquels tu danses parfois?

— Oui, quand j'ai dansé avec toi, d'abord.

— Et si je ne revenais plus?

— Jamais!

— Jamais?

— Jamais plus ne danserais.

— Lisette!

— André!

N'y pouvant tenir davantage, et bien qu'en plein bal de Romainville, André embrassa éperdument Lisette.

Voilà de l'amour!

Mais, avant d'aller plus loin, peut-être serait-il nécessaire de dire comment cet amour avait commencé, quels étaient nos deux amoureux?

André Lambert était commis, ou, si vous le préférez, calicot, dans l'un de ces mille magasins qui tapissaient alors toute la rue Saint-Denis d'une longue galerie de gigantesques enseignes. Orphelin de bonne heure, il avait été envoyé de sa province à Paris; il était entré au pair chez un parent éloigné qui avait cru faire œuvre méritoire en le payant beaucoup moins et en le faisant travailler davantage que tout autre. Il y a beaucoup de gens qui comprennent ainsi les devoirs de la parenté, et qui croient sincèrement avoir droit à une énorme reconnaissance.

L'enfance d'André s'écoula donc dans une arrière-boutique, presque sans air et sans soleil. Aux jours de fête, à peine lui permettait-on d'accompagner à la campagne son prétendu bienfaiteur, qui ne manquait pas de profiter de l'occasion pour charger son fils adoptif de toutes les provisions de la journée; du châle de madame, quand il faisait trop chaud, de son ombrelle quand on marchait à l'ombre, voire même quelquefois du dernier-né qu'il fallait bercer en chemin. Ces jours-là, André n'était plus commis : il devenait baudet, et le généreux parent n'oubliait pas de lui dire au retour : « Hein! j'espère que voilà encore une belle journée que tu me dois! J'espère que je me conduis paternellement à ton égard, j'espère que tu t'es follement amusé ce dimanche-ci! » Nous ne saurions trop

le répéter, il y a, dans la rue Saint-Denis surtout, bon nombre de parents de cette trempe-là.

Notre calicot, cependant, travaillait avec tant d'ardeur, il avait une si prompte intelligence, il se montrait tellement avenant avec les pratiques, que sa réputation ne tarda pas à s'étendre dans toute la rue Saint-Denis, et que les concurrents de son patron en vinrent bientôt à vouloir l'enrôler sous une autre enseigne. Force donc fut au cousin Lambert, qui avait eu vent de cette manœuvre, de desserrer les cordons de sa bourse, et de lâcher quelque peu la bride au cousin André.

— Cousin André, lui dit-il un jour, jusqu'à présent je t'ai traité comme un fils; je ferai plus encore désormais, j'agirai avec toi comme Auguste avec Cinna (la tragédie était alors à la mode). A partir de ce jour, tu auras six cents livres d'appointements; à partir de ce jour, tu seras libre de faire ce que tu voudras de chacun de tes dimanches!

Ce semblant de liberté, ces six cents livres, c'était pour le pauvre garçon deux inestimables trésors.

Le dimanche suivant, fou de joie, deux écus de six livres dans sa poche, André Lambert s'échappa hors du magasin, hors de la prison; il remonta toujours courant le faubourg Saint-Denis, dépassa la barrière, atteignit Pantin, grimpa le coteau qui s'élevait à sa droite, et se trouva bientôt au beau milieu du bois de Romainville.

Nous avons dit plus haut ce qu'il en était alors.

La première partie de la journée fut une longue suite d'enivrements; mais, lorsqu'arriva le soir, lorsque les guinguettes commencèrent à chanter sous les grands arbres constellés de mille quinquets, André Lambert commença à se sentir quelque peu embarrassé de son bonheur.

C'est qu'il en jouissait pour la première fois, c'est qu'il était seul, c'est qu'il se sentait gauche, emprunté, timide, c'est qu'il ne savait pas, surtout qu'il n'osait pas.

La jeunesse de cette époque ne ressemblait pas à celle d'aujourd'hui; à dix-huit ans on dansait encore; bien plus on était fou de la danse. André grillait d'envie de se mêler aux quadrilles; il y avait là de séduisantes grisettes, voire même quelques villageoises plus ou moins délurées. Rien de plus facile que d'aller leur offrir la main, surtout lorsqu'on se sent joli garçon, et c'était le cas d'André Lambert. Mais que voulez-vous? huit heures allaient sonner, et il n'avait pas eu le courage de se décider encore.

Enfin, tout au bout de l'une des quatre banquettes sur lesquelles s'étalaient les danseuses en disponibilité, notre apprenti danseur avisa certaine petite fille, presqu'une enfant, qui lui parut identiquement dans la même position que lui, même à savoir qu'elle avait grande démangeaison de danser, et qu'elle ne le pouvait pas.

Cette fois donc, André s'avança intrépidement, et après un compliment pas trop mal tourné, ma foi, il lui présenta la main.

La fillette bondit aussitôt avec non moins de spontanéité qu'un diablotin d'Allemagne dont on eût ouvert le couvercle. Puis elle retomba carrément sur ses sabots, les deux mains dans les mains de ce cavalier qui lui tombait du ciel.

A cette étrange façon d'accepter son invitation, à la mine surtout et à l'accoutrement de sa danseuse qu'il venait de regarder de plus près, Lambert eut un premier mouvement de regret.

C'est qu'en vérité notre pauvre commis allait avoir un bien singulier partenaire, presqu'une enfant d'abord, nous l'avons déjà dit; treize ou quatorze ans tout au plus; et puis une paysanne, tout ce qu'il y avait là de plus Romainvillien, de plus Pantinois; des joues rouges comme des pommes d'api, un gros rire naïf, un mouchoir jonquille, un caraco bleu, un cotillon écarlate. Bref, une Maritorne en miniature, une Jeanneton perruque!

Néanmoins, sous les bords de la cornette passaient quelques cheveux du blond le plus charmant; les yeux étaient d'un admirable azur, les dents qu'on ne perdait presque pas de vue avaient l'éclatante blancheur de la denture des jeunes chiens. En regardant plus attentivement l'adolescente villageoise, on eût découvert bien d'autres beautés que celle-là; mais elles étaient enfouies, empâtées sous une trop rustique écorce pour qu'André Lambert pût en avoir le soupçon. D'ailleurs il n'en eut pas le temps.

Déjà la pétulante Romainvillienne l'entraînait vers l'orchestre; déjà, bondissant aux premiers accords de la ritournelle, elle ne songeait qu'à partir en avant. Bientôt effectivement elle s'élança, sautant, pirouettant, se trémoussant à faire pâmer de rire toute l'assistance. André devint rouge jusqu'aux oreilles; il voulut fuir, mais pas moyen; la petite paysanne enfin avait trouvé un danseur, elle y tenait, elle s'y cramponnait à perpétuité. Et puis elle paraissait si heureuse!

— Passe pour ce quadrille! se dit le commis.

Mais le quadrille terminé, la jeune commère lui sauta au cou et l'embrassa avec un si vif transport en lui criant : merci, merci! qu'il devint impossible de lui en refuser un second, puis un troisième. Elle avait tant de joie de danser! c'est si bon de faire le bonheur des autres!

D'ailleurs, la grossière enfant se transformait à force de contentement; ses yeux brillaient, caressants et doux, deux fois plus grands encore; son sourire avait je ne sais quel épanouissement printanier, quelle sauvage efflorescence qui faisait plaisir à voir. Sa cornette, déjà renversée en arrière, laissait ruisseler tout autour de son visage comme autant de rayons chevelus; ses mouvements, d'abord si désordonnés, se régularisaient peu à peu, s'harmonisaient avec une sorte de grâce rustique. On riait toujours de ses ébats, mais c'était maintenant de ce bon rire sympathique, qui devient plutôt un encouragement qu'une critique, et qui fait qu'on aime de plus en plus ceux qui vous font rire ainsi.

André Lambert subit le premier cette communicative influence; il en vint bientôt à sauter lui-même, à gambader, à folâtrer avec non moins de joyeux entrain que sa danseuse, et, lorsque après le dernier cotillon, elle lui dit d'une voix tout essoufflée :

— A dimanche prochain, n'est-ce pas, monsieur André?

Il répondit franchement :

— Mademoiselle Lisette, à dimanche!

On voit que nos deux futurs amoureux connaissaient déjà leurs noms de baptême.

— Est-il donc gentil! disait Lisette en retournant à son village.

— C'est une drôle de fille! murmurait André tout en redescendant vers Paris; mais au fond elle m'a fait passer une bien bonne soirée.

XIV

AMOUR.

Afin sans doute d'en avoir une seconde du même genre, Lambert fut exact au rendez-vous; la petite paysanne l'attendait déjà.

Sans désemparer, on danse tous les quadrilles, toutes les gavottes et tous les cotillons; puis, et, se quittant, on se dit encore :

A dimanche prochain!

Plusieurs dimanches se passèrent ainsi, tout à la danse, et sans qu'on songeât à se parler beaucoup encore.

Lisette cependant trouvait André de plus en plus gentil; André s'étonnait de plus en plus de ne pas avoir remarqué, dès le premier jour, que Lisette était tout simplement une charmante fillette.

Il est vrai que Lisette y mettait du sien; la passion de la danse une fois satisfaite, elle avait pensé quelque peu davantage à la coquetterie. Sa cornette devenait de mieux en mieux accommodée sur sa blonde tête; les couleurs qui concouraient à sa toilette dominicale étaient moins criardement assorties entre elles; sa taille sinon plus serrée, du moins plus dégagée que le premier jour, se montrait maintenant telle qu'elle était, c'est-à-dire mince, souple et finement allongée comme celle des plus droits peupliers du bois de Romainville. Lisette troussait maintenant son cotillon avec une sorte d'art ingénieux; les sabots avaient fait place aux souliers lacés qui, quelque rustiques qu'ils fussent, ne pouvaient cependant paraître gros, tant les pieds qu'ils renfermaient étaient petits. Il

n'était pas jusqu'à ses bas bleus qui, plus soigneusement tirés désormais, permettaient d'admirer une jambe à rendre jalouses toutes les Mogadors et toutes les Frisettes du bois de Romainville d'alors. Bref, elle s'était dit : Puisque je danse avec un monsieur de Paris, je dois être un peu Parisienne et tant bien que mal, elle s'efforçait d'y arriver.

D'un autre côté, la sympathie croissant sans cesse entre le commis et la villageoise, on s'était d'abord rencontré une heure avant l'ouverture du bal, puis deux heures, puis trois; on en vint [...] se donner des rendez-vous dès le matin. Dès le m[...], on [...] promenait bras dessus bras dessous dans les environs [...]; on allait ensemble, on goûtait sur l'herbe, derrière un [...]; charmante dînette d'écoliers, où l'on n'avait qu'une feuille de papier pour plat, qu'un seul couteau pour deux, pour deux qu'un seul verre.

Et puis enfin l'on causa.

André Lambert raconta le premier comment il dépendait d'un cousin, comme quoi il avait perdu tout petit son père et sa mère.

— Tiens, comme ça se trouve! s'écria Lisette, moi aussi je suis orpheline.

— Vraiment!

— Je n'ai pour toute famille qu'une tante qui ne s'occupe guère de moi, et ce n'est pour me gronder souvent, quelquefois même pour me battre.

— Pauvre Lisette!

— Bah! elle me laisse libre au moins, surtout le dimanche, et c'est là l'essentiel! Si elle m'aimait davantage, nous ne serions pas seuls ainsi tous les deux.

Rien d'innocent, rien de candide, comme l'optimiste villageoise déduisant cette conclusion de son destin.

— Où va donc votre tante le dimanche? reprit André.

— Je ne sais pas au juste, moi! répliqua Lisette avec une nuance de sournoise malice; par-delà Villemomble, je crois, où peut-être elle va retrouver aussi un danseur!

Et l'espiègle enfant se prit à rire aux éclats.

Puis, comme la première ritournelle du bal venait de retentir au loin lointain :

— Allons vite, s'écria-t-elle, allons danser!

Tout le printemps ainsi s'écoula. Le soleil d'août vint dorer les feuilles du bois; bientôt le vert d'automne commença de les détacher des branches.

On dansait cependant toujours.

Mais voilà qu'au matin d'un des derniers dimanches de septembre, André trouva Lisette tout en pleurs, elle d'ordinaire si folle de gaîté.

— Oh! mon Dieu, s'écria le calicot, qu'y a-t-il donc, mon Dieu?

— Il y a que ma tante se marie, qu'elle va s'établir à Villemomble et qu'elle me laisse ici, toute seule, sans asile, sans une protection, sans même un ami.

— Sans un ami! se récria vivement Lambert, eh bien! et moi?

Oh! c'était là un véritable cri du cœur! Depuis six mois une profonde affection s'était développée chez ces deux pauvres enfants, l'un et l'autre isolés dans le monde, et qui s'étaient pris naïvement à s'aimer de toute la force jusqu'alors perdue de tous les autres amours qu'il ne leur avait pas été donné de connaître. Lisette était pour André tout à la fois une sœur et une mère; André tout à la fois pour Lisette un frère et un père. Ils ne se l'étaient pas dit encore; d'un même regard ils le comprirent en même temps. Lisette se jeta dans les bras d'André en lui demandant pardon; après l'avoir embrassée au front, André fit asseoir Lisette à ses côtés en lui disant :

— Dis-moi tout, ma sœur!

Tout! eh! mon Dieu, Lisette l'avait déjà dit. Sa tante était de la nature du cousin d'André; égoïste et rapace, elle avait recueilli la fille de son frère par simple crainte de l'opinion publique, parce que, décemment, elle ne pouvait agir autrement. Elle s'était servie de Lisette comme d'une servante qu'elle ne payait pas : encore une de ces économies qu'on fait passer pour une bonne action.

Puis, l'heure était venue où cette femme avait trouvé un parti; son futur époux lui avait dit :

— Je ne veux pas me charger de la petite; je ne veux même

pas l'inviter à la noce, car il vaut tout autant qu'on ne sache même pas là-bas que nous avons une nièce; on ne manquerait pas de dire que nous l'avons abandonnée.

— C'est juste! avait répondu la tante.

Et le lendemain, elle émigra vers Villemomble en jetant à sa nièce cet unique adieu:

— Voilà un écu de trois livres, ma chère nièce; j'ai fait mon devoir envers toi, mais tu as quatorze ans maintenant, tu peux voler de tes propres ailes. Arrange-toi donc désormais comme tu voudras; pour dernier service je te donne ta liberté, et ne te demande qu'une preuve de reconnaissance, c'est de ne jamais venir à Villemomble. Bien le bonsoir.

Et, après cette singulière bénédiction, elle était partie.

— N'est-ce que cela? conclut André Lambert, aussitôt que la jeune fille eut achevé sa confidence; ne pleure plus, ma Lisette, et ne crains rien! C'est moi maintenant qui suis ta tante!

L'adoption joyeusement consentie, on s'était mis incontinent à discuter la façon dont allait vivre désormais Lisette.

— Premier point! avait dit Lambert, il te faut d'abord un logis.

— Mais je n'ai qu'un écu de trois livres.

— J'ai des économies, moi!

— Mais!...

— Ne raisonne pas, ma nièce, vous me devez obéissance!

Et, tous les deux le nez en l'air, on s'était mis à lire les écriteaux de Romainville.

Ici, c'était trop grand! là, trop triste! dans bien des endroits, pas convenable pour une fillette toute seule. Durant les deux premières heures, on ne trouva rien. Mais à peine eut-on dépassé la frontière du village, à peine fut-on sur le territoire de Bagnolet, que là, dès les premières maisons, une mansarde se présenta, qui réunissait toutes les conditions désirées.

Hélas! c'était cette même mansarde que, quarante ans plus tard, devait retrouver vacante le bonhomme A-t-il cru? sognat; c'était là que, plus tard, avec une tout autre Lisette, devait s'installer l'aveugle de Bagnolet.

Ainsi que lors de l'arrivée du marchand de macarons la mansarde fut aussitôt arrêtée, à peu près de la même façon meublée. Le même soir, la petite paysanne y coucha.

— Cependant, dit-elle, le dimanche suivant à son fraternel protecteur, cependant, je ne peux pas vivre toujours comme ça, absolument seule, sans même apprendre un état. Vous n'êtes pas riche non plus, mon ami; comme vous, je veux travailler.

— Très-bien! approuva Lambert, j'ai déjà songé à cela, je m'en suis occupé déjà, et si je n'ai loué cette mansarde que pour un mois, c'est précisément, ma Lisette, parce que dans un mois j'espère bien vous avoir trouvé mieux.

— Quoi donc, hein? quoi? demanda la curieuse.

— Je ne sais pas encore; aidez-moi vous-même, Lison! Dites-moi ce que vous savez faire.

— Beaucoup de choses, car je ne restais pas les bras croisés chez ma tante; mais chez des étrangers, travailler de la même façon, ce serait servante; je ne veux pas de ça.

— Ni moi non plus, Lisette; servante, vous, jamais! ouvrière, passe encore! Et puis ainsi, du moins, vous vous rapprocheriez de moi.

— À Paris donc! quel bonheur!

— Cherchons ensemble, voyons! Aimeriez-vous à être couturière?

— Hum, hum... à parler franc, l'aiguille n'est pas mon fort.

— Cherchons autre chose, alors! Quel serait votre goût?

— Mon goût? c'est assez difficile à dire; cependant, tenez, ce que j'aime le plus au monde... après vous, toutefois, ma tante, ce qui par-dessus toute chose me plaît, ce sont les fleurs!

— Les fleurs?

— Avant de vous connaître, sitôt que j'avais un moment de liberté, je courais dans les champs, je me hasardais dans les jardins; là, je cueillais les marguerites, les coquelicots, les bluets, les lilas, les pervenches; ici, bien d'autres fleurs dont je ne sais même pas les noms, mais qui me semblaient des trésors. Des unes et des autres je composais des bouquets, des guirlandes; puis, les comparant à celles de leurs sœurs qui semblent pousser dans la coiffure des Parisiennes, et qui doivent être faites par la main des hommes, je me disais: Quel joli état ça doit être d'imiter ainsi la nature, de créer après Dieu, de faire ce que fait le printemps, ce que fait le soleil! Et, sous toutes sortes de prétextes, je m'approchais, je me grandissais jusqu'à ces imitations qui me paraissaient des chefs-d'œuvre... Et retournant ensuite à mes guirlandes, à mes bouquets, je les regardais de bien près, je les étudiais doucement, je m'efforçais de les recomposer ensuite, tantôt avec leurs propres débris, tantôt avec toutes sortes de chiffons découpés, de petits cailloux et de coquillages qui me tombaient sous la main. Je ne sais pas ce que j'aurais donné pour pouvoir reproduire le plus simple de mes coquelicots, la plus petite de mes marguerites. Sans cesse j'y pensais; j'en rêvais les nuits. Les fleurs, voyez-vous bien, oh! les fleurs! Bien plus encore que la danse, c'est là ma grande passion! Si j'étais née dans le paradis terrestre, si j'avais été à la place d'Ève, ce n'est pas pour une pomme que j'aurais désobéi à Dieu, oh! non... c'est pour une fleur!

Tout cela venait d'être détaillé avec tellement de gentillesse par Lisette, qu'André ne put se défendre de saisir à deux mains sa blonde tête et de lui mettre un baiser au front.

Après quoi, répondant à la jeune fille:

— Vous avez raison, dit-il, le plus charmant de tous les états, de tous les arts qui soient permis aux filles du peuple, c'est assurément celui de fleuriste; mais il demande un long apprentissage.

— Oh! j'apprendrai bien vite, j'apprendrai!

— Soit! c'est convenu. Dès demain, je vais me mettre en quête d'un atelier de fleuriste, où vous puissiez entrer, ma Lisette.

— Bientôt, n'est-ce pas, bientôt?

— Oui!

— Mais quand?

— Quand cela sera fait, je vous le dirai, mademoiselle.

— Mais!...

— Assez! mademoiselle ma nièce; silence donc, petite raisonneuse! Voici, du reste, l'orchestre qui commence là-bas sa chanson; on ne doit songer qu'au plaisir aujourd'hui; c'est aujourd'hui dimanche!

Et la soirée s'écoula non moins joyeusement que les précédentes.

Minuit sonnant, il fallut encore se quitter. Le commis regagna la rue Saint-Denis, la petite paysanne se revint à Bagnolet, toute rêveuse cette fois, mais ne rêvant cependant encore qu'à ses fleurs, naïve fleur des champs qu'elle était elle-même!

Durant deux autres dimanches encore, pas de nouvelles positives, pas de changement définitif de situation; mais au suivant rendez-vous, André Lambert arriva en s'écriant:

— Fais-toi belle jeudi prochain! jeudi prochain, dès l'aube naissante, Lisette, je t'emmène à Paris.

— C'est donc fait? je suis donc enfin fleuriste?

Le méchant André refusa de s'expliquer davantage.

Mais, le jour convenu, dès le premier rayon du soleil, il arrivait à Bagnolet.

Sans aucun doute, le cousin Lambert le croyait encore en course pour les intérêts du magasin, dans un quartier quelconque de Paris.

Lisette était déjà prête. Lisette plaça bien vite son bras impatient sous le bras de son ami, et, presque courant, on redescendit vers Paris, où Lisette, pour la première fois, fit une entrée triomphale.

Un quart d'heure plus tard, on entrait dans une maison de la rue Saint-Martin, on grimpait lestement au second étage de cette maison, une porte s'ouvrait... la porte d'un atelier de fleuriste.

Quelle allégresse!

Lisette aussitôt fut enregimentée, Lisette était Parisienne maintenant, Lisette devenait grisette.

Et, comme le disait avec un légitime orgueil la tante André Lambert, ce fut bientôt la plus jolie de toutes les fleurs du magasin... et qui plus est, fleur naturelle!

XV

Cendrillon

Vous rappelez-vous le portrait que vous avez dû lire aux premières pages du chapitre précédent?

Cette grisette, si gracieusement attifée, si coquettement pimpante, si bien pimpante, si bien grisette Pompadour, c'était notre petite paysanne d'il y a quelque temps, c'était notre danseuse délaissée du bois de Romainville, c'était la Lisette de notre André.

Du bourgeon s'était élancée la fleur, de la pauvre petite chenille était éclos le papillon.

Dame! vous le savez, l'esprit vient vite aux filles! Les Cendrillons se métamorphosent à vue d'œil en princesses! Il ne faut pour cela qu'un coup de baguette de ces toutes puissantes fées qui s'appellent tantôt la fée Quinze-Ans, tantôt la Coquetterie, tantôt l'Amour.

Ces deux premières seulement s'étaient encore occupées de Lisette, et, comme vous le voyez, elles avaient largement suffi pour en faire la plus belle des belles du bois de Romainville.

Ajoutons, d'autre part, que Paris y était bien pour quelque chose, Paris, cet enchanteur sans égal, qui se complaît si particulièrement aux transformations soudaines, aux changements à vue.

A l'atelier, comme jadis au bal, on avait d'abord passablement ri de la nouvelle venue; puis, s'apercevant bien vite qu'elle était intelligente, on lui avait donné des conseils. Lisette, au demeurant, s'en fût fort bien passée. C'était une de ces natures primesautières qui savent ce qu'on ne leur a pas appris, qui devinent ce qu'on ne leur dit pas, qui jamais ne sont déplacées nulle part, fût-ce même dans un salon du faubourg Saint-Germain, si le destin prenait la fantaisie d'en faire tout à coup des marquises et des duchesses.

Lisette, d'ailleurs, étudia ses compagnes à la façon dont elle avait jadis décomposé les fleurs des champs; pour ainsi dire, pétale par pétale, elle s'appropria tous les divers attraits répartis sur chacune d'elles; elle en fit dans sa personne un seul et même bouquet.

Mais cela ne suffisait pas encore! Il lui fallait la distinction, la retenue, la fine fleur d'élégance qui ne s'épanouit que dans les sphères plus élevées de la société. Lisette le comprit sans peine, en voyant venir au magasin les grandes dames et les grandes comédiennes; avec les unes et les autres, elle en agit comme avec ses compagnes: elle leur prit tout ce qu'elles avaient de bien; elle le fondit harmonieusement avec tout ce qu'elle possédait déjà; elle devint en peu de temps la plus jolie de toutes les jolies filles du dix-huitième siècle, la Parisienne la plus complètement parisienne de Paris.

Hâtons-nous de le dire cependant, ce n'était là pour Lisette qu'une étude tout à fait accessoire; sa seule vocation, sa vocation véritable, c'étaient les fleurs; elle avait trop désiré cet état pour ne pas s'y donner toute entière, pour ne pas y réaliser de merveilleux progrès. En quelques mois elle eut appris ce qui demande ordinairement des années; elle pénétra les secrets qu'on semblait ne pas vouloir lui révéler encore; elle en vint rapidement à inventer des imitations et des fantaisies, qui n'existaient pas à cette époque dans l'art des fleuristes.

Et cependant elle n'était encore qu'apprentie, aux termes du moins de l'engagement qu'avait souscrit en son nom André Lambert... Toujours apprentie, c'est-à-dire qu'elle ne gagnait rien, absolument rien que le gîte et la nourriture; et encore.. mais ceci demande une courte explication.

En la laissant à l'atelier de la rue Saint-Martin, André s'était contenté de dire à Lisette:

— J'ai engagé trois années de ta jeunesse; ce temps d'apprentissage une fois écoulé, tu gagneras de l'argent. En attendant tu n'as besoin de rien ici; tu seras traitée comme la fille de la maison.

Ignorante des traditions commerciales, Lisette avait cru ce que lui disait André. Les jours suivants néanmoins, elle eut quelque étonnement de se voir aussi confortablement logée, nourrie, récréée même parfois de ces mille petits plaisirs parisiens qui, pour les provinciaux, sont autant d'enchantements. La pauvre enfant d'ailleurs avait jusqu'alors supporté tant de privations, vécu d'une si misérable vie, que cette maison lui semblait un palais, les repas, des festins, cette nouvelle existence, une existence de princesse. « Les apprenties sont joliment bien à Paris » se dit-elle naïvement, et durant quelques mois elle vécut ainsi sans le moindre soupçon.

Certain jour cependant, elle entendit une de ses compagnes qui disait:

— Ma mère viendra ce soir payer le trimestre.

— Le trimestre! pensa Lisette, qu'est-ce que c'est que cela?

Mais, étourdie qu'elle était alors, elle ne songea même pas à le demander.

C'était aux approches du mois d'octobre; tous les autres parents vinrent à leur tour rendre visite à la maîtresse d'apprentissage; tous lui apportèrent de l'argent. Lisette l'avait remarqué. Cette fois, elle demanda le pourquoi.

— C'est le trimestre, lui répondit-on.

Et comme elle interrogeait de nouveau, on lui apprit enfin que chacune des apprenties payait tant d'écus pour chacune des trois années d'apprentissage.

Il y eut d'abord chez la jeune fille une vive surprise, puis un peu de dépit, au total une profonde reconnaissance pour le généreux André que, néanmoins, elle voulut gronder bien fort, le dimanche suivant.

— N'est-ce pas mon droit, sourit le jeune homme, ne suis-je donc pas votre tante?

— Pas de plaisanterie, monsieur! il fallait me prévenir, au moins.

— Pour quoi vous refuser?

— Sans aucun doute, monsieur. Cent écus! c'est énorme, pour vous qui ne gagnez que six cents livres.

— Juste la moitié! c'est votre part.

— Ma part?

— Certainement! puisque vous ne voulez pas être ma nièce, vous êtes ma sœur. Entre sœur et frère, ne partage-t-on pas?

— André!

Et Lisette, à bout d'arguments, jeta ses deux bras au cou d'André, qu'elle embrassa sur les deux joues.

Chose étrange! en recevant ce baiser, — le premier fois, André rougit et pâlit tour à tour; en le donnant, Lisette venait de se sentir au cœur des sensations jusqu'alors inconnues.

Oh! c'est que le temps avait marché, que Lisette n'était plus une enfant, qu'André était un homme! Oh! c'est que les noms de frère et de sœur n'étaient plus possibles entre les deux orphelins qui, maintenant, s'aimaient d'un immense et mutuel amour!

Dame! ils étaient si isolés l'un et l'autre! tous les deux si beaux! si bons tous les deux!

André, dans toute sa vie, n'avait eu qu'une seule affection: Lisette!

Lisette n'avait jamais entendu qu'une seule voix amie, c'était la voix d'André!

Leurs premiers plaisirs avaient été communs, leurs premiers épanouissements, leurs premières confidences. Durant tout le premier été qui avait suivi leur rencontre, ils n'avaient eu l'un et l'autre qu'un seul beau jour, c'était le jour qu'ils passaient ensemble! A force de les voir toujours bras dessous, ou, la main dans la main, chaque dimanche, les habitués du bois les avaient surnommés les Paul et Virginie de Romainville, le roman de Bernardin de Saint-Pierre était alors dans toute la primeur de son immortalité, car les adorables amours des deux poétiques enfants de l'Ile-de-France semblaient refleurir dans les deux inséparables cœurs d'André et de Lisette!

Mais, diriez-vous, peut-être? maintenant que voilà Lisette en apprentissage, comment peut-elle se rencontrer encore chaque dimanche avec André?

[Pour ce qui est de ça, mademoiselle, c'est né avec moi. (Page 37.)

Oh! mon Dieu, rien de plus simple! André s'était présenté chez la maîtresse d'apprentissage de la part de la tante Bazu, une vieille paysanne impotente, qui ne pouvait jamais venir voir sa nièce, mais qui voulait que sa nièce vînt la voir régulièrement chaque dimanche. Les trimestres étaient donc encaissés au nom de la tante Bazu : chaque dimanche matin, en embrassant Lisette, la maîtresse d'apprentissage ne manquait jamais de lui dire : « Bien des choses à la tante Bazu ! » La tante Bazu, cette fois, pour tout de bon, c'était André ! Un mensonge, si l'on veut! mais le jeune homme l'avait mis en action sans songer à mal, mais la jeune fille avait consenti avec une si innocente joie, mais il y avait tant de candide pureté dans l'escapade dominicale de nos deux amoureux que, lorsque l'ange-greffier inscrivit ce mensonge-là dans les registres du ciel, le bon Dieu dut détourner la tête et feindre de ne pas l'avoir vu.

La liberté du dimanche ainsi conquise, André et Lisette furent heureux comme on l'est à cet âge, où le désir sommeille encore, où le rêve seul suffit au bonheur. Certes, Paris est bien grand; il renferme bien des gens qui sont au comble de leurs vœux; mais, j'en répondrais, il ne s'y trouva jamais félicité plus parfaite que celle dont jouirent, durant deux années, notre commis et notre grisette.

L'hiver, cependant, le bois de Romainville devenait inabordable; eh bien! ne restait-il pas Paris où tout était nouveau pour Lisette? où c'était un si grand plaisir pour André de promener sa chère compagne d'enchantements en enchantements? On ne dansait plus sous les grands arbres, oui! mais, qu'importe! on dansait ailleurs, on dansait toujours!

Le frère adoptif, du reste, prenait son rôle au sérieux.

Après avoir pourvu au côté matériel de la vie de sa sœur, il voulut s'occuper aussi de son éducation, laquelle avait été prodigieusement négligée. La pauvre enfant ne savait pas même lire! André se fit son professeur. Lisette fut ravie d'être l'élève d'André : c'est si bon de devoir quelque chose de plus à celui qu'on aime!

L'hiver donc, dans la mansarde d'André, où l'innocence de Lisette était plus à l'abri qu'elle ne l'eût été dans le ciel même... l'été, sous les ombrages touffus du bois de Romainville, ils s'asseyaient à côté l'un de l'autre, celui-ci tenant un livre, celle-là épelant à sa douce voix, qui avait presque le charme d'une voix d'enfant.

Puis on passa à l'écriture, et c'était plaisir de voir la mignonne main de Lisette, guidée par la main protectrice d'André! Vinrent ensuite les mille notions élémentaires de l'éducation féminine, qui prêtaient un charme de plus aux causeries intimes des deux orphelins. Durant toute la semaine suivante, Lisette repassait ses leçons : n'était-ce pas encore un moyen de penser à André, qui, de son côté bien assurément, ne pensait qu'à Lisette? Aussi les progrès de l'écolière furent-ils rapides. L'amour chez tous les deux, se développait de même, mais sans qu'aucun des deux toujours s'en doutât. André maintenant était un charmant cavalier dont la moustache noire se relevait fièrement en croc; Lisette devenait une femme accomplie : elle avait tous les charmes maintenant comme tous les attraits.

Avouons-le, nonobstant, Lisette avait un défaut : elle était coquette. Que voulez-vous? la nature l'avait faite si jolie! André, d'ailleurs, n'était-il pas là? Désirait-elle un cotillon de soie, un bonnet à rubans, un fichu, un bijou, une dentelle? le dimanche suivant, elle les trouvait chez André. Elle se fâchait tout rouge, d'abord ; mais André prétendait avec tellement d'assurance qu'il avait reçu une gratification inattendue ! que ces affiquets lui faisaient pour le moins autant de plaisir qu'à Lisette ! que d'ailleurs, à lui, commis marchand, ils coûtaient si bon marché !

— Combien donc ce ruban, monsieur ?

— Six sous, mademoiselle !

— Mais, ce bonnet ?

— Deux livres, tout au plus.

— Passons à la dentelle : c'est une grosse affaire que cela ?

— Bah ! à peine une demi-pistole.

Crédule comme à l'endroit de l'apprentissage gratis, Lisette se laissa facilement amener au sourire ; ses yeux en instant s'étaient fermés, il lui avait semblé qu'elle allait mourir... mourir de plaisir. Dame ! elle venait d'avoir seize ans, Lisette !

La toilette de Lisette fit révolution à l'atelier ; on en arriva bientôt à lui dire que sa tante était furieusement généreuse. Pauvre tante Rau ! jamais elle n'eût soupçonné cela. Étonnée d'abord, Lisette interrogea ; ce fut par des chiffres qu'on lui répondit : le ruban de six sous valait six livres, le bonnet vingt-cinq pour le moins, la dentelle d'une demi-pistole, devait coûter au bas mot vingt écus. Quelle révélation ! quel coup de foudre ! Et le dimanche donc, quelle scène !

— Bah ! dit André, mon patron vient de me porter à douze cents livres : c'est donc six cents pour ta moitié, sœur ! Déduisons-en trois cents pour l'apprentissage ; c'est donc trois cents qui restent pour ta toilette.

Cette fois encore, Lisette ne put répondre que par un baiser.

Ce baiser-là fit plus d'effet encore que l'autre : Lisette porta la main à son cœur ; ses yeux un instant s'étaient fermés, il lui avait semblé qu'elle allait mourir... mourir de plaisir. Dame ! elle venait d'avoir seize ans, Lisette !

Chez André, c'avait été bien pis encore ! Tout son sang avait reflué à son cerveau ; il s'était senti enfièvré tout à coup ; il avait eu un premier mouvement pour retenir Lisette contre sa poitrine, pour l'étreindre dans ses bras, et... que sais-je encore, moi ? L'un et l'autre, ils étaient étrangement confus, délicieusement troublés ; ils avaient comme peur de rester plus longtemps ensemble dans la mansarde ; ils avaient besoin d'air, ils étouffaient !

Fort heureusement, c'était par une belle matinée de printemps ; un joyeux rayon de soleil frappait à la vitre ; l'heure habituelle du départ sonna dans le lointain. Le jeune homme eut la loyauté d'ouvrir la porte ; la jeune fille s'élança vivement à son bras, et... envolez-vous bien vite, mes beaux tourtereaux !... les lilas sont en fleurs.

Convenez-en, chère lectrice, Lisette l'avait échappé belle ! Mais la jalousie allait bientôt se mêler de la partie, la jalousie qui fait bien vite déborder aux lèvres, les amours les plus héroïquement contenus dans le cœur.

Depuis quelque temps déjà, on n'abandonnait plus sans conteste à Paul la main de Virginie ; chaque dimanche, au contraire, on la disputait davantage ; on lui faisait à l'envi la cour.

Tant qu'il ne s'était agi que de calicots comme lui, de bazochiens, d'artisans ou de gardes-françaises, Lambert s'en était médiocrement inquiété. N'était-il pas certain de l'amour de sa Lisette, qui d'ailleurs, ainsi qu'on l'a pu voir au commencement du chapitre précédent, ne dansait jamais qu'avec lui.

Mais, hélas ! les grands seigneurs vinrent à s'en mêler.

Un surtout, qui la suivait en tous lieux... de loin, le dimanche... mais qui, dans la semaine, avait déjà trouvé le moyen de se rapprocher d'elle, de faire papilloner autour de sa blonde tête toute la fantasmagorie de la séduction... un certain comte, qui déjà même avait parlé d'enlèvement... un bien terrible ! car toutes les commères d'alentour murmuraient incessamment aux oreilles de la fiancée d'André : Prends garde à toi, fillette !

Avant même qu'André se fût aperçu de quelque chose, Lisette lui avait tout dit.

Certes, il y avait là matière à reprendre plus que jamais confiance. Mais le jeune homme ne raisonna point ainsi : il

était amoureux, lui ! il était jaloux ! Et en un premier mouvement de colère ; avec une sorte de rugissement de rage, il s'écria :

— Son nom ? dis-moi son nom !

— Jamais ! frémit Lisette épouvantée, tu le tuerais !

Et le pauvre garçon eut beau prier, supplier, jurer d'être sage... la jeune fille obstinément garda le silence.

Ah ! c'est que, dans l'éclair qui venait de traverser les yeux d'André, elle avait lu ces avertissements qui ne trompent jamais le cœur des femmes !

— Tout ! dit-elle finalement, tout, excepté cela ; je promets de tout te dire, comme de l'éviter plus que jamais, de ne pas même lui répondre un mot, de fuir s'il le faut que je le sentirai venir à moi... S'il me parle, néanmoins, je te répéterai ses moindres paroles... s'il s'obstine à rôder autour de la maison, à y pénétrer sous quelques nouveaux prétextes, je te rapporterai fidèlement toutes ses démarches, toutes ses intentions... S'il me menace encore... Si je sens la peur me venir, je me réfugierai dans ta mansarde, je te le jure ! n'est-ce donc pas assez ? veux-tu croire que je t'aime, cet homme ? Ne sais-tu pas que je n'aime que toi au monde, et que je n'aimerai jamais que toi ? Ne crains donc rien, ami ! prends confiance ; mais ne me demande jamais son nom. A la façon dont tu me le demandais tout à l'heure, dont tu me regardes maintenant encore... je ne sais pas, moi !... mais j'ai comme le pressentiment d'une fatale rencontre où tu pourrais mourir, mon toi, André ! où peut-être... Oh ! tiens, ami ! nos âmes sont si blanches ! qu'elles n'aient jamais une tache de sang... je t'en supplie ! ça porte malheur.

Et l'on redescendit vers Paris... silencieusement, cette fois... presque mécontents l'un de l'autre. « Pourquoi donc ce secret entre nous ? » grondait sourdement André, qui devenait de plus en plus jaloux.

Durant toute la semaine suivante, le brave marchand de la rue Saint-Denis dut être fort mal secondé, car, sans cesse, André quittait le magasin ; sans cesse il s'en allait rôder autour de l'atelier de la rue Saint-Martin.

Bien, par bonheur, ne vint justifier ses craintes : il n'aperçut pas le moindre grand seigneur, pas même l'ombre d'un chevalier. De son côté, Lisette ne mit pas une seule fois le pied dans la rue. Force fut donc à notre jaloux de se calmer peu à peu ; sa maîtresse se gardait elle-même ; son rival ne paraissait même plus. Mais le cœur humain est ainsi fait, que, plus les apparences sont rassurantes, moins on se rassure ! André n'en alma que plus éperdument Lisette ; André n'en devint que plus follement jaloux. La seule chose cependant qui eût pu l'inquiéter quelque peu, c'était la rencontre obstinée de certain laquais, vêtu de noir, qui paraissait avoir pour la rue Saint-Martin une prédilection toute particulière, et qu'à chacune de ses nombreuses sorties, Lambert rencontra presque régulièrement aux environs de l'atelier des fleuristes. Mais il ne le remarqua même pas. Oh ! mon pauvre André, tu n'as donc pas lu Molière ?

Le dimanche enfin arriva.

De grand matin, le patron fit appeler son commis et lui dit :

— André, mon ami, tu as ton dimanche, je ne le conteste pas ; ce matin nonobstant, il faut que tu t'en ailles au faubourg Saint-Germain, pour la livraison d'une importante commande, qu'on est venu nous faire hier soir, pendant que tu étais je ne sais où.

Dès les premiers mots de ce commandement, Lambert avait bondi. Lui prendre son dimanche !... le dimanche consacré à Lisette !... C'était un sacrilège !... ça ne se pouvait pas !

Il se contint cependant, et répliqua :

— Une commande, patron ! le second commis peut bien la porter, ce me semble ?

— En toute autre circonstance, je dirais : oui ! en cette conjoncture, je me vois contraint de te répondre : non !

— Pourquoi donc, mais pourquoi ?

— Outre la commande, on m'a demandé des échantillons de soierie. C'est pour un grand seigneur : je flaire une grosse affaire, il faut que tu sois là, mon garçon, pour pousser à la vente et grossir la facture. Je te connais ; c'est ton fort !

— Oui, mais c'est aujourd'hui dimanche!

— Bah! pars de suite et va vite! A dix heures, tu peux être de retour.

Dix heures! c'était précisément alors que devait arriver Lisette.

André se résigna. Il faillit écraser l'homme de peine sous les ballots et les échantillons. Il risqua fort de lui faire attraper une pleurésie, à force de hâter sa marche vers le faubourg Saint-Germain. En moins de temps que n'en eût mis une voiture, ils arrivèrent tous les deux à l'hôtel du grand seigneur en question.

C'était ce dimanche là précisément que, pour la première fois, Lisette était allée seule au bois de Romainville, et surtout, qu'elle y avait attendu André! C'était ce jour-là qu'elle avait répondu à Lambert, arrivant tout essoufflé : « Si tu ne dansais plus avec moi, jamais plus je ne danserais. »

Prêtons l'oreille à la conversation qui s'en suivit, et, sans peine, nous comprendrons ce qui s'était passé.

XVI

Où le lecteur apprendra comment les deux chères tête bois de Romainville furent une première fois séparés.

Oh! mon Dieu, reprit Lisette après un silence, qu'as-tu donc, André? te voilà tout en nage.

— Mais, toi-même, répondit, ou plutôt ne répondit pas André, dont le visage effectivement ruisselait, dont la voix haletante attestait une course précipitée; toi-même, comment te trouves-tu ici?

— C'est tout simple! tu dois le savoir aussi bien que moi.

— Comment?

— N'avais-tu pas aposté devant ton magasin un de tes amis... que je ne te connaissais pas encore, c'est vrai, et qui est très-poli envers les jeunes filles?... un beau monsieur tout de noir habillé, qui m'a dit de ta part : André est en course pour le patron; allez toujours devant, il vous rejoindra plus tard au bois de Romainville.

— On t'a dit ça?

— Sans doute : à preuve que je suis venue tristement, par exemple... car, pour la première fois depuis longtemps, j'étais toute seule.

— Oh! je comprends, maintenant! venait de s'écrier le jeune homme qui, depuis un instant déjà, n'écoutait plus la jeune fille.

— Que t'est-il donc arrivé? questionna Lisette à son tour.

— Il m'est arrivé que ce matin, en effet, le patron m'avait envoyé pour une forte livraison dans le faubourg Saint-Germain. Je me présente à l'hôtel indiqué. On m'introduit dans l'un des salons du premier étage, où l'on me prie d'attendre un instant. L'homme de peine qui m'accompagnait me demande à se retirer : je reste seul. Un quart d'heure se passe, une demi-heure, une heure... personne! Juge de mon impatience, Lison : tu devais déjà m'attendre! Un timbre était là, je frappe; le domestique reparaît : « Monsieur est à sa toilette! me dit-il; prenez encore un peu de patience. » De la patience! Enfin, que veux-tu, Lisette? Il le fallait. Tant bien que mal, je me résigne. Une nouvelle heure s'écoule ainsi, un nouveau siècle! Je sonne une seconde fois; on ne se donne même plus la peine de me répondre... Je cours à la porte... elle était refermée sur moi!

— C'est étrange! murmura Lisette.

— Oh! oui, tellement étrange que je me rassis une troisième fois, ne sachant plus que penser; que, pendant une troisième heure, j'attendis. Mais, comme personne ne venait, je m'élançai de rechef vers le timbre, puis vers la porte : je carillonnai, je frappai à tout enfoncer, à tout briser... rien, rien!... toujours rien! L'hôtel demeurait silencieux; l'hôtel, maintenant, semblait désert. Je me mis à tourner et retourner dans le salon, ainsi qu'un lion furieux dans sa cage de fer... cherchant un passage, une issue pour fuir; mais il n'y avait que la porte, que la fenêtre. La porte! déjà je n'avais pu en venir

à bout; la fenêtre... elle s'ouvrait à trente pieds du sol, au dessus d'une muraille unie qui n'offrait aucune espèce d'interstices ou d'aspérités par lesquelles on pût s'aider à descendre. De guerre lasse enfin, j'arrachai les rideaux, les tapis; je parvins à en former une espèce de corde que j'attachai tant bien que mal au balcon, et le long de laquelle je me laissai glisser jusqu'en bas.

— Pauvre André! C'était donc un piège?

— Oh! oui... et un piège bien habilement tendu, car, une fois à terre, je n'étais pas encore hors d'embarras. Un immense jardin s'étendait devant moi, entouré de hautes murailles hérissées de pointes de fer, infranchissables. Mais tu m'attendais, Lisette! mais j'avais encore mon câble improvisé... et me voilà! Malgré tout je suis venu, toujours courant depuis l'hôtel endiablé de ce maudit comte de Chauny.

— Le comte de Chauny? répéta vivement Lisette étonnée.

— C'est lui! s'écria spontanément André; c'est le nom que tu refusais de m'apprendre; c'est le nom du misérable qui veut t'enlever à moi!

— Eh bien! oui... oui! avoua enfin Lisette, avec une sincérité contrainte, il est vrai, craintivement émue, mais qui cependant, une fois encore, attestait la parfaite innocence de la jeune fille.

— Je comprends tout maintenant... poursuivait André, cette prétendue commande, cette course aujourd'hui dimanche, cette séquestration qui devait sans doute durer jusqu'à demain, ce domestique aposté pour t'envoyer seule ici, ce domestique vêtu de noir que j'avais déjà vu rôder dans la rue Saint-Martin, je me rappelle... tout cela, c'était afin de t'isoler de moi, Lisette, qui sait! peut-être, afin de t'enlever aujourd'hui même à mon amour! Mais je suis là! qu'ils y viennent, maintenant!... qu'ils y viennent!

Et fièrement, intrépidement, follement, André de ses deux bras entourait Lisette.

Puis, après un silence :

— Tu ne l'as pas vu? demanda-t-il à voix basse, tu n'as vu personne?

— Personne!

— Tu me le jures?

— Mais regarde-moi donc, André.

Il y avait tant de virginité franchise dans les yeux de la jeune fille, tant de candeur, tant d'amour, qu'il n'était pas permis de douter d'elle.

André prit donc le bras de Lisette, et, trop émus encore l'un et l'autre pour songer à la danse, ils firent une longue promenade à travers le bois.

Promenade silencieuse, cependant... promenade inquiète!

Les divers incidents de la matinée annonçaient bien évidemment une sorte de machination méchamment tramée contre leur bonheur, jusqu'alors si paisible et si pur. Derrière chacun des arbres du sentier, ils croyaient entrevoir un ennemi; sous chacun de leurs pas, ils tremblaient qu'il ne se creusât soudainement un piège. Leurs âmes étaient pleines de sinistres pressentiments, ils sentaient vaguement planer autour d'eux comme une menace, comme un danger, comme un malheur.

Mais la journée était si belle cependant, le soleil si brillant, la brise si parfumée par les lilas en fleurs! Comment rester longtemps assombris par un tel dimanche, au milieu d'une si riante nature, alors surtout qu'on a vingt ans, qu'on a le cœur rempli des plus imprudentes tendresses? Rien d'ailleurs ne se présentait à nos deux amoureux qui vînt renouveler leurs craintes. Elles s'oublièrent donc rapidement : on commença par parler un peu plus haut, un peu plus souvent; bientôt on babilla, on folâtra dans les buissons, ni plus ni moins qu'aux plus sereines journées d'autrefois. Et puis, sans s'en apercevoir, on s'était rapproché du bal; l'orchestre était tout près, chantant ses plus allègres quadrilles. André déjà tenait Lisette par la taille et par la main, Lisette, dont les mignonnes jambes déjà d'avance suivaient la mesure; un pas encore, et l'on s'élança dans le tourbillon qui, jusqu'au soir, les emporta tous les deux, et la matinée eût été toute couleur de rose, comme si Lisette n'eût jamais été poursuivie, André jamais jaloux, comme s'il n'eût jamais existé de comte de Chauny.

Mais, voilà qu'un épouvantable orage disperse tout à coup danseuses et danseurs.

Ceux-ci cherchent un refuge dans les cabarets, ceux-là dans les buissons; d'autres redescendent bravement vers Pavés, en s'abritant sous toutes sortes de parapluies improvisés.

Car c'était déjà l'heure du retour, car Lisette elle-même venait de dire à André :

— Ne perdons pas de temps, mon ami! il ne faut pas que je sois en retard pour rentrer à l'atelier.

— Soit! avait répondu le jeune homme ; mais la pluie tombe à torrents sur la grande route, prenons à travers le bois, nous aurons du moins les feuilles au-dessus de nos têtes.

Mais l'orage redoublait encore de violence; mais en marchant dans les sentiers même les plus touffus, on était encore inondé par la pluie.

Force fut donc à nos deux amoureux de se réfugier précisément au pied de ces deux chênes, où, quarante années plus tard, le bonhomme A-tout-coup-l'as-gagne devait raconter cette histoire au jeune marquis de Vernanges.

Pauvres chers arbres du vieil aveugle! ils ne s'élevaient guère alors que juste assez haut pour ombrager les deux charmantes têtes blotties l'une contre l'autre, entre les deux troncs que la sève du printemps venait une première fois de marier ensemble.

L'éclair sillonnait la nue... le tonnerre grondait encore dans le lointain... la pluie ruisselait autour de leur impénétrable abri... Ils étaient seuls, entièrement seuls, au milieu de la forêt et de l'orage!

Sans trop savoir lui-même ce qu'il faisait... peut-être poussé par quelque invincible démon... André soudainement étreignit Lisette dans ses bras, et lui dit avec une sorte de brutalité fougueuse :

— Je t'aime!

— Et moi aussi je t'aime! répondit Lisette.

— Tu seras ma femme! s'écria-t-il agenouillé devant elle, je te le jure devant Dieu! Et pour qu'au besoin tu puisses me rappeler ce serment, je vais à l'instant même le graver en ineffaçables caractères dans l'écorce de ce chêne.

Sur quoi, s'armant de son couteau, André se hissa sur la pointe des pieds et incrusta profondément... au-dessus de la tête de Lisette... à l'endroit même où les deux arbres n'en formaient alors qu'un... cette date et ces deux chiffres... qu'à quarante années de là pouvaient seuls y lire encore les doigts frémissants du vieil aveugle :

7 mai 1789.

... A.

Lisette... André...

Hélas! à peine la main d'André achevait-elle la dernière lettre, que Lisette, toujours assise à ses pieds, jeta tout à coup un cri perçant. Avant même qu'André eût retourné la tête, il était vigoureusement saisi par quatre hommes masqués.

Malgré sa résistance et ses pleurs, deux autres hommes masqués entraînaient Lisette.

Vainement le pauvre garçon voulut lutter.

Vaincu par le nombre, terrassé par la violence, une forte corde emprisonnait déjà ses jambes.

Bientôt il en fut de même pour ses bras.

Et, comme en se débattant, il avait gagné quelque terrain, on le lia étroitement à un autre arbre qui existait alors de l'autre côté du sentier, presque en face des deux chênes.

Puis, les quatre scélérats s'élancèrent sur les traces de leurs complices depuis quelques minutes déjà disparus.

Dire la douleur d'André, son désespoir, sa rage, ce serait impossible!

Après quelques inutiles efforts, il redevint immobile cependant, il se tut, pour écouter.

Au bas de la colline, sur le pavé de la grande route de Pantin, il ne tarda pas à entendre le roulement d'une chaise de poste qui s'éloignait au galop.

Plus de doute! C'était le dénoûment du drame de la matinée... c'était le comte qui enlevait Lisette!

André de nouveau voulut appeler au secours.

Sa voix se perdit dans le fracas de l'orage, qui recommençait avec un redoublement de fureur.

L'éclair illumina tout à coup la partie du bois qui lui faisait face; la foudre vint tomber précisément à l'endroit où il venait de graver les deux initiales qu'elle disjoignit à jamais.

Et voilà comment avaient été pour la première fois séparés les deux chênes du bois de Romainville!

Hélas! ainsi qu'André et Lisette!..

XVII

Seconde infidélité de Lisette.

Quelle nuit pour André Lambert! Oh! quelle nuit!..

Vers le matin seulement, des paysans passèrent qui le délivrèrent.

Comme un lion déchaîné tout à coup, il s'élança, courut, bondit vers Paris.

On le comprend bien, la première visite d'André fut pour l'hôtel du comte de Chauny où, la veille, durant plus de trois heures, il avait été retenu prisonnier.

On le repoussa d'abord brutalement. Il n'en revint à la charge qu'avec plus d'énergie. Il commença de s'expliquer; il fallut bien l'entendre.

Mais, après lui avoir quelque peu ri au nez, les domestiques s'accordèrent à soutenir que le matin même, le frère aîné du comte de Chauny avait repris possession de l'hôtel son légitime apanage, où le cadet de la famille n'avait que temporairement habité.

— Mais qu'est-il devenu? s'obstinait à crier André, où le retrouver maintenant, où est-il?

Les laquais affectèrent à qui mieux mieux une complète ignorance. « Il est parti, disaient-ils, parti pour la province, pour l'étranger; on ne savait pas au juste. »

La porte enfin se referma; André se retrouvait dans la rue, plus désespéré peut-être encore qu'auparavant; la tête tellement enfiévrée de douleur, qu'il ne savait plus si tout cela était un rêve ou une réalité, qu'il avait peur de devenir fou.

Le calme cependant lui revint peu à peu, avec le calme, la réflexion.

Évidemment, les laquais avaient menti; évidemment Lisette et son ravisseur étaient tous les deux cachés dans l'hôtel.

André s'installa donc aux environs; durant tout un mois il resta là, veillant le jour, veillant la nuit, sans prendre un instant de repos, sans une heure de trêve, sans même songer à la rue Saint-Denis, qui n'existait plus pour lui qu'en souvenir.

Mais rien ne vint donner raison aux soupçons de son cœur. Chaque jour les portes de l'hôtel s'ouvraient pour laisser entrer et sortir un carrosse dans lequel se trouvait un grand seigneur qui n'était jamais le comte de Chauny, mais qui lui ressemblait cependant assez pour être son frère. Il recevait de nombreuses visites; il donna des repas, des bals; une multitude d'équipages défila devant les yeux d'André, qui jamais ne reconnut le comte de Chauny. Les laquais avaient donc dit la vérité. C'était son frère aîné qui maintenant occupait l'hôtel; et puisque le frère cadet n'y avait jamais reparu, c'était donc qu'il était absent.

Absent!... André Lambert en vint à se convaincre qu'il n'était pas à l'hôtel, qu'à cause de lui sans doute il s'obstinait à n'y pas revenir, mais voilà tout. Quelque chose disait au pauvre garçon que Lisette n'avait pas quitté Paris.

Dans cette foi, dans cette espérance, André Lambert changea donc de batteries. Il décampa des environs de cet hôtel qui lui avait été si fatal, et qui semblait ne devoir jamais lui rendre Lisette. Il déserta même le faubourg Saint-Germain, il repassa l'eau; mais gardez-vous de croire que ce fût pour retourner rue Saint-Denis. Il avait, par ma foi, bien autre chose en tête. Durant tout un autre mois, jour et nuit encore, il explora l'enfer parisien comme un autre Orphée cherchant sa Lisette-Eurydice. Sans cesse on le rencontrait rôdant d...

les promenades, dans les corridors des spectacles, dans tous les endroits à la mode, dans chaque quartier, dans chaque rue, presque dans chaque maison, rien..., rien..., toujours rien !...

Durant ce temps-là cependant la Révolution allait son train. Le serment du Jeu de Paume avait eu lieu, la Bastille avait été prise ; l'Assemblée constituante portait ses premiers coups à la noblesse, qu'achevèrent de terrifier les journées de Versailles. L'émigration commença.

Mais André Lambert s'inquiétait médiocrement de tous ces grands événements ; que lui importait à lui le Roi, l'Assemblée, la Nation ? Il ne songeait qu'à Lisette. Tout le bruit qui se faisait autour de lui ne l'avait pas distrait un seul instant de son amour. Les groupes tumultueusement amoncelés au coin des rues, l'émeute tourbillonnant à chaque carrefour, avaient parfois arrêté sa marche, jamais sa pensée. Deux ou trois fois seulement, à l'aspect de la populace furieuse qui commençait à forcer les demeures des nobles les plus exécrés, il s'était mêlé au flot envahisseur, il était entré l'un des premiers dans quelque hôtel pris d'assaut ; plus furieusement que tout autre il avait enfoncé des portes, éventré des cloisons, abattu des murailles, mais c'était uniquement pour voir si derrière ces murailles, derrière ces cloisons, derrière ces portes, on ne cachait pas Lisette. Le 14 juillet même, il avait quelque peu pris la Bastille : qui sait, Lisette était peut-être là ?...

Un jour cependant,... c'était dans une des rues aristocratiques alors du Marais,... André Lambert aperçut un grand concours de peuple furieux, entourant un carrosse et l'empêchant de rentrer dans la cour d'un hôtel.

Naturellement il s'approcha.

A l'une des portières de la voiture... Lisette !

Auprès de Lisette,... le comte.

Lambert eut un premier mouvement pour s'élancer sur lui.

Mais elle aussi,... elle était menacée !... Il oublia tout le reste.

Il se dit : Sauvons celle que j'aime ! sans songer qu'il allait sauver du même coup son plus mortel ennemi.

Et, décrivant avec sa canne un certain moulinet tout alentour du carrosse, qui se trouva libre aussitôt, Lambert engagea le combat.

Il fut long et terrible.

Mais enfin quelques bonnes âmes, ou plutôt quelques bons bras, s'étant joints à André, la victoire lui resta ; les assaillants s'enfuirent.

Quand il se trouva seul et quelque peu brisé, il se retourna.

Le carrosse avait disparu, la porte s'était refermée sur lui.

Le premier mouvement de Lambert fut de courir à cette porte et d'y faire violemment retentir le marteau.

Mais songeant, avec quelque raison, qu'il fallait se calmer d'abord, et surtout réfléchir, il se mit à se promener devant l'hôtel.

Au bout de dix minutes, une alerte caméristé en sortit, et glissa furtivement un billet dans la main d'André, qui se sauva comme un voleur jusqu'à l'angle d'une des rues voisines et qui lut.

C'était de Lisette.

— Je t'aime toujours, lui disait-elle ; mais de la prudence ! Ce soir, à minuit, sois derrière l'hôtel. Trois coups dans la main, et nous serons réunis, et nous serons heureux !

Durant le reste de ce jour-là, Lambert vécut tout un siècle.

A minuit moins cinq minutes, il était à son poste.

L'heure sonna.

André avait pu la compter aux battements de son cœur qui semblait se briser à chaque coup. Ainsi que dans une fièvre chaude, le sang inondait, affolait son cerveau. Au douzième coup de la cloche, au douzième coup de son cœur, il crut qu'il allait mourir.

L'espoir du bonheur le ressuscita cependant. Il se rappela le signal ; les trois coups convenus retentirent.

Rien !

Impatient, mais calme encore, Lambert attendit en se disant :

— Elle va venir !... c'est certain ! Comme nous allons être heureux !

Oh ! mon Dieu, comme je l'aime !

L'horloge sonna la demie, André frappa plus fort.

Rien encore !

Un quart d'heure après, troisième tentative !

Rien toujours !...

Convaincu néanmoins que le signal avait dû s'entendre, mais supposant quelque retard inattendu, Lambert attendit ainsi jusqu'au jour naissant.

Que d'angoisses durant cette nuit-là ! que d'imprécations parfois !

Parfois que de folles suppositions ! Les heures s'envolaient, chacune apportant une déception nouvelle, un accès de nouvelle colère, mais ensuite un effort nouveau de patiente volonté ; Lisette n'avait-elle pas promis ? André pouvait-il douter de Lisette ? Le ciel ne devait-il pas enfin le prendre en pitié ? Assurément elle allait venir !... dans un quart d'heure... dans une minute ! Non, non ! Que pouvait-il donc être arrivé ?... Fallait-il enfoncer la porte, escalader les murailles ?... Vingt fois Lambert fut prêt à s'élancer ; mais Lisette n'avait-elle pas recommandé la prudence ? Mais la raison ne disait-elle pas qu'il fallait attendre silencieusement que Lisette parvînt à s'échapper ?... Car c'était cela, sans aucun doute ! On la retenait... son persécuteur ! Il fallait l'éloigner, le tromper !... Trop faible dans la lutte, Lisette n'avait que la ruse ! avec la ruse elle triompherait,... c'était certain ! C'était fait, oui ! avec les yeux de la pensée, avec les yeux de l'amour, André voyait dans l'intérieur de l'hôtel. Il se disait : Enfin !... le voilà qui se retire !... Elle est seule !... Nous allons être réunis ! Mais viens donc vite, ma Lisette, viens ! La voilà !... Elle écoute à la porte !... Plus de bruit... le chemin est libre !... Elle jette une mante sur ses épaules... elle descend à pas furtifs l'escalier... Oh ! ma pauvre Lisette... comme elle tremble ! La voilà dans le jardin ! elle court vers la petite porte derrière laquelle je l'attends... N'aie donc pas si grand'peur, Lisette !... Je suis là ! la clé tourne dans la serrure... la porte s'ouvre... et...

Mais non, non, toujours non ! La porte restait close, la serrure muette, le maudit hôtel silencieux ! Et cependant André reste là, à chaque minute désespérant, à chaque minute espérant de nouveau, ou du moins s'efforçant d'espérer encore !...

Après une semblable nuit, oh ! comment ses cheveux ne sont-ils pas devenus tout blancs ?

L'aube enfin blanchit l'horizon, le quartier s'éveilla, au grand jour la fuite devenait impossible.

Furieux alors, hors de lui-même, Lambert vint heurter à grands fracas et à plusieurs reprises, contre la grande porte de l'hôtel.

Rien encore... toujours rien...

Vainement André bouleversa tout de fond en comble. — Vainement, sous prétexte de farouche patriotisme, il chercha partout la trace de Lisette !

Pas plus qu'à celle de la ruelle, on ne lui répondit.

Quelques hommes du peuple s'amassèrent au bruit, les mêmes peut-être que la veille.

Personne ne les empêchant ce jour-là, bien au contraire, l'assaut recommença de plus belle : la foule augmenta rapidement ; toutes les colères plébéiennes se déchaînèrent à la fois ; l'hôtel bientôt fut envahi.

André, comme on le comprend, marchait cette fois en tête des envahisseurs.

On fouilla d'abord tous les appartements.

Personne !

— Mais visitez donc les armoires, les greniers ! commandait Lambert.

Lorsque cette seconde recherche eut été aussi infructueuse que la première, il fallut la recommencer dans les caves, dans les murailles.

L'hôtel était désert, complètement désert !

On s'informa, surtout André.

Hélas ! une heure tout au plus avant celle du rendez-vous, donné par Lisette, le comte de Chauny était parti pour l'émigration, en enlevant de force encore celle que Lambert avait si vainement attendue.

C'était une seconde et involontaire infidélité de Lisette.

Durant les jours qui suivirent, André erra à l'aventure, ivre de désespoir, fou de douleur.

Un jour enfin, il arrivait sur la place de Grève. Devant la Commune, une estrade était dressée.

Sous les drapeaux tricolores qui flottaient à cette estrade, des hommes étaient assis, et suffisaient à peine à inscrire, sur d'amples registres, les noms que leur jetait incessamment la foule, qui battait les degrés prêts à rompre, à chaque instant, sous cette marée montante.

Il y avait là surtout des jeunes gens, superbes d'enthousiasme, admirables à voir.

— Qu'est cela? demanda Lambert.

— Les enrôlements volontaires, lui répondit-on.

— Ah!

André prit la file, monta bientôt à l'estrade, à son tour donna son nom, puis signa.

Il venait de trouver l'une des seules issues qui sourient aux jeunes désespoirs de l'amour.

Ne pouvant plus se donner à Lisette, il venait de se donner à son pays.

Il était soldat.

XVIII

Entr'acte.

C'était précisément le commencement des grandes guerres.

Aussitôt enrôlé, Lambert partit.

Pour l'Italie d'abord, puis pour l'Allemagne, ensuite au-delà des Pyrénées, que sais-je encore, moi? L'armée française allait partout dans ce temps-là, et c'était justement ce que désirait André.

Lisette n'était-elle pas partie avec l'émigration? Lisette n'habitait-elle pas maintenant l'étranger? La guerre n'était-elle pas l'espérance de retrouver un jour la trace de Lisette?

Hélas! la République eut beau gagner des batailles, prendre des villes, conquérir des royaumes, nulle part André ne put avoir des nouvelles de celle qu'il cherchait, qu'il avait sans doute perdue pour toujours.

Pauvre André! Lisette était bien véritablement son porte-bonheur... et Lisette n'était plus là!

À chaque combat, à chaque escarmouche, la première balle fut régulièrement pour lui.

Blessures légères, cependant, mais qui, néanmoins, le reléguèrent perpétuellement à l'arrière-garde, dans les ambulances, sans liberté d'action, sans avancement, sans honneurs.

Aussi les camarades du régiment l'avaient-ils surnommé Pas-de-Chance.

Ce triste sobriquet ne tarda pas à voir se compléter sa parfaite signification.

Prisonnier des Anglais, André Lambert resta plus de quinze ans sur leurs pontons.

Un enfer!

Dieu cependant permit un miracle en faveur du pauvre Lambert.

Vers la fin de l'hiver 1814, avec quelques compagnons d'infortune, il parvint à s'échapper, dans une petite barque de pêcheur, à regagner les côtes de France, à revoir Paris.

La grande épopée dont il avait vu le commencement touchait alors à son terme. Les alliés s'approchaient; tout était en confusion; le peuple demandait des armes.

Bien que l'ordre fût d'en refuser partout, Lambert se mit à la tête d'une centaine d'artisans, qui s'empressèrent, en sa qualité d'ancien soldat, de le prendre pour chef, et qui firent tant de tapage à l'Hôtel-de-Ville, qu'on finit par leur y laisser prendre quelques fusils et quelques cartouches.

On partit en chantant la *Marseillaise*; on gravit le faubourg du Temple, afin d'aller défendre les hauteurs de Romainville.

Par malheur, ce ne sont pas ceux qui crient le plus fort qui se battent le mieux.

Au boulevart du Temple, le capitaine Lambert n'avait plus que quatre-vingts soldats.

Plus que cinquante à la barrière.

On mit en réquisition une petite charrette à bras, afin d'emporter au moins les fusils et les munitions au grand complet. Peut-être rencontrerait-on à Belleville des mains qui en seraient dignes?

Hélas! en arrivant au bois, on n'était plus que vingt.

Les vingt plus jeunes, presque des enfants, mais tous de cette vaillante race parisienne qui, lors de chaque combat, lors de chaque danger, grandit en un jour, et du gamin de la veille fait le lendemain un héros.

Grandes routes, sentiers et taillis, tout était muet, abandonné; tout semblait désert.

Tout à coup, cependant, au plus fourré du bois, retentit la joyeuse fanfare d'un chœur féminin.

C'était une folâtre cavalcade de jeunes filles, tout un atelier de grisettes au grand complet qui, sans souci comme sans peur, venaient à la barbe de l'ennemi fêter l'anniversaire de la naissance de leur maîtresse et patronne, au bois de Romainville.

C'était du moins ce que venait de raconter l'un des volontaires, lequel arrivait de beaucoup en retard, sans doute à la suite d'une conversation quelconque avec l'une de ces demoiselles.

André détacha quelques-uns de ses hommes pour aller leur représenter les périls d'une aussi folle partie de plaisir.

Puis, tandis que le reste de ses soldats s'installait sur le plateau, il s'assit sur un tertre qui faisait face au bois, et regarda.

Hélas! ce qu'il avait devant les yeux, c'était sa jeunesse, ses espérances si riantes d'autrefois, son amour perdu sans retour.

Les arbres commençaient à reverdir dans les sentiers jadis parcourus par Lisette. Vers la droite, c'était le bal où ils avaient dansé leurs derniers quadrilles, il y avait de cela vingt-cinq ans! Les petits oiseaux, réjouis par l'approche du printemps, babillaient dans leurs nids de mousse; c'étaient les mêmes gazouillements qu'autrefois; c'était pour André la chanson des souvenirs! À chaque regard, à chaque buisson, à chaque arbre, il en retrouvait les lambeaux. C'était là... là que, pour la première fois, il l'avait rencontrée; là que, pour la première fois, il l'avait attendue; là que, pour la première fois, elle l'avait appelé son frère. Ah! que de voyages depuis ce temps-là! que de regrets! que de douleurs! Un mauvais rêve qui avait été bien long, et dont André croyait se réveiller tout à coup! Hors de lui-même, rien n'avait changé; il retrouvait tout à la même place; chaque chose reprenait son premier aspect; il lui semblait que l'orchestre allait retentir là-bas, sous la feuillée; il lui semblait entendre accourir parmi les arbres le rire si franc et si joyeux de Lisette. Une semaine seulement s'était écoulée... elle allait venir... Il l'aimait toujours... Il n'avait que vingt ans!...

Mais le vent lui jeta tout à coup sur le front une mèche de cheveux grisonnants; mais au lieu du violon de l'orchestre, ce fut la voix du canon qui s'éleva dans le lointain; mais, se redressant soudain, André se rappela. Ce n'était pas la séparation, c'était le bonheur qui était un rêve!

Une larme coula sur sa joue; il secoua les riantes ombres qui, pour un instant, s'étaient arrêtées sur son front; il fit quelques pas pour échapper à l'hallucination désespérante du passé.

Pauvre André! il se trouva devant les deux chênes.

Ils étaient là... la foudre les avait désunis, eux!... mais non point séparés. Ils avaient continué de grandir côte à côte dans le même sol; chaque printemps, leurs nouvelles branches étaient allées se rendre visite! Leurs feuilles nouvelles s'étaient, durant six mois, caressées au souffle de tous les vents, pour tomber ensemble à l'automne, pour être emportées chaque hiver par un même tourbillon! Pauvres chênes!

Bien plus, par une sorte de prodige végétal, les deux troncs étaient parvenus à se réunir à quelque vingt pieds plus haut, à se confondre de nouveau dans un mutuel embrassement, à ne plus former qu'un seul et même arbre qui, par sa force maintenant, semblait braver tous les orages.

À cette vue, André ne put s'empêcher de tomber à genoux, d'éclater en sanglots, d'embrasser ce tertre de gazon, sur lequel jadis il s'était écrié, en étreignant Lisette sur son cœur : Rien ne saurait plus nous séparer maintenant, nous sommes pour la vie l'un à l'autre!

Il retrouva les deux chiffres dont l'écorce conservait encore l'empreinte, mais qui cependant avaient été disjoints par la foudre, une heure à peine après le serment prononcé, en même temps que les deux arbres!

Mais puisque les deux arbres étaient parvenus à se réunir de nouveau, eux! puisqu'ils étaient là, devant les yeux d'André, confondus et mariés maintenant à jamais,... n'était-ce pas un avertissement du ciel, n'était-ce pas un heureux présage qui disait : Bientôt tu retrouveras Lisette?

Au moment même où cette pensée s'éveillait dans l'esprit de Lambert, au moment où cet étrange pressentiment faisait palpiter son cœur, une main frappa sur son épaule.

Il se retourna vivement.

L'amour a des espérances qui ressemblent à la folie : André crut que le miracle s'accomplissait déjà, que c'était Lisette qui venait le surprendre ainsi, comme aux dimanches heureux de leur jeunesse.

Mais non! c'était tout simplement l'un de ses compagnons qui venait lui rendre compte de son message auprès des grisettes.

— Elles ne veulent pas se retirer, ricana-t-il; j'ai eu beau leur répéter qu'il allait bientôt pleuvoir des balles et des boulets à travers le bois, ça ne les a pas épouvantées du tout. Elles m'ont répondu : Ça ne nous regarde pas! Nous avons juré d'obéir aveuglément jusqu'à demain à la patronne; c'est notre chef de file à nous autres. Adressez-vous à madame!

— Où est cette patronne? demanda André.

— , répondit l'ouvrier, en indiquant cet endroit du bois où venait de s'asseoir d'abord André.

— Bien! fit-il, je vais aller donner un coup d'œil à nos travailleurs, puis j'irai moi-même ensuite parler à cette dame.

Et il suivit l'artisan.

Les travaux dont il avait tracé le plan à son arrivée, avançaient rapidement. Les pioches et les bêches qu'on avait mises en réquisition dans le village, manœuvraient à qui mieux mieux. Ceux-ci creusaient un fossé profond, les autres formaient un large talus; quelques heures encore, et l'escarpement allait être défendu par une espèce de fortification improvisée.

Satisfait sur ce point, André se dirigea vers la patronne des grisettes.

L'indication de l'artisan avait été précise. En arrivant au détour du sentier, il aperçut sur la berge verte une femme assise, précisément à l'endroit où lui-même il s'était assis, qui contemplait également les deux chênes, et qui, les bras à l'abandon, la tête rejetée en arrière, le regard perdu dans les hautes branches, semblait à son tour plongée dans une extatique et profonde rêverie.

Quelque peu étonné, André continua de s'avancer vers l'inconnue, mais sans voir encore son visage, car elle lui tournait précisément le dos, car elle ne se retournait pas encore au bruit de ses pas.

Il commença à lui parler de loin.

Elle ne parut pas entendre.

Il fit quelques pas encore ; il éleva la voix.

Elle tressaillit enfin, comme réveillée tout à coup, et seulement alors se retourna.

Un double cri retentit aussitôt... un double cri de stupéfaction, de folle ivresse.

— Lisette!

— André!

Le pressentiment de Lambert ne l'avait pas trompé, l'oracle des deux chênes n'avait pas menti, c'était elle... c'était bien elle!

Éperdus, palpitants, heureux à en mourir, d'une main ils s'étreignaient cœur contre cœur ; de l'autre ils se montraient la cime des deux chênes, en se disant plus encore du regard que de la voix :

— Ils s'étaient rejoints... nous devions nous retrouver, et, comme eux, pour ne plus nous quitter maintenant!

XIX

Cosaques et Grisettes.

Nous renonçons à décrire ce qui se passa d'abord entre nos deux amants ; il est de ces joies du ciel qui ne sauraient être traduites dans aucun langage de la terre.

Une heure après, ils étaient assis tous les deux au pied des deux chênes ; ils se regardaient les yeux dans les yeux.

André devait être bien changé, il avait tant souffert!

Mais elle!... Bien qu'elle eût dû regretter amèrement aussi, oh! non, non! c'était toujours ses grands yeux bleus si doux, ses beaux cheveux blonds que semblait avoir dorés le soleil, ce sourire si bon et si gai, cette peau si rose et si blanche, ce même petit pied, cette même adorable main, cette voix surtout si pénétrante et si fraîche ; tous les attraits à peine éclos de la paysanne de quinze ans, se retrouvaient épanouis dans la femme que ses malheurs même avaient dotée d'un charme de plus, la distinction ; elle était encore jolie de plus elle était devenue belle. Mais c'était toujours... oh! oui, c'était toujours Lisette!

Puis vint le tour des questions.

Rapidement entraînée jusqu'au fond de l'Allemagne, elle avait courageusement utilisé l'art des fleuristes pour soutenir, durant l'émigration, son ravisseur.

Rentrée en France par lui sous le Consulat, elle lui avait sauvé la vie à la suite d'une conspiration contre le premier consul.

Mais libre cette fois, mais femme, elle avait refusé de le suivre de nouveau ; elle était restée en France à la tête d'un atelier de fleuristes, en apparence pour pourvoir aux besoins du grand seigneur durant son second exil, en réalité pour retrouver la trace d'un premier amour qui n'était jamais sorti de son cœur.

— À toi! termina-t-elle en se jetant dans les bras de Lambert ; à toi, mon André! à toi pour toujours!

A son tour, il lui raconta tout.

Tout, jusqu'à sa fuite des pontons, jusqu'à sa rentrée à Paris, jusqu'à l'expédition devenue impossible qu'il dirigeait maintenant.

— Vous avez là cinquante fusils, dis-tu? demanda-t-elle alors avec un étrange rayonnement dans le regard.

— Oui! répondit André, mais nous ne sommes que vingt véritables Français.

— Comptes-tu donc pour rien les vraies Françaises? répliqua vivement Lisette avec une fierté toute chevaleresque. À moi, mes filles!... Il n'y a plus de cotillons quand il s'agit de défendre Paris... aux armes!...

Les fleuristes répondirent allégrement à l'appel de leur patronne. Les artisans accueillirent avec des transports d'enthousiasme ce renfort inattendu. Cinq minutes après, tous les bras étaient armés, tous les volontaires se rangeaient sur une seule et même ligne, et Lambert passait en revue son impatiente avant-garde, composée moitié de gamins, moitié de grisettes.

Les avant-postes russes commençaient cependant à inonder la plaine Saint-Denis, s'avançant avec précaution, occupant peu à peu toutes les hauteurs qui n'étaient pas défendues. Hélas! il en était ainsi de presque toutes.

Par bonheur, ce fut vers le plateau de Romainville que s'aventura l'une des premières attaques.

Quelques coups de feu, tirés sur l'ordre d'André, suffirent pour mettre en fuite tout un escadron de Cosaques.

Quelle allégresse parmi les vainqueurs, presque tous également imberbes! On riait, on criait, on chantait, on dansait; c'était de la vraie gaîté, de la vraie folie française.

Toute la soirée, toute la nuit furent employées à rendre plus forte encore cette position qui, comme on le sait, domine toute la plaine.

Ah! si elle eût été tenue par une batterie seulement, par un bataillon!

Mais non ! Paris voulait se donner. Paris ne se défendait même pas.

Assis au pied de leurs chênes, Lisette et André, tout en causant de l'avenir et du passé, surveillaient leurs travailleurs en bourgerons et en cornettes.

Ah ! quelle soirée ! quelle nuit !

Nous savons présentement ce que devint André, nous ignorons encore ce que deviendra Lisette, mais nous le gagerions d'avance, tous les deux ils donneraient de grand cœur ce qui leur reste à vivre, pour revivre encore une fois ces quelques heures-là.

C'était une belle nuit, limpide, tiède et parfumée comme toutes les belles nuits de printemps. Les arbres, encore dépouillés de leurs feuilles, laissaient voir le ciel tout parsemé d'étoiles. Mille lueurs errantes ou fixes donnaient un fantastique aspect à la plaine Saint-Denis, que soulignait vigoureusement la fortification élevée dans la journée précédente. Le long de ce rempart se promenaient silencieusement quelques sentinelles, les unes en cotillons de diverses couleurs, les autres en blouses bleues ; le reste de la troupe, groupé çà et là parmi les buissons, babillait ou chantonnait à demi-voix dans la nuit. Autour des deux chênes, tout était isolement et silence. Certes, nos deux amants étaient prêts à donner le lendemain leur vie pour la France ; mais, d'ici-là du moins, les heures leur appartenaient tout entières. Revenus à leur tendre insouciance d'autrefois, ils oubliaient l'invasion présente, comme jadis ils avaient laissé tourbillonner autour d'eux le commencement de la révolution sans le voir. Tout à leur bonheur, tout à leur amour, ils vivaient dans ce monde du rêve et de l'espérance qui n'existe que pour les jeunes cœurs ; ils avaient de nouveau l'âge charmant auquel ils s'étaient aimés. Toujours la main dans la main, tantôt parlant de cette profonde voix qui vient de l'âme, tantôt élevant leurs yeux à la fois vers les étoiles qui scintillaient à travers les branches des deux chênes murmurants au-dessus de leurs têtes, par le regard comme par la voix, ils se disaient :

— André, te souviens-tu ?... Te souviens-tu, Lisette ?... C'est ici que le bon Dieu nous a mis face à face dans le même chemin : tu n'étais alors qu'un enfant, mais pas encore tout à fait un homme... Tu portais un grappillon de lilas à la boutonnière, André !... Lisette, tu avais dans les cheveux une guirlande de pervenches sauvages. Je te vois encore ainsi... Et moi, donc !... Quelque chose aussitôt nous poussa l'un vers l'autre ; il ne s'agissait encore entre nous que du plaisir de danser... Il en fut de même pendant les quelques dimanches suivants, à cela près que, chaque dimanche, la danse nous paraissait meilleure encore... Avec quelle impatience, André, je t'attendais déjà !... Lisette, comme déjà je grimpais lestement le coteau pour arriver plus vite à toi !... Puis vint le jour des confidences... Je devins ton frère... tu devins ma sœur... Et désormais nous arrivions tous deux au bois de Romainville, où l'on nous appelait Paul et Virginie ! Nous ne savions pas ce que cela voulait dire alors ; mais depuis, nous avons lu... Oh ! comme c'était bien cela !... comme enfants nous nous étions aimés !... Jeune homme et jeune fille, comme sans le savoir encore, nous aimions !... Quels épanouissements de cœur !... Quelles extases de l'âme ! Quelles voluptés inconnues !... Vint enfin la jalousie, qui nous éclaira tout à coup !... Les premiers aveux !... les premiers projets !... la scène de l'orage... t'en souviens-tu comme il pleuvait, Lisette ?... Quels coups de tonnerre, André !... Nous nous réfugiâmes ici... ici même... à la place où nous sommes assi maintenant... au pied de nos deux chênes... et alors !... alors...

Cette fois, Lisette n'acheva pas, et cacha son front empourpré tout à coup dans le sein palpitant d'André Lambert.

Puis, on s'occupa de l'avenir... de l'avenir qui maintenant paraissait certain. Les deux chênes n'étaient-ils pas mariés, eux ! Leur écorce ne gardait-elle pas fidèlement l'empreinte de ces deux chiffres et de cette date : 7 mai 1789. L. A... Lisette, André ?

Tous deux ils regardèrent ensemble ces hiéroglyphes d'un passé si heureux... tous deux ils les caressèrent d'une main frémissante... Puis, comme avec l'ivresse du souvenir, revenaient les enfantillages de l'amour, André grimpa lestement jusqu'à l'endroit où se réunissaient une seconde fois les deux

chênes et là... comme vingt années auparavant... il écrivit les deux mêmes initiales, il traça cette autre date... 30 mars 1814.

En redescendant comme autrefois, André tomba dans les bras de Lisette.

— Rien ne saurait plus nous séparer maintenant !... s'écrièrent-ils avec l'enthousiasme de la foi ; si l'un de nous deux devait mourir demain, l'autre immédiatement le suivrait dans la tombe qu'on creuserait au pied des deux chênes ; si nous survivons au combat, nous redescendrons à Paris, bras dessus bras dessous, comme au déclin de nos beaux dimanches d'autrefois... Nous nous installerons sous le même toit, côté à côte nous y vieillirons, ni plus ni moins que ces deux arbres.

— Mais notre amour sera toujours jeune, ajouta Lisette...

— Mais, reprit André, comme il faut qu'il soit béni de Dieu, nous nous marierons enfin, Lisette !

A ce mot, Lisette eut un mouvement soudain, sur son visage une expression étrange.

Étonné, inquiet déjà, André la regarda fixement.

— Non ! fit-elle bientôt avec une sorte d'amertume, non ! pas de mariage, André... tout excepté cela.

— Lisette !...

— Ne m'interroge pas, c'est impossible !

— Pourquoi ? mais pourquoi donc ?

— André...

Au moment où Lisette allait répondre, elle fut interrompue tout à coup par la voix du canon.

Le jour allait naître, la bataille de Paris s'engageait.

Dans la plaine, le maréchal Mortier chargeait les ennemis avec une telle vigueur, qu'il les refoula tout d'abord vers Aubervilliers, et pour un instant du moins rendit la victoire incertaine.

Un peu plus tard, le plateau de Romainville était attaqué, mais beaucoup plus sérieusement que la veille.

Heureusement, sur les autres points, il se trouvait des défenseurs plus nombreux et surtout plus habiles : aux buttes Saint-Chaumont, l'héroïque École polytechnique, vers l'autre extrémité le maréchal Marmont qui parvint à chasser les Russes du château de Romainville et, sans s'en douter, permit à nos amis de tenir bon durant toute la matinée.

Le rempart était bien frêle cependant, mais il se trouva que les vingt artisans étaient tous d'excellents tireurs, et, comme les grisettes rechargeaient incessamment les fusils, ils purent entretenir un feu si bien nourri, que les assaillants durent supposer défendu par des forces bien autrement importantes.

Un instant même, on dut lutter à la baïonnette.

Les grisettes cette fois se mirent franchement de la partie, et c'était plaisir de les voir taper non moins vivement que leurs compagnons sur les Cosaques.

Oh ! si la défense eût été seulement partout ce qu'elle était là !

Mais non ! bien des passages n'étaient même pas gardés ; sur les autres, l'héroïsme devait le céder au nombre... L'École polytechnique tout entière avait été mitraillée sur ses canons encloués. Bientôt le maréchal Mortier se vit contraint de reculer dans la plaine ; déjà Marmont battait en retraite vers Belleville... Décidément, Dieu ne protégeait plus la France !

Des nuées de barbares tourbillonnaient autour de nos amis, et commençaient à gravir la pente de la colline... Les balles et les boulets pleuvaient à cette même place où, vingt-cinq ans plus tard, au milieu d'un profond silence, le bonhomme A-teat-coup-l'on-gagne devait raconter cette histoire au jeune marquis de Vernanges.

Bientôt enfin un grand cri s'échappa de toutes les bouches.

Lisette venait d'être blessée... son sang coulait... oui ! les deux chênes en furent arrosés comme jadis ils l'avaient été de ses larmes !

Il fallait fuir... André la prit dans ses bras et redescendit avec elle au galop vers Paris.

Quelques heures plus tard, la capitulation était signée.

— Mais, disaient plus tard nos grisettes et nos gamins, nous autres, du moins, nous n'avons pas été rossés par les Cosaques !

Oublier! Oh! demandez-moi tout excepté cela. (Page 22.)

XX

Comment les cent chênes du bois de Romainville avaient été
pour la seconde fois séparés.

Ce n'est point l'histoire de la Restauration que nous racontons ici, c'est celle de notre aveugle de Bagnolet, du bonhomme A-tout-coup-l'on-gagne.

A ce propos même, le moment nous semble venu de lui rendre la parole, de le laisser continuer lui-même son récit.

— Nous avions fait notre devoir, disait-il donc au jeune homme qui l'écoutait avec une émotion croissante, nous étions réunis, que nous importait le reste?

Le premier retour des Bourbons fut le temps le plus heureux de ma vie. La blessure de Lisette était assez grave, mais ne donnait cependant aucune inquiétude sur sa vie. Durant trois mois je veillai nuit et jour à son chevet, je soignai ma chère blessée comme une mère son petit enfant malade.

Le jour où, la fièvre se calmant, elle me reconnut, le jour où le médecin lui permit la parole, le jour où elle se releva, le jour où, pour la première fois, elle ressortit à mon bras, ce furent là pour moi de bien beaux jours!

Chose étrange! il semblait que le destin voulût nous faire suivre de nouveau la filière de nos jeunes années.

Même après la convalescence de Lisette, par un tacite et mutuel accord, nous continuâmes à vivre comme frère et sœur.

Je ne voulais pas que Lisette fût ma maîtresse, je voulais qu'elle fût ma femme. Sans aucun doute, telle était aussi sa pensée. Nous reparlâmes donc mariage. Comme la première fois et avec la même émotion incompréhensible, elle hésita d'abord, refusant même de s'expliquer. Naturellement j'insistai; cette insistance semblait blesser une sorte de pudeur chez Lisette. Attendons encore, disait-elle en baissant ses grands yeux bleus; attendons, ami... mais aie confiance en ta Lisette!

Quelque intrigué que je fusse de ce secret, quelque désireux de le connaître, je me résignai d'abord, car je croyais aveuglément en elle, et puis... nous étions si heureux ainsi!... heureux comme autrefois, que nous fallait-il de plus?

Ce fut encore la jalousie qui vint hâter les événements.

Depuis quelques jours déjà j'entrevoyais ou plutôt je sentais rôder autour de nous un certain homme enveloppé d'un grand manteau... Le comte de Chauny peut-être?..

Je confiai franchement ce soupçon à Lisette qui tressaillit, mais ne tarda pas à me répondre avec son tout puissant sourire:

— André, que crains-tu? Je t'aime.

— Marions-nous donc!

Elle consentit enfin.

Jugez si je fus heureux, si je hâtai les préparatifs!

Le grand jour arriva.

Rien ne me semblait plus devoir entraver notre bonheur. Hélas! le matin même de la cérémonie, au moment où j'allais conduire Lisette à l'autel, des hommes sinistres nous entourèrent tout à coup, on m'arrêta comme prévenu de complot bonapartiste.

Les temps ont beau changer, certains hommes ont toujours la même puissance. Le coup qui me frappait était l'œuvre de mon éternel rival, je n'en doutai pas un instant.

J'avais déjà subi de bien grandes douleurs, monsieur... ma séparation d'avec Lisette, mes recherches, si longtemps inutiles, ma longue captivité sur les pontons anglais... mais jamais, non, jamais je n'avais autant souffert que, durant six mois, je souffris dans le cachot dont venait de me gratifier la Restauration !

Un jour enfin, les portes de la prison s'ouvrirent comme par enchantement devant moi.

Napoléon triomphant, venait de rentrer à Paris.

Je courus chez Lisette.

Elle m'attendait, monsieur, elle m'accueillit avec une joie si franche, avec un amour si vrai que les soupçons de ma jalousie se seraient aussitôt dissipés si j'en avais eus.

Mais hélas ! j'étais soldat !... Les circonstances ne me permettaient pas de solliciter un congé, il me fallut rejoindre mon drapeau, immédiatement partir.

— C'est un retard de quelques mois, voilà tout ! me dit Lisette en s'efforçant de sourire ; aussitôt ton retour, je serai ta femme. Reviens donc bien vite, et pars sans tristesse !

Je partis... il le fallut bien ! mais avec un pressentiment de malheur dans l'âme.

Hélas ! monsieur, j'avais bien raison !

Mon ancien guignon militaire recommença de plus belle.

A Waterloo, je reçus sept blessures et je tombai enfin.

La vivandière du régiment me sauva.

Une brave et honnête fille, Marie-Jeanne ! une de ces natures de sœur de charité qui vous aiment silencieusement, et sans même demander qu'on les aime en échange !

Déjà, dans le commencement de la campagne, elle m'avait rendu mille petits services qui témoignaient de sa sympathie pour moi ; elle m'avait entouré d'une protection, d'un dévoûment qui, je le sentais bien, cachait un amour naïf et profond.

Ce fut elle qui me rechercha, qui me releva sur le champ de bataille.

Elle, qui répondit aux médecins, qui tous me condamnaient :

— Il vivra !

Elle enfin qui, par une sollicitude de toutes les heures, parvint à galvaniser un cadavre, et contre la mort elle-même eut raison.

Sublime Marie-Jeanne !

Lorsqu'au bout de dix-huit mois je pus enfin reprendre le chemin de la France, j'étais aveugle.

Comment faire ?...

— Ne suis-je pas là ? me dit Marie-Jeanne, en posant mon bras sur le sien, est-ce que je ne dois pas retourner aussi à Paris, moi ? nous irons ensemble, André !

Et nous partîmes.

Deux fois, je fus obligé de suspendre la marche, et je retombai malade dans des villages dont je ne me rappelle plus le nom.

Deux fois Marie-Jeanne s'arrêta sans murmurer, deux fois encore elle me remit sur pied.

Enfin nous approchâmes de Paris.

— André, m'avait demandé mon héroïque conductrice, par quelle barrière veux-tu rentrer ?

— Par le faubourg du Temple, avais-je répondu, n'osant pas répondre : par le bois de Romainville, dans la crainte de blesser Marie-Jeanne qui savait tout.

Ce fut alors que nous eûmes gravi la rampe de Noisy que je sentis le plus cruellement ma désespérante infirmité... alors seulement que j'entendis frissonner à mon oreille le feuillage tant aimé de cette forêt, alors surtout que Marie-Jeanne me dit :

— Voilà les deux chênes !

Hélas ! hélas ! je ne les voyais plus...

Longtemps en silence je pleurai des larmes bien amères.

Non pas que je doutasse de Lisette, au moins !... mon infirmité devait me rendre plus cher encore à son cœur, j'en étais certain ; mais elle était encore si belle et si jeune, elle !... Que lui apportais-je maintenant en échange ?

L'heure cependant s'écoulait.

Marie-Jeanne était toujours là ; mais aussi grande par la discrétion que par le dévoûment, l'ex-vivandière se taisait, et demeurait immobile, afin que je n'entendisse même pas le bruit de ses pas.

Une inquiétude étrange me traversa tout à coup l'esprit... un nouveau pressentiment de malheur !

— Marie-Jeanne, demandai-je d'une voix hésitante et oppressée, Marie-Jeanne, les deux chênes... là-haut ?

— Eh bien ?

— Sont-ils toujours réunis ?...

— Non.

— Comment ?...

— A la place où l'on devine encore qu'ils l'ont été une seconde fois, il n'y a plus maintenant qu'une énorme et double cicatrice... probablement celle d'un des boulets de la bataille de Paris.

J'interrogeai de nouveau, je me fis donner des détails...

Plus de doute !... hélas ! disjoints jadis par la foudre, ils l'avaient été de nouveau par le canon !...

N'était-ce pas l'indice certain d'une seconde séparation entre André et Lisette.

— Tout est perdu ! m'écriai-je aussitôt.

Et, comme frappé au cœur, je tombai tout à coup au pied des deux arbres.

Ah ! pourquoi n'y suis-je pas mort, monsieur... cela certainement aurait mieux valu pour tout le monde !

XXI

Rencontre inattendue.

Marie-Jeanne, cependant, s'était agenouillée près de moi ; Marie-Jeanne cherchait à me relever ; Marie-Jeanne avait la touchante abnégation de se faire ma consolatrice, et me disait :

— André, que peux-tu craindre ?... puisqu'elle t'aime... puisqu'elle t'attend... puisqu'elle va devenir ta femme.

Mais, depuis que je savais nos deux chênes séparés, l'avenir m'apparaissait maintenant sous de toutes autres couleurs.

Dix-huit mois s'étaient écoulés depuis notre dernier serrement de mains, depuis sa suprême promesse.

Dix-huit mois durant lesquels, blessé d'abord et sans connaissance aucune, aveugle ensuite et n'osant confier à la plume de qui que ce fût l'aveu de mon malheur, ignorant en tous cas la retraite qu'elle m'avait promis de choisir, afin de dérouter les nouvelles poursuites du grand seigneur... dix-huit mois enfin, durant lesquels je n'avais pas écrit à Lisette !

Si elle m'avait cru mort ?... Si elle...

Perdu dans ces appréhensions sinistres, plongé dans une sorte de torpeur fébrile, je n'avais plus la conscience ni des lieux ni du temps.

— Ami ! me dit enfin la douce voix de Marie-Jeanne, il faut nous remettre en route... Il est nuit...

Le soleil effectivement avait disparu depuis une heure déjà... les dernières lueurs crépusculaires venaient de s'éteindre dans la plaine... les étoiles brillaient... la lune s'était levée.

Toujours étendu au pied des deux arbres, et voulant obéir enfin aux sages conseils de mon guide, je m'aidai pour me relever des deux mains.

Dans ce mouvement, mon oreille naturellement s'approcha du sol.

L'oreille d'un aveugle !...

Je crus entendre aussitôt... j'entendis un bruit de pas qui s'approchaient de l'endroit où nous étions.

Il est d'étranges avertissements que rien ne saurait expliquer.

Ce bruit... ce simple bruit me fit à la fois chaud au front et froid au cœur.

— Eh bien ?... murmura Marie-Jeanne, qui tendait toujours ses deux mains vers moi...

— Marie-Jeanne! m'écriai-je tout à coup à voix basse, qui vient donc là, Marie-Jeanne?...

Il y eut un silence, pendant lequel sans doute elle cherchait à distinguer au milieu de la nuit.

Durant ce temps-là, de plus en plus ému, je palpitais d'impatience.

Enfin Marie-Jeanne me répondit :

— Une femme... en deuil.

— En deuil !... Comment est-elle cette femme

— Blonde.

— Blonde !...

J'étais debout déjà... déjà j'allais m'élancer.

— Mais, s'empressa d'ajouter en me retenant Marie-Jeanne, mais elle n'est pas seule.

— Pas seule !...

Une autre voix, en cet instant, s'éleva tout à coup de l'intérieur de la forêt.

La voix du grand seigneur... la voix du comte de Chauny !

— Lisette! semblait-il supplier, Lisette!.. écoutez-moi... e vous en supplie! Enfin, répondez-moi !

Plus prompt que la pensée, mais, du reste, sans savoir ce que je faisais, j'entraînai vivement en arrière Marie-Jeanne, je la contraignis à se blottir avec moi dans les broussailles voisines des deux chênes, et là... cachés à tous les regards... elle regarda... moi, j'écoutai...

XXII

Soyez comtesse !...

L'indication de Marie-Jeanne, mon propre pressentiment ne m'avaient pas trompé.

C'était bien elle !

Elle était en deuil... Pauvre Lisette mort.

La voix du comte s'était tue.

J'entendis un pas léger s'approcher des deux chênes... Le pas si bien connu de Lisette! puis, après un grand silence, sa voix profondément émue qui murmurait cette invocation plaintive.

— Oh ! mes deux vieux chênes !... J'ai voulu vous revoir une fois encore avant de métamorphoser ma vie... Arbres si chers... jumeaux du bois de Romainville... bons génies de ma jeunesse... conseillez mon cœur, éclairez mon avenir incertain.. Celui que vous me rappelerez toujours est-il réellement enseveli dans le champ de bataille de Waterloo!... Celui dont vous reçûtes le serment avec la mort existe-t-il encore !... dois-je l'attendre une année de plus... oh ! nos deux vieux chênes ? ou bien, me rendez-vous déjà libre... ou bien, me permettez-vous d'accepter...

— Mon titre et ma fortune, interrompit solennellement le comte de Chauny. Oui, Lisette, oui. Ce n'est plus un séducteur qui cherche à vous entraîner vers un avenir incertain... c'est un honnête homme qui vous conjure de devenir la compagne de sa vieillesse ! Vous m'avez fait tant de bien ici, je l'avoue : permettez-moi de le réparer aujourd'hui ; laissez-moi vous payer la dette de tout le passé ! — Vous avez été ma providence durant toute mon émigration... votre seul travail m'a fait vivre durant mon second exil... enfin, Lisette, vous m'avez sauvé la vie !.. Qu'elle vous appartienne donc désormais, Lisette !... consentez à devenir la comtesse de Chauny !

Durant la tendre invocation de Lisette, je m'étais peu à peu rapproché, comme magnétiquement attiré vers elle.

Aux derniers mots du gentilhomme repentant, je me rejetai pour la seconde fois en arrière, en proie à l'une de ces tortures que n'ont jamais ressenties les damnés.

Si je me taisais... si je restais invisible... si je laissais croire à ma mort... Lisette serait riche, honorée, peut-être heureuse !

Pauvre... Infirme désormais... aveugle... avais-je bien le droit de lui imposer un dévoûment duquel je ne doutais pas?...

avais-je bien le droit de la déshériter de toutes les jouissances de ce monde ?...

Lisette cependant restait silencieuse, sans doute indécise encore.

Le comte reprit :

— Ce n'est pas pour moi surtout que je vous demande cela, Lisette ! C'est pour notre fils...

A ces mots, je faillis, comme Lisette, jeter un cri... je venais d'apprendre enfin ce secret qu'elle n'avait jamais osé me dire.

La voix du comte acheva de m'en donner l'explication.

— Il y a de cela dix ans, reprit-il, pour rester en France, vous m'avez abandonné cet enfant que je promettais de rendre digne de mon nom, il faut que sa mère soit la comtesse de Chauny... qui sait même ? plus tard, qu'elle porte un autre nom... car mon frère aîné n'a pas d'enfant et se meurt !... Il sait tout... c'est lui-même qui veut ce mariage. Il s'agit donc de la fortune et de l'avenir de votre fils, Lisette... vous ne pouvez donc plus me refuser, car vous êtes mère, madame, car, c'est votre devoir !

Et j'étais là, moi, monsieur !... et j'entendais tout... et je n'avais qu'à me montrer. Oh ! quel terrible combat se livrait en moi !...

Sans doute, il en était de même chez Lisette.

— André !... murmurait-elle avec un mélancolique sanglot, André... André !

Elle m'appelait, — oh ! mon Dieu !... fallait-il répondre ?...

— Il n'est plus ! reprit impitoyablement le comte ; et s'il existait encore, j'en suis certain... s'il savait ce que je viens de vous révéler... s'il voyait tout ce que vous êtes prête à sacrifier pour lui.. sans aucun doute il vous dirait lui-même : Vous êtes mère, Lisette, avant tout, votre devoir ! La maternité renferme les plus grandes joies de la femme, elles lui font tout oublier, elles lui tiennent lieu de tout... et d'ailleurs, quand bien même ce fils n'existerait pas entre nous, avec moi, c'est l'obscurité, c'est la misère !... quitterait André. Nous ne sommes plus jeunes, Lisette !... Aux vieilles amours, il faut la sécurité, l'honorabilité, la fortune... vous pouvez avoir tout cela... Adieu, Lisette, adieu!... Soyez heureuse... soyez riche... soyez comtesse... soyez mère !...

Hélas! tout ce qu'il lui disait, je me le disais à moi-même.

Et de plus je pouvais ajouter :

— Avec mes yeux, du moins, j'eusse travaillé nuit et jour pour qu'elle ne manquât de rien... mais non... mais non... je suis aveugle !...

Aussi Lisette, qui certes eût volé dans mes bras si j'eusse dit seulement : Me voilà ! Lisette... ma Lisette... ma pauvre Lisette finit par redescendre à Paris au bras du comte de Chauny.

Car j'avais vaincu l'égoïsme en moi... car j'avais étouffé jusqu'à mes sanglots... car j'avais gardé le silence de la mort

Marie-Jeanne elle-même restait muette d'étonnement, Marie-Jeanne ne me comprenait pas encore.

— Eh bien ! fit-elle, lorsque nous nous retrouvâmes seuls tous les deux, eh bien ! tu les laisses ainsi partir ?

Pour toute réponse, je retombai à genoux entre les deux chênes, et tout en pleurs... le visage tourné vers le sentier où ne s'entendaient déjà plus ses pas... les deux mains allant de mes lèvres à elle, comme pour lui envoyer un suprême adieu :

— Lisette !... sanglotai-je ainsi que les petits enfants, Lisette... ma Lisette... ma chère Lisette !... soyez mère... soyez heureuse... soyez comtesse !

XXIII

Consolation.

En cet endroit du récit de l'aveugle, il y eut un long silence.

Le pauvre vieillard venait de revivre en une heure toute sa douloureuse vie. Un instant, ce souvenir parlé avait paru le rendre heureux, alors qu'il racontait sa jeunesse, ses espérances, ses amours. Son visage, en ce moment-là, s'était rajeuni; ses yeux s'étaient ranimés à la lumière; c'était avec une sorte de volupté qu'il avait aspiré les brises nocturnes qui couraient en chantant à travers les feuillées du bois de Romainville. Ses mains s'étaient étendues, comme pour ressaisir un instant au passage les ombres fugitives de son riant passé; il avait entendu la chanson du printemps, il avait revu Lisette en rêve... il avait été heureux!

Mais étaient venues les premières inquiétudes de la jalousie, l'enlèvement de Lisette, la première séparation qui déjà avait été si longue, l'affreuse captivité qui en avait accru les souffrances, mais sans en pouvoir augmenter la douleur. Puis, étaient venues la rencontre inespérée, cette nouvelle nuit passée sous les deux chênes, ce dernier mois de bonheur que semblait devoir couronner le mariage.

Hélas! dans le récit de l'aveugle, ainsi que dans sa vie, cette goutte de miel n'avait servi qu'à rendre plus amer encore le reste du calice!

En racontant l'emprisonnement sous la Restauration, le départ pour l'armée sous le second Empire, la bataille de Waterloo, les terribles heures de l'apparente agonie, la poignante certitude de la cécité, le retour avec Marie-Jeanne pour guide... en racontant surtout la rencontre inattendue de Lisette, la révélation entendue dans les broussailles, le terrible combat qui s'en était suivi... hélas! hélas!... le pauvre aveugle avait paru ressouffrir en une heure tout ce qu'il avait souffert dans sa vie!

Son visage alors était devenu affreusement pâle, ses lèvres s'étaient crispées, sa poitrine, comme serrée dans un étau, n'avait plus rendu que des accents désespérés; des larmes, sans doute bien amères, avaient ruisselé le long de ses joues, sur lesquelles venaient en vain les essuyer ses deux tremblantes mains et ses longs cheveux blancs agités par la brise.

Rien de douloureux alors, rien de saisissant comme l'aspect du pauvre vieillard qu'éclairaient vaguement les rayons de la lune ruisselant à travers les branches des deux chênes, à la cime desquels un rossignol à moitié endormi, chantait d'une si mélancolique voix, qu'on eût dit l'écho vivant des malheurs d'André Lambert.

Aussi le jeune marquis de Vernangès était-il profondément ému. Il aimait aussi, lui!... il comprenait le vieillard. En l'écoutant, c'était à sa fille qu'il pensait, à cette autre Lise qui était la sienne, et dont il semblait à la veille d'être aussi séparé sans retour. Plusieurs fois même il cessa d'entendre, car il ne pensait plus qu'au poème de ses propres amours (car il voyait devant lui sa grand'mère qui semblait ne plus vouloir le protéger, à tout le reste de sa famille, qui proscrirait bien encore un semblable mariage (car à son propre honneur surtout qui plus que jamais lui défendait de songer à Lise! autrement que comme à la future marquise de Vernangès. Lise... en sympathisant avec son père, il l'eût aimée davantage encore si la chose eût été possible! Aussi pleurait-il avec le vieillard... aussi plusieurs fois déjà lui avait-il serré la main... aussi à cette dernière interruption, ne put-il se défendre de le presser dans ses bras en murmurant à son oreille d'une voix amie : Courage, pauvre André, du courage!

Comme réveillé de sa sombre prostration, le vieil aveugle l'écarta doucement et reprit :

— Que vous apprendrais-je de plus, monsieur?

En me relevant j'avais pris mon parti.

Et brutalement, franchement, loyalement, je dis à l'ex-vivandière :

— Marie-Jeanne... je le sais... tu m'aimes!...

— André!...

— A défaut d'un amour... que tu sais impossible, je t'offre une inaltérable amitié... Marie-Jeanne, veux-tu devenir ma femme?

Entre Lisette et moi j'établissais courageusement, ainsi sur l'heure, une barrière doublement infranchissable.

Je ne pouvais cependant lire la réponse de Marie-Jeanne sur son visage. Ce que je lui demandais ainsi, pauvre femme!... c'était tout simplement l'éternisation de son dévoûment.

Durant près d'une seconde, je n'entendis absolument rien autour de moi.

Une main enfin serra ma main.

Puis, une voix profondément émue, murmura doucement à mon oreille :

— Allons! André, rentrons à Paris!

XXIV

Un mariage d'amitié.

Une heure après, toujours à pied, poursuivit le bonhomme *A-tout-coup-l'on-gagne*, nous franchissions la barrière.

Bien que vivandière de régiment, Marie-Jeanne avait conservé un logement à Paris. Je m'y installai fraternellement avec elle.

Les premiers jours, les premiers mois furent bien douloureux. J'avais encore en moi l'amour pour Lisette; je ne pouvais parvenir à l'arracher de mon cœur. Sans cesse j'y pensais, sans cesse je me disais : Où est-elle maintenant?... Que fait-elle?... Pense-t-elle à moi, ou du moins à mon souvenir, puisqu'elle me croit mort, puisqu'effectivement je suis mort pour elle?... Est-elle mariée déjà?... Pourra-t-elle être heureuse?...

Et mon esprit enfiévré se laissait continuellement aller sur cette pente hérissée de ronces et d'épines. La nuit, j'en rêvais, le jour aussi; mon Dieu! pour un aveugle, ne fait-il pas toujours nuit?... La vie n'est-elle pas toujours un rêve?...

Traversant donc l'espace, à l'aide de cette seconde vue que donne la douleur, ou plutôt me figurant les choses à la façon d'un poète qui bâtit un roman, je voyais Lisette... oui, je la voyais! tantôt joyeuse et folâtre comme dans notre passé... tantôt entourée du luxe de son nouvel avenir, et auquel il ne m'était plus permis d'entrer. Le refrain de Béranger passait alors à mon oreille :

> Eh! non, non, non, vous n'êtes plus Lisette!
> Eh! non, non, non, vous n'êtes plus Lison!

Alors j'avais des accès de rage ou bien je pleurais. Pauvre Lisette!... ma comparaison n'était pas juste, cependant... ce n'était pas sa faute, à elle! Toutes ses infidélités avaient été involontaires... la dernière, c'était moi-même qui l'avais voulue... Hélas! elle n'en était pas moins séparée de moi pour jamais... elle n'en était pas moins comtesse!

Comtesse!... Souvent je me la figurais ainsi, brillamment parée, dans un splendide hôtel, au milieu de la foule élégante qui l'admirait, car elle avait dû bien vite se mettre à la hauteur de sa nouvelle position, car c'était une de ces natures d'élite qui, partout où les jette le hasard, se trouvent toujours les premières, car ce devait être maintenant une véritable grande dame, par l'apparence, du moins; au fond du cœur, j'en suis certain, elle était toujours restée grisette. Aussi ma pensée n'avait-elle pour son souvenir que des tendresses, mes lèvres que des sourires. En imagination, je savais de loin son ombre sans cesse évoquée par mon amour; je lui envoyais mon âme tout entière dans un baiser furtif; je lui disais, en essuyant à la dérobée mes larmes : A toi, toujours à toi, madame la comtesse de Chauny!

Fou que j'étais !... Ne devait-elle pas une part de son cœur maintenant à l'homme qui lui avait donné son nom, à ce fils dont je connaissais maintenant l'existence et qu'elle devait tendrement aimer ? Que pouvait-il me rester à moi... Une petite place dans sa mémoire... peut-être quelques fleurs séchées que j'avais jadis cueillies pour elle... un humble bijou que je lui avais donné... une lettre... quelque tendre souvenir de notre jeunesse qu'elle gardait pieusement ainsi que des reliques saintes, qu'elle avait renfermées dans quelque cachette connue d'elle seule... qu'elle allait chaque jour visiter à l'insu de tout le monde, et sur lesquelles elle laissait tomber en secret une larme, un baiser. Oh ! oui, oui, j'en étais bien certain, je le voyais trop souvent ainsi dans mes rêveries... à l'insu de tout le monde, et sur lesquelles elle laissait tomber rivais toujours dans son cœur comme elle dans le mien... J'étais toujours l'André de ma Lisette, comme elle la Lisette de son André ! J'avais toujours ma place dans son boudoir ainsi que dans son âme... j'avais ce baiser-là, cette larme-là... c'était ma part à moi... la part des morts... la meilleure part !

Comme vous le voyez, monsieur, quelque profonde, quelque amère que fût ma désespérance, elle trouvait en elle-même de douces consolations qui la berçaient ainsi qu'un enfant endormi. Il y avait des jours, cependant, où elle se réveillait tout à coup. Que fallait-il pour cela ?... Un nom prononcé à mon oreille... un rapprochement de circonstances... un rien ! Mais ce n'étaient plus là que des orages passagers, que des ravissements de douleurs éphémères. Il y en eut cependant, monsieur... un bien terrible ! Oh ! je me le rappelle comme si j'y étais encore !

C'était un mois environ après mon retour à Paris... il faisait un grand soleil ce jour-là... j'étais sorti seul... avec mon bâton qui suffisait à me servir de guide. Perdu dans ma pensée, je marchai longtemps... bien longtemps, sans savoir où j'allais. Tout à coup, dans la foule qui depuis quelques instants s'épaississait autour de moi, je me fis un grand reflux ; en même temps un grand bruit de voitures qui s'arrêtaient non loin de là. Je faillis être écrasé par l'une d'elles : heureusement il se rencontra quelques bonnes âmes qui m'attirèrent en arrière sur le trottoir où, vu l'affluence qui barrait le chemin, je dus pendant quelques instants rester immobile.

Aux conversations qui s'échangeaient autour de moi, je compris que j'étais dans le voisinage d'une église où se célébrait un riche mariage. La mariée n'est plus une jeune fille, dit une voix autour de moi, mais comme elle a de beaux cheveux blonds ! Instinctivement je tressaillis, puis je m'informai. La fatalité a des raffinements impitoyables, monsieur ! ce mariage-là, c'était précisément celui du comte de Chauny.

Mon cœur d'abord s'était affreusement serré : j'avais failli tomber à la renverse. La personne qui venait de me répondre m'avait seule soutenu... une vieille femme. Je m'adressai à elle de nouveau, je la suppliai de me conduire dans l'intérieur de l'église, et là... caché dans l'ombre d'un pilier... je m'agenouillai en pleurant.

Le hasard m'avait jeté cette suprême douleur, je voulus la braver en face, ou plutôt la savourer tout entière. Il y a des moments comme cela dans la vie, où, à force d'avoir souffert, on accueille avec joie tout ce qui peut vous faire souffrir davantage encore, où l'on étreint soi-même à plaisir son pauvre cœur, afin de lui faire saigner jusqu'à sa dernière goutte de sang. Elle était là, près de moi, la main dans la main d'un autre homme, auquel elle allait se donner pour la vie. La scène du bois de Romainville n'était plus rien. J'avais senti passer tout près de moi le frôlement de sa robe de soie... Tous les discours des gens de la noce bourdonnaient confusément à mon oreille éperdue... j'allais entendre les prières adressées au ciel pour le bonheur du comte et de la comtesse de Chauny ! Oh ! mais, monsieur, la religion est une grande chose ! Dans ces prières même, il y eut comme un baume consolateur qui cicatrisa soudain toutes mes blessures. Dans cette église où j'étais... dans ce temple du sacrifice, il y eut comme une divine protection pour le mien, comme un rayon venu d'en haut qui descendit dans mon âme aussitôt calmée. Les chants des prêtres et les petites voix surtout des enfants de chœur, l'encens et les parfums répandus dans l'enceinte, la grande voix de l'orgue qui semble un écho des harmonies célestes, les cloches qui tintaient joyeusement dans les airs, tout, jusqu'aux draperies des saints peintes sur les vitraux, jusqu'aux blanches statues des séraphins que je ne pouvais plus voir, hélas ! mais que par cela même je me figurais étendre leurs grandes ailes d'or au-dessus de mon front, envelopper mon cœur meurtri dans les flots chatoyants de leurs robes, tout, jusqu'à la clochette du sacristain, tout prenait une voix qui semblait me dire : Tu t'es immolé pour elle, André... tu as bien fait ! Dieu t'en récompensera là-haut... ici-bas Dieu t'en consolera... tu as bien fait, André... tu as bien fait... elle sera heureuse !

Lorsque l'âme à la suprême joie d'une de ces merveilleuses extases que donne la seule religion, l'esprit perd toute conscience de la réalité, tout sentiment de l'existence. Combien de temps se passa-t-il ainsi ? Étais-je sur la terre encore, étais-je déjà dans le ciel ?... Comment serais-je revenu de ce beau voyage au mystérieux pays des rêves d'or ?

Une main me frappa sur l'épaule... la main de la vieille femme qui m'avait introduit dans l'église, et qui depuis lors ne m'avait pas quitté, sans doute marmottant à côté de moi sa prière.

— C'est fini ! me dit-elle, voulez-vous que je vous remette dans votre chemin ?

Étonné d'abord, entendant à peine, je relevai la tête. L'église était redevenue silencieuse.

Je fus un moment à rassembler mes esprits... Je me relevai... nous allions sortir...

Un grand bruit de pas résonna tout à coup sur les dalles, à l'autre extrémité de l'église.

— C'est la noce qui sort de la sacristie, m'expliqua la bonne femme ; voilà les voitures qui se rapprochent du péristyle, mais nous avons le temps de sortir encore, allons !

— Non, me récriai-je en entraînant vivement ma compagne, vers l'un des bas-côtés de la nef, non, pas encore !

— Comme vous voudrez.

Et, se plaçant auprès de moi, la complaisante commère commença de me détailler, sans même que je le lui demandasse, tout ce qu'elle voyait.

— Tiens ! fit-elle bientôt, voilà madame la mariée qui s'arrête... sans doute pour aller faire sa prière au maître-autel ?... Non ! la voilà qui s'agenouille là-bas... dans une petite chapelle obscure... Une drôle d'idée, tout de même !

— Quel est le patron de cette chapelle ? demandai-je avec une instinctive émotion.

— Saint André !

Ah ! mon cœur me l'avait déjà deviné... Dieu me payait d'avance de mon sacrifice... L'âme de Lisette m'appartenait toujours ! Rasséréné désormais, souriant, presque heureux, j'attendis que tout le monde fût sorti du temple.

Puis, entraînant de nouveau la vieille femme vers le péristyle :

— Dans lequel des deux bénitiers, lui demandai-je, la mariée a-t-elle pris de l'eau bénite ?

— Dans celui-ci.

A mon tour j'y trempai mes doigts, j'en signai mon front, mes yeux éteints, mes lèvres enivrées.

N'était-ce pas le dernier contact que je devais avoir avec Lisette en ce bas-monde ?

Enfin, calme et fort, je retournai au logis.

Cette dernière émotion m'avait rappelé la promesse que je m'étais faite de compléter mon sacrifice en épousant Marie-Jeanne.

N'était-ce pas du reste mon devoir envers elle, n'était-ce pas la seule façon dont il m'était permis de reconnaître son généreux dévoûment ?

Malgré la demande formelle que je lui en avais faite, après la scène du bois de Romainville, malgré le consentement tacite par lequel elle m'avait répondu, nous n'en avions plus reparlé depuis quelques mois.

Ce jour-là, je rentrai tout épanoui, presque guilleret, et je lui dis :

— A quand la noce, Marie-Jeanne ?

L'excellente femme ne put retenir un cri de joie, car elle m'aimait, je vous l'ai déjà dit, monsieur ; oh ! oui, elle m'aimait !

Mais elle savait que mon cœur appartenait tout entier à une autre; mais depuis quelques mois elle suivait sans être vue ma douleur, ainsi qu'une mère suit son petit enfant prêt à tomber à chaque pas... mais en ce moment encore, ce fut elle qui eut la délicatesse de vouloir retarder notre mariage, qui me dit de sa douce voix toujours satisfaite de son sort : Plus tard, André... plus tard! je ne suis pas encore parfaitement résolue.

Au bout de l'année, cependant, j'étais l'époux de Marie-Jeanne.

Je croyais unir misère et misère.

Pas du tout.

Marie-Jeanne se trouvait être la nièce de je ne sais quel parvenu impérial, qui, durant toute sa vie, avait dédaigneusement renié la vivandière, mais qui mourut tout à coup en lui laissant trois mille livres de rentes viagères.

C'était largement de quoi nous fournir un bien-être heureux et modeste.

Chagrins et regrets, tout peu à peu se calma.

Marie-Jeanne m'entourait de tant de soins délicats, de tant de dévouement, de tant d'amour, ou plutôt de tant de maternité conjugale!

Et puis, deux années après notre mariage, elle me rendit père d'une petite fille.

On lui cherchait un nom.

Marie-Jeanne elle-même voulut qu'elle s'appelât Lise, afin de me donner la libre joie de prononcer tout haut le nom chéri que je savais encore tout bas prononcé par mon cœur.

— Oh! merci, Marie-Jeanne... merci!

Elle est remontée là-haut, monsieur, elle est morte...

Morte au moment même où notre petite Lise venait d'entrer en pension.

— Que vont-ils devenir tous les deux? tel avait été le dernier mot de sa pauvre âme qui s'envola tout inquiète vers le ciel.

Avec elle, effectivement, s'éteignait la rente viagère.

Et j'étais vieux... et j'étais aveugle...

Oui... mais j'étais père!

XXV

Les yeux du cœur.

A ce dernier mot le vieil aveugle parut se recueillir un instant, comme pour mieux concentrer dans le reste de son récit son âme tout entière.

Deux larmes tombèrent de ses yeux éteints... un soupir qui n'avait plus rien de terrestre s'échappa de son sein frémissant... puis, d'une voix qui semblait une mélodie descendant du ciel, il reprit :

— Être père, quand on est entouré d'une nombreuse famille, quand on est jeune et riche, quand on a ses yeux, ce n'est qu'une des félicités ordinaires de la vie; mais, lorsqu'on est seul au monde, comme j'étais alors, lorsque les chagrins ont achevé de blanchir les cheveux qu'avait épargnés le temps, lorsqu'on est pauvre, lorsqu'on est aveugle, oh! monsieur, dans cette paternité, dont on n'avait même pas l'espérance, il y a des voluptés inouïes, une béatitude bien au-dessus de toutes les joies d'ici-bas, un paradis de cœur que tous les autres hommes ne peuvent même pas imaginer en rêve!

S'entendre dire tout à coup par une voix aimée : André, Dieu a béni notre mariage... Attendre dans son éternelle nuit qu'on vous mette tout à coup dans les bras une petite créature qui a jeté son premier cri, son premier salut à la vie... recevoir le premier baiser, quand on n'a pas vu venir à soi les lèvres... toucher les petites mains, les petits pieds, les premiers cheveux, la première dent... apprendre par l'oreille seulement que votre fille a les yeux bleus, qu'elle sera blonde, qu'elle vous a souri, qu'elle s'éveille ou s'endort, qu'elle commence à marcher, qu'elle vient à vous pour la première fois, qu'elle vous tend ses petits bras, qu'elle vous aime déjà... oh!

voilà de ces raffinements de bonheur que les autres pères ne connaissent pas, qui m'ont consolé, moi, de toutes les déceptions de ma vie. Lorsque Marie-Jeanne était là, à chaque instant du jour je l'interrogeais sur toutes les perfections naissantes de notre enfant, sur ses moindres gestes, sur toutes les attitudes qu'elle prenait dans son berceau, sur les plus légères impressions qui passaient sur son visage adoré. Puis, avec le bout de mes doigts, avec mes lèvres, avec mes paupières toujours closes, je la touchais incessamment, je parcourais son corps mignonnement arrondi, je palpais le pli de feuille de rose qu'elle avait à la cheville, les fossettes qui se creusaient à son coude, le signe noir qu'elle portait à son cou, jusqu'à son sourire dont je parvenais à saisir l'épanouissement enfantin avec cette seconde vue que Dieu donne aux aveugles, et surtout aux aveugles pères. Parfois enfin, après l'avoir enveloppée, moulée tout entière dans cette étrange caresse, je la posais sur mes deux genoux, toute droite dans mes mains qui lui formaient une ceinture, et par une sorte de volonté, de phénomène magnétique, concentrant dans mes yeux sans regards toutes les tendresses de mon cœur, toute la puissance de mon cerveau, je parvenais à voir... oui, monsieur, oui... pour un instant je la voyais avec les yeux de l'âme!

Et alors... chose étrange, et que je me gardais bien d'avouer à Marie-Jeanne! je trouvais qu'elle ressemblait à celle dont elle portait le nom... qu'elle était bien l'enfant de ma pensée, de mon amour... et que, bien que Lisette ne l'eût pas portée dans ses flancs, elle était l'enfant de ma Lisette!

Et elle s'appelait Lise... et je pouvais en liberté l'appeler ma Lisette, ma Lison!... Jugez, monsieur, si j'étais heureux... si je l'aimais... si je l'adorais! Hélas! qu'avais-je autre chose à faire?... Les pères qui ont des yeux ont des occupations, des plaisirs, des amours qui les distraient plus ou moins de la paternité; moi, durant tout le jour, durant toute la vie désormais, je n'avais qu'un seul amour, qu'un seul plaisir, qu'une seule occupation : ma fille! Sans cesse j'étais là, près d'elle, avec elle, autour d'elle; jamais je ne m'endormais sans l'avoir longtemps bercée dans sa petite couchette, suspendue comme un nid entre deux branches; le lendemain, bien avant son réveil, j'étais là... attendant son premier mouvement, son premier cri, puisque je ne pouvais attendre, hélas! ni son premier regard, ni son premier sourire. Sitôt que Marie-Jeanne l'avait habillée, je la prenais dans mes bras, je la portais, je la balançais... puis, d'une voix qui semblait une mélodie par ma Lisette, ma Lison, toutes les fanfares perdues de mes jeunes amours. Quand elle commença à jouer avec mes cheveux blancs, à fourrer dans ma bouche sa petite main qui tenait dans un baiser, à se tenir debout, à grimper contre ma poitrine... oh! je faillis mourir de joie! Un peu plus tard, quand elle essaya ses premiers pas, quand elle marcha, à l'ombre l'été, l'hiver sous un rayon de soleil, c'était moi, toujours moi qui la conduisais... ou plutôt non, c'était elle... je ne faisais que la soutenir, elle me guidait... parfois nous trébuchions ensemble, si bien qu'on se disait autour de nous : Est-ce l'aveugle qui conduit l'enfant?... est-ce l'enfant qui conduit l'aveugle?

Mais ce n'était rien encore que tout cela!

Un jour, elle balbutia ces deux premières syllabes que Dieu fait éclore sur les lèvres des petits enfants comme au printemps les primevères. Elle allait parler, juste ciel!... je n'avais plus besoin de mes yeux.

O vous tous qui possédez le don de la vue, malheureux pères, vous ne savez pas ce que c'est que de causer avec son enfant, quand on est aveugle! Avec une fébrile impatience, je lui enseignais les premiers sons, je lui appris à nommer tout ce qu'elle me faisait toucher des doigts... elle voyait pour moi, je parlais pour elle!

Bientôt cependant elle arriva à ce charmant babil, à ce gazouillement des petits oiseaux qui font sourire les autres pères, mais qui me remplissaient, moi, d'une incomparable ivresse.

Elle n'avait pas dix-huit mois, monsieur, que déjà nous causions ensemble durant des journées entières.

Sans cesse cultivé par moi, comme une fleur en serre chaude, son langage se développait avec une merveilleuse rapidité.

Bientôt il fallut nous voir jacassant à qui mieux mieux, au coin de l'âtre l'hiver, l'été sous les grands arbres.

Un jour... tenez, monsieur, je m'en souviens, un autre aveugle qui venait parfois s'asseoir à côté de nous, s'extasiait sur une de ses réponses enfantines.

— Quel âge donnez-vous à ma fille? lui demandai-je avec orgueil.

— Pour le moins douze ans!

Elle en avait quatre à peine, monsieur, un petit ange!

Que vous dirai-je de plus, monsieur?

Des années se passèrent ainsi.

Marie-Jeanne se montrait aussi sublime mère que sublime épouse, prenait toutes les charges de la maternité pour m'en donner toutes les douceurs. Il semblait que Lise m'appartint beaucoup plus qu'à elle; il semblait qu'elle se fût dite : — Son père doit en être aimé doublement, puisqu'il ne peut pas la voir, lui! puisqu'il est aveugle!

Ajoutez à cela que je gâtais tellement notre enfant, qu'il fallait bien un contre-poids d'apparente sévérité pour rétablir l'équilibre.

Marie-Jeanne était la raison vivante du foyer, comme elle en était la Providence faite épouse et mère : la première elle pensa à l'éducation de Lisette; la première elle me dit :

— Nous ne sommes jeunes ni l'un ni l'autre, André... après nous la pension viagère s'éteint; notre fille n'aura pas d'héritage... il lui faut donc les talents qui en tiennent lieu chez les jeunes filles. Soyons raisonnables, André; mettons Lise en pension.

Oh! ce fut un terrible moment, monsieur!... mais il s'agissait de notre enfant, je n'hésitai pas, je me résignai.

Ne me restait-il pas les jeudis où j'allais la toucher, l'entendre, la voir avec les yeux du cœur?... les dimanches où elle venait elle-même remplir notre logis d'une telle provision de joie, qu'il en restait après son départ pour tout le reste de la semaine.

Cependant, comme je vous l'ai déjà dit, monsieur, cette séparation-là nous avait porté malheur.

Marie-Jeanne tomba malade et mourut.

Je restai seul, avec quelques petites économies... de quoi vivre pendant une année à peine... de quoi pouvoir payer un trimestre tout au plus de la pension de Lise.

Comment faire!

La reprendre avec moi!... C'eût été ma consolation, mon bonheur!

Mais elle resterait donc ignorante!... mais elle n'aurait donc pas d'avenir!... Non! oh! non... Marie-Jeanne l'avait dit : à défaut de fortune, il lui fallait de l'éducation... C'était une tâche qu'elle m'avait léguée... c'était mon devoir!

Comment l'accomplir cependant?

Bien d'autres, dans ma position, n'en eussent pas trouvé le moyen... bien d'autres pères.

Mais j'avais un tel amour pour mon enfant, une telle religion, un tel fanatisme, que j'en suis venu à bout. Oui, monsieur, et sans un sou vaillant, et sans le secours des yeux!

J'ai imaginé le commerce de macarons, vous le savez; vous avez dû me voir à l'œuvre... J'ai vécu dans un grenier, monsieur, j'ai dormi sur la paille.. j'ai bu de l'eau... j'ai mangé du pain sec... je suis devenu le bonhomme A-tout-coup-fou-gagne, pour que Lise restât au pensionnat, pour continuer l'éducation de ma fille.

Et sans que personne le sût, au moins surtout sans qu'elle le soupçonnât elle-même. Pauvre enfant! jamais elle n'aurait consenti, même à l'époque de la mort de sa mère... et elle n'avait alors que dix ans!

Non, non! Je me suis caché.. j'ai menti! mais ces mensonges-là, Dieu les pardonne!

Jamais je n'ai dit à personne un seul mot de mon secret, tant j'avais crainte qu'il ne parvînt aux oreilles de ma fille; la maîtresse de pension a tout ignoré. Même ayant des amis, je n'aurais pas eu de confidents; j'ai agi en sournois même avec un certain Pipe-Chardonneret qui m'est bien dévoué cependant, et qui était diantrement curieux de pénétrer le mystère de ma vie!

Pour tous, je n'avais pas d'enfant... j'étais seul au monde;

pour la maîtresse du pensionnat, pour ma fille, j'étais un vieux richard, aux manies étranges, et qu'on voyait chaque mois seulement arriver en pimpant équipage et en costume de pair de France, comme on disait plaisamment au fois de Romainville après une fâcheuse rencontre, où la moitié seulement du grand mystère avait été devinée... ce mystère, c'était ma fille... ma fortune, c'étaient mes macarons que la tendresse paternelle parvenait à métamorphoser en louis d'or!

Les macarons... oh! monsieur, je vivrais mille ans que je ne les oublierais pas, les macarons, que je ne serais jamais ingrat envers eux, car je leur dois l'éducation, l'avenir de ma fille!

Plus tard, cependant, lorsqu'il lui fallut d'autres maîtres, lorsqu'on me demanda un supplément d'argent, mes pauvres macarons devinrent insuffisants.

J'eus un grand moment de désespoir, mais la Providence, sous la figure de Pipe-Chardonneret, me jeta une nouvelle ressource; je parus sans rougir sur un orchestre de bastringue... pour elle, monsieur, toujours pour elle, je me suis fait triangle!

La voilà grande et accomplie maintenant.

Elle vous aime.

Vous êtes jeune, monsieur, sans doute beau... noble et riche peut-être... tout-puissant enfin pour lutter avec moi.

Si vous persévérez dans votre poursuite, si vous abusez de l'ascendant déjà pris sur un cœur de dix-sept ans, vous achèverez de la séduire... oh! je ne me fais plus d'illusions... Indubitablement vous pouvez me l'enlever.

Elle, la fille de Marie-Jeanne, la vivante reproduction de Lisette, elle, la seule compagne du vieil aveugle, son unique consolation, sa dernière espérance!

Maintenant que vous m'avez entendu, monsieur, maintenant que vous savez de quel immense amour je l'aime... maintenant que vous savez que je mourrais si elle m'était ravie... voulez-vous me la ravir encore? monsieur, dites, le voulez-vous?

Et le père A-tout-coup-l'on-gagne se redresse, palpitant et résigné, calme et digne, afin d'attendre la réponse du jeune homme.

XXVI

Réponse.

Rien de touchant, rien de solennel comme l'attitude du vieil aveugle.

La lune tombant en plein sur son visage l'entourait d'une sorte d'auréole; mais ses rayons, çà et là assombris par les branches qu'ils avaient dû traverser, semblaient sur toute sa personne ces reflets mêlés d'ombre, qu'aimait si fort le pinceau de Rembrandt, ce poète du clair-obscur.

Ne pouvant voir, il écoutait, c'est ainsi que les aveugles attendent.

Un instant, Gaston le contempla avec une émotion pour le moins égale à la sienne; puis, d'une voix profonde et franche :

— Monsieur, répondit-il, vous n'aurez point fait en vain appel à ma loyauté. Je suis un honnête jeune homme, et si mon avenir ne dépendait que de moi seul, à l'instant même je vous répondrais : Mon père, bénissez vos enfants!

— Gaston!

— Mais j'ai une famille, monsieur, j'ai surtout une grand-mère, ou plutôt une mère, comme vous, restée seule dans la vie et à laquelle, même au prix de mon bonheur, je dois une entière obéissance. Dès ce soir, je lui répéterai tout ce que nous venons de nous dire : si je juge son cœur d'après le mien, elle consentira personnellement; elle m'aidera à surmonter les obstacles que pourrait mettre la noblesse de ma race à l'avenir que j'ai rêvé, que j'ose espérer encore.

Mais si je pensais que le tout que m'a laissé mon père m'imposât le sacrifice de cet avenir, eh bien!... alors encore,

On riait toujours de ses ébats. (Page 30.)

monsieur, vous serez satisfait, car demain matin, avant mon départ, je viendrai vous faire... mais à tous... à vous seul, un éternel adieu!

A demain donc, monsieur... à demain!

Et sans que le vieillard ajoutât un seul mot, les pas du jeune homme s'éloignèrent dans le sentier.

XXVII

Attente.

Le père A-tout-coup-l'on-gagne ne tarda pas lui-même à regagner sa mansarde.

Lise attendait avec anxiété; Lise fit tant et si bien qu'elle connut la réponse de Gaston.

Que la soirée parut longue au père, non moins qu'à la fille.

Ils étaient assis en face l'un de l'autre, tout pleins de leurs pensées, n'osant plus parler ni l'un ni l'autre.

Tout à coup, dans le lointain, l'horloge de Bagnolet sonna minuit.

Le vieillard et la jeune fille avaient écouté tous les deux; tous les deux ils se relevèrent à la fois.

Le père prit la main de sa fille et, s'agenouillant avec lenteur:

— Lise, dit-il, dans cette journée qui commence va se décider tout ton avenir, tout ton bonheur... prions, ma fille... prions, ma pauvre enfant... oh! prions!

Après la prière, il fallut se séparer enfin.

Dans le baiser qu'échangèrent ce soir-là le père et la fille, il y eut tout un de ces poèmes du cœur que peuvent traduire les seuls baisers, les seules larmes.

On ne dormit guère cette nuit-là sous le toit de l'épicier-propriétaire.

Le lendemain matin, bien avant l'heure habituelle, le bonhomme Macaron redescendait déjà l'escalier; mais il crut entendre en arrière un si plaintif soupir, qu'il se retourna dès la quatrième marche, et dit avec son indulgent sourire:

— Allons! ma pauvre enfant, viens, viens avec moi!

Déjà Pipe-Chardonneret les attendait au pied des deux chênes.

Lui aussi il avait deviné, il sentait que ce jour-là était un grand jour.

C'était une tiède et douce matinée de printemps.

Le soleil se levait splendide à l'horizon, chassant devant lui les nuées légères qui s'élevaient de la plaine ainsi que des volées d'âmes blanches qui eussent remonté vers le ciel.

Dans le lointain tout s'éveillait avec une gaieté sereine, avec des épanouissements amoureux; les petits oiseaux chantaient dans les branches leurs plus tendres, leurs plus joyeuses chansons; les insectes bruissaient dans l'herbe humide de la nuit ainsi que des pierreries vivantes; les feuillages brillaient de cet éclat lustral que leur donne chaque matin le printemps; le velours de la mousse était comme argenté; chaque fleur s'épanouissait avec une goutte de rosée sur ses bords; tout était harmonie ou rayon, tout était fraîcheur ou parfum.

De bruyantes cavalcades passaient et repassaient à travers le bois. (Page 23.)

Il eût été doublement cruel d'avoir à souffrir au milieu de ce paradis, qui semblait si bien fait pour l'espérance, le bonheur et l'amour.

La première partie de la matinée s'écoula presque en silence, tant chacun se sentait anxieusement oppressé.

Midi qui tinta tout à coup dans le lointain, les réveilla de la même façon que minuit les avait réveillés la veille.

Gaston ne paraissait pas encore... pas un bruit dans le sentier... personne.

Un sanglot, qu'elle ne songeait plus à contenir, monta jusqu'aux lèvres entr'ouvertes de la jeune fille.

— Lise! s'écria vivement l'aveugle en la serrant sur son cœur, Lise! mon enfant, patience un peu de patience... il va venir.

Et, pour achever de la rassurer, plus bas il ajouta :

— Il l'aime.

— Oui! appuya soudainement Pipe-Chardonneret qui avait fait le sacrifice définitif de son amour au bonheur de la jeune fille, oui, mademoiselle, il vous aime bien... allez! j'en réponds!

Mais tout bas aussi, mais pour lui seul, il ajouta :

— Je l'ai bien compris en l'écoutant hier soir!

— Ah! monsieur Pipe-Chardonneret, vous étiez donc là, dans quelque buisson?... curieux, va!

Cependant, en guise de réponse à son père, Lise avait murmuré :

— Tout nous sépare, hélas!... il est noble, il est riche.

— Riche! se récria follement Pipe-Chardonneret, bah! bah! je me charge d'arranger ça, moi!

— Toi?

— Et pourquoi non? J'ai fait de nouveaux progrès dont vous ne vous doutez même pas; déjà je me suis mis à l'œuvre, une partition colossale, un grand opéra en cinq actes, trois cent mille francs de bénéfice pour le moins! Je vous les destine, mademoiselle Lise, c'est votre dot!

On ne put s'empêcher de sourire, hormis toutefois le présomptueux maëstro qui parlait pour tout de bon.

Brave Pipe-Chardonneret! il avait bien espéré devenir le mari de la fille de l'aveugle cependant!... Mais elle l'avait averti avec tant de franchise... mais, jugeant par ce qu'il souffrait lui-même, il avait deviné tant de secrète souffrance dans ce cœur de jeune fille... mais grâce à l'indiscrétion de la veille, il connaissait si bien la position maintenant... il tremblait si fort aussi, qu'il eût tout donné pour voir arriver Gaston un quart d'heure plus tôt avec une bonne nouvelle, qu'il se fût jeté dans le cratère d'un volcan pour que ce mariage pût s'accomplir, pour que la fille de son vieil ami fût heureuse.

Par malheur, non-seulement personne ne lui demandait ce sacrifice, mais encore il n'avait pas le moindre volcan sous la main.

A défaut de cela, il s'était creusé la cervelle durant toute la nuit; maintenant il cherchait les plus folles imaginations, et cela pour Gaston à présent presque autant que pour Lise, car telle était l'excellente nature de notre ex-gamin que, le sachant aimé par elle, après avoir entendu la loyale réponse de la veille, il pardonnait maintenant à son rival; bien plus, il s'était pris d'une belle passion pour lui.

Tout le monde, sous les deux chênes, aimait donc Gaston

L'Aveugle de Bagnolet. IV.

ce matin-là, tout le monde l'attendait avec une égale impatience.

La journée s'avançait cependant, Gaston ne venait pas.

— Attendez! dit enfin Pipe-Chardonneret, je vais aller au-devant de lui; ça ne le fera pas arriver plus vite, c'est vrai... n'importe! je cours...

Sans attendre la réponse, sans même achever sa phrase, Pipe-Chardonneret prit ses jambes à son cou à travers le bois.

Vingt minutes plus tard il reparaissait tout à coup, pantelant, hors d'haleine, couvert de sueur et de poussière, mais les yeux étincelants de joie, mais les lèvres parvenant avec peine à crier :

— Je l'ai vu... il arrivait au grand galop de son cheval, qu'il a dû quitter à l'entrée du sentier... il accourt presque aussi vite que moi... écoutez plutôt... tenez, tenez, le voilà là-bas.

— Gaston! avait murmuré la jeune fille qui venait de se redresser vivement, une main sur son cœur, à l'aspect du jeune homme entrevu parmi les arbres.

— Lise! commanda tendrement l'aveugle, éloigne-toi pour un instant, ma fille!

Puis, se tournant vers Pipe-Chardonneret :

— Accompagne Lise, ajouta-t-il, et veille sur elle!

Déjà la jeune fille obéissait.

Pipe-Chardonneret la suivit en silence.

Et quelques minutes après, Gaston s'arrêtait devant l'aveugle.

XXVIII

Où va reparaître une certaine douairière que n'a probablement pas oubliée le lecteur.

— Eh bien? demanda l'aveugle de Bagnolet, eh bien?...

— Je ne saurais que vous dire encore, répondit le jeune homme d'une voix haletante et comme égarée; ce matin seulement, après la messe, j'ai pu joindre ma grand'mère, et pour nous la rendre favorable, j'ai cru devoir lui répéter votre touchante histoire...

Dès les premiers mots, elle parut vivement frappée... à mesure que j'avançais, elle semblait en proie à une émotion croissante, étrange... enfin, avant même que je n'aie complètement achevé, elle est tout à coup sortie du salon, elle a demandé sa voiture, et moi... comprenant qu'elle se rendait en toute hâte ici... je me suis élancé sur un cheval, je suis accouru au galop pour vous avertir qu'elle vient... qu'elle est sur mes pas... que la voici.

— Votre grand'mère?

— Oui... la marquise de Vernanges.

A ce nom, le vieil aveugle s'était redressé soudain, béant, éperdu, fou.

Gaston ne le vit pas ainsi.

Tourné vers le chemin, il regardait venir sa grand'mère.

C'était elle effectivement, c'était notre bonne, notre spirituelle, notre charmante douairière, trottant menu sous l'hermine et le satin, preste et coquette encore en dépit des années, jolie et rose toujours, même sous les cheveux blancs, même sous l'étrange émotion qui précipitait en ce moment sa marche à travers le bois, dont elle semblait connaître les chemins.

En apercevant son petit-fils, elle parut contrariée tout d'abord.

Mais, prenant aussitôt son parti, et d'un air tout gaillard, elle fit signe à Gaston de s'éloigner.

Le jeune marquis commençait de reculer en hésitant, mais, ayant aperçu la fille de l'aveugle au détour de l'autre sentier, il se hâta dès lors d'obéir à sa grand'mère.

La marquise et le marchand de macarons restèrent seuls.

XXIX

L. A.

Pendant ce jeu muet, le père A-tout-coup-l'en-gagne était resté dans la même attitude au pied des deux chênes. On eût dit une statue.

La statue de la stupéfaction, de l'attente, du ravissement, de l'extase.

Déjà cependant la marquise avait franchi la distance qui les séparait.

Un instant, elle resta devant le vieil aveugle, silencieuse, immobile, et des larmes plein les yeux.

Puis, tout à coup, elle lui saisit la main.

A ce contact, il y eut dans la poitrine du bonhomme comme le cri d'une lyre dont la dernière corde se brise.

Élevant vers la première cicatrice des deux chênes cette main toujours pressée dans la sienne, ainsi qu'elle eût fait de la main d'un enfant, la marquise lui fit épeler du doigt les initiales aux trois quarts effacées par les ans :

— 7 mai 1789! murmura-t-elle en même temps... André... Lisette!...

— 7 mai 1789! répéta sur le même ton le vieil aveugle... Lisette... André!...

— Ainsi que ces deux arbres, poursuivit mélancoliquement l'harmonieuse voix de la marquise de Vernanges, dont les yeux en pleurs s'élevaient en même temps vers les cimes jumelles... ainsi que ces arbres, nous avons été séparés deux fois dans la vie... ainsi qu'eux nous ne pouvons plus nous réunir que par nos rejetons, par nos enfants!

Il y avait en ce moment dans les airs un miroitement de soleil harmonieux... toutes les voix du bois de Romainville semblaient murmurer en sourdine, une sorte de fanfare céleste... sur la plus haute branche des deux chênes, un rossignol chantait.

— Lisette!... ne put se défendre de crier du fond du cœur le vieil aveugle... Oh! Lisette... ma Lison !

— Silence pour nos enfants, murmura-t-elle avec une tendre autorité, pour eux silence!

— Oui... oui... balbutia tout bas le bonhomme A-tout-coup-l'en-gagne... pardonnez-moi... Oui... vous avez raison, madame la marquise!

— Allons donc !... Lisette pour toujours... Lisette.

Et, par un rapide regard, s'assurant qu'elle ne pouvait être aperçue, la noble douairière avec ces deux derniers mots, jeta deux furtifs baisers sur les yeux éteints du vieil aveugle.

XXX

Fiançailles.

Avons-nous besoin de préciser davantage... le lecteur n'a-t-il pas déjà tout compris?

Notre vieille bonne douairière du faubourg Saint-Germain, c'était tout simplement la petite paysanne de Bagnolet, la joyeuse fleuriste du bois de Romainville, l'héroïne de la bataille de Paris, la Lisette d'André Lambert.

Peu de temps après le mariage du comte de Chauny, son frère aîné, le marquis de Vernanges, était mort.

Depuis lors, la comtesse de Chauny s'était appelée la marquise de Vernanges.

Une fois encore, une dernière fois, elle se retrouvait miraculeusement avec l'ami de son enfance, avec le fiancé de sa jeunesse, avec le bien-aimé de toute sa vie.

Ils étaient là tous les deux, assis auprès l'un de l'autre sur le banc de gazon, au pied de leurs deux vieux chênes, dont l'oracle jusqu'alors n'avait jamais menti, dont la réunion suprême semblait garantir, ainsi que venait de le dire Lisette, qu'eux aussi ne seraient plus séparés maintenant, qu'ils allaient voir se réaliser enfin tous leurs rêves de bonheur !

Autour d'eux, tout se réunissait en ce moment, pour leur rendre plus doux et plus consolant ce divin présage. Jamais le soleil ne s'était plus radieusement éteint à l'horizon d'un ciel plus pur, jamais ses derniers rayons n'avaient caressé le coteau de plus roses reflets, jamais le bois n'avait été plus vert, jamais les brises plus fraîches, jamais plus harmonieuse la chanson du rossignol, qui continuait sa prière le soir au-dessus de leurs têtes, célestement enivrées !

Aussi restaient-ils silencieux l'un et l'autre, mais la main toujours dans la main, mais les cœurs ne formant plus qu'un seul cœur, mais l'esprit également plongé dans les mêmes souvenirs, dans la même espérance.

Il vint un moment où la vieille marquise ferma les yeux comme afin de s'assimiler davantage encore au vieil aveugle, comme afin de ne plus regarder ainsi que lui qu'avec les yeux de l'âme.

Ils se revoyaient donc ensemble, et de la même façon, tels qu'ils avaient été dans ces mêmes lieux, un demi-siècle environ plus tôt... lui, commis insouciant et joyeux, elle, enfantine paysanne d'abord, ensuite pimpante et folle grisette !... Premières courses d'écoliers en vacances à travers le bois... frugales dînettes sur l'herbe, où le pain lui-même semblait si bon !... innocentes causettes par ici... pétulantes contredanses là-bas ; grands éclats de rire partout, printanières émotions, épanouissements fleuris, beaux projets d'avenir bientôt si cruellement déçus !... Puis, la jalousie éveillant l'amour, la scène de l'orage, le terrible coup de tonnerre et ce qui s'en était suivi... les larmes de repentir tombées avec les dernières gouttes de pluie, sur ce même gazon qui, tant de fois avait reverdi depuis ce temps-là !... Les chiffres incrustés dans l'écorce à la lueur d'un éclair... l'enlèvement, la première séparation, la si longue absence, la rencontre inespérée, la belle nuit du combat, le sang coulant après les larmes au pied des deux chênes, qui avaient eu leur tempête et leur bataille, eux aussi ! et qui de même à cette heure, réunis enfin, devaient rêver et se souvenir en s'endormant au milieu de ce beau crépuscule d'été !... Toutes ces joies, toutes ces tristesses, tout revécut, tout repassa, tout voltigea durant quelques minutes autour de la marquise et du marchand de macarons, autour d'André et de Lisette !... Un instant le bon Dieu leur avait rendu leurs vingt ans !

Hélas ! lorsque madame de Vernanges releva ses paupières charmées, elle aperçut une boucle de ses cheveux blancs dans laquelle se jouait le vent du soir... elle vit les yeux éteints de son ami, et au-dessous, dans des rides que le temps lui seul n'avait pas creusées, des larmes !

— André ! lui dit-elle d'une voix aussi douce que celle d'une mère à son petit enfant malade, cher André !... Pauvre André ! je sais tout, maintenant... je sais que la lettre, lorsqu'il me suppliait de devenir comtesse... que tu t'es caché, que tu m'as laissée croire à ta mort, par excès de dévoûment, par un sublime sacrifice. Et voilà vingt années de cela !... Vingt années qu'il a vécu pauvre et seul... Vingt années que, grâce à lui, l'opulence et le luxe sont mon partage ! Oh ! ces vingt années-là, je te les dois, André... et si la marquise de Vernanges est trop vieille aujourd'hui pour te payer à toi-même la dette de Lisette... le ciel me permettra, du moins, d'en acquitter une partie en faisant le bonheur de ta fille !

— Ma fille ! répéta douloureusement le vieillard, que ce mot venait de rappeler tout à coup du plus beau de son rêve aux tristes appréhensions de la réalité.

— Elle est là... reprit Lisette... avec Gaston... mon petit-fils... Oh ! je sais tout aussi maintenant... Tu dois comprendre pourquoi j'hésitais à l'époque des Cent Jours... Il faut me pardonner, André... j'étais mère !... Mais ce n'est pas de nous qu'il s'agit maintenant... Tout pour eux, n'est-ce pas... tout pour nos enfants !

— Oui... Oh !... oui... mais...

— Ils s'aiment... comme nous aimions autrefois... C'est Dieu lui-même qui l'a voulu ainsi, qui a rapproché leurs cœurs ainsi que les derniers rameaux de nos deux chênes.

Mais ce sont des vieillards aussi maintenant, ils disent toujours André et Lisette. L'avenir doit dire Lise et Gaston !

— Gaston de Vernanges !... répéta amèrement l'aveugle, en appuyant sur le dernier mot qui, à lui seul, était peut-être une infranchissable barrière.

— André ! reprit plus gravement la marquise. Je ne te le cache pas... J'aurai bien des obstacles à vaincre... des obstacles devant lesquels j'avais reculé, malgré les prières de Gaston... des obstacles qui, ce matin encore, me paraissaient insurmontables... Mais je sais maintenant que Lise est la fille d'André... Je serai courageuse et forte, et ce que la marquise de Vernanges n'osait pas, Lisette le tentera... Patience, donc, ami, et bon espoir !...

Puis, sans doute pour donner à cette promesse une sorte de consécration solennelle, elle se redressa bravement, et du geste appela les deux amoureux qui, dans leur impatience de connaître le résultat d'un aussi long entretien, commençaient à se montrer à travers les arbres.

Gaston accourut aussitôt.

Craintive encore, Lise venait lentement derrière lui.

Dans le lointain, osait à peine s'avancer la tête de Pipe-Chardonneret.

— Grand'mère ! s'était écrié le jeune homme, en se précipitant vers la vieille marquise, dans les yeux de laquelle il avait cru voir briller comme l'aurore de son rêve accompli.

— Mon fils !... dit-elle d'abord en le serrant dans ses bras...

Puis, tendant une main à la fille de l'aveugle :

— Ma fille !... ajouta-t-elle...

Et, attirant sur son cœur la douce enfant étonnée, elle la confondit avec Gaston dans un même adorable embrassement, dans une même maternelle étreinte.

André ne l'avait pu voir, mais il avait entendu. A son tour, il s'était redressé, son visage se transfigurait par une béatitude surhumaine.

Les deux jeunes gens avaient eu un cri de folle joie.

Pipe-Chardonneret avait bondi de trois énormes pas en avant.

— Mes enfants ! poursuivit la marquise avec une voix profondément émue, avec un de ces sourires qui semblent empruntés aux anges, mes chers enfants, si votre mariage ne dépendait que de ma seule volonté, à l'instant même je vous dirais : dès cette heure vous êtes unis. Malheureusement, Gaston dépend de la famille de Vernanges, et surtout de son tuteur, qui doit exercer sur son avenir l'autorité d'un père. Ce sont là de grandes difficultés, sans aucun doute... Ne vous effrayez cependant pas trop, mes mignons... je sais employer tout ce qui me reste d'énergie à aplanir sous vos pas le chemin qui conduit à l'église. Ce sera peut-être un peu long, patience ! Tout ce que je puis vous assurer aujourd'hui, c'est que vous êtes fiancés dans mon cœur... C'est que vous pouvez dès à présent vous agenouiller devant ce pauvre vieillard aveugle, qui a connu jadis un des temps plus heureux, qui a rendu un grand service à votre famille, Gaston, à vous-même... que nous devons respecter et chérir ainsi qu'il le mérite... et dont la sainte bénédiction ne saurait manquer, assurément, de vous porter bonheur !

Étonnés l'un et l'autre, mais sentant planer autour d'eux un de ces secrets sur lesquels on n'interroge pas la vieillesse, Lise et Gaston fléchissaient lentement le genou devant le vieil aveugle. La nuit était venue... La lune éclairait doucement le bois silencieux et désert.

L'émotion qui oppressait André n'était pas de celles qui s'expriment par des paroles ; il se contenta d'étendre ses deux tremblantes mains au-dessus de deux jeunes têtes pieusement inclinées devant lui.

Debout à quelques pas de là, le regard souriant à travers de douces larmes, la main sur son cœur, la marquise de Vernanges contemplait ce tableau, que du haut du ciel devait aussi regarder Dieu, vers lequel montaient en ce moment quatre ferventes et muettes prières.

On n'entendait aux alentours que les sanglots à peine contenus de Pipe-Chardonneret.

Et les frémissements du vent à travers le feuillage des deux vieux chênes.

Si les arbres ont des âmes, oh! ces deux arbres-là devaient être aussi bien contents!

Un rayon de lune tombait précisément sur cet endroit de leur écorce, qui gardait encore religieusement l'empreinte des deux chiffres... L. A... Ils semblaient comme resplendissants d'une prophétique et mystérieuse auréole. Quelques minutes se passèrent ainsi.

Puis les deux jeunes gens se relevèrent, la main toujours dans la main.

— Gaston, dit alors la marquise, il est temps de rentrer à l'hôtel de Vernanges. La lutte va commencer dès ce soir... A mon âge, on a besoin d'un appui... Votre bras!

Un instant plus tard ils allaient s'éloigner.

Mais dans les yeux bleus de sa fiancée, même dans les yeux sans regard du vieil aveugle, Gaston lut au moment de partir une dernière supplication.

— Je reviendrai tous les jours, fit-il rapidement.

— Impossible!... se récria la vieille douairière, déjà revenue à son humeur enjouée; impossible, mon mignon... Dès demain matin, dès ce soir, s'il est possible, vous partez pour la Bretagne... Un voyage de haute importance pour vos amours!

— Mais qui les tiendra au courant de nos démarches? se récria le jeune marquis... Ne comprenez-vous donc pas, grand'mère, qu'il faudra des nouvelles chaque soir au bois de Romainville?

Il y eut un nouveau silence.

Ce fut Pipe-Chardonneret qui le rompit.

— Si madame la marquise m'autorisait à lui servir de courrier, proposa le brave garçon, je suis discret comme le dévoûment, et j'ai de fameuses jambes!

— A merveille!... consentit madame de Vernanges. Je donnerai des ordres en conséquence, monsieur le courrier... c'est convenu!

Et l'on se sépara enfin.

Mais non sans que la marquise se fût rapprochée du vieil aveugle à la faveur des derniers adieux, mais non sans qu'elle lui eût une dernière fois serré la main, en jetant ces quelques mots à son oreille:

— Es-tu content de la marquise de Vernanges, André?

— Merci! murmura tout bas le bonhomme *A-feut-coup-l'ou-gagne*... Oh! merci, Lisette!

XXXI

Une idée d'ingénue.

Après le départ de la marquise de Vernanges et de son petit-fils, Pipe-Chardonneret fut le seul qui laissa bruyamment déborder sa folle joie.

— A-t-elle bien fait de refuser d'être madame Pipe-Chardonneret, s'écria-t-il avec une naïveté sublime, elle sera marquise de Vernanges!

Hélas! dès le lendemain soir, en arrivant à l'hôtel de Vernanges, le brave garçon pressentit que le mariage-là n'était pas encore fait. Dans un coin de la vaste cour, les laquais étaient en train de laver une vieille chaise de poste provinciale, encore à demi revêtue d'une épaisse couche de poussière.

Évidemment quelqu'un de la famille était arrivé. — Était-ce un allié? n'était-ce pas plutôt un ennemi? Pipe-Chardonneret se prit à trembler de tous ses membres en apercevant l'oncle même de Gaston, le terrible tuteur dont il avait été parlé devant lui la veille au soir.

Par un hasard qui ne présageait rien de bon, M. de Lescars s'était croisé la nuit précédente avec Gaston de Vernanges, parti presque immédiatement après la scène du bois de Romainville, pour porter une mystérieuse lettre de sa grand'mère à la baronne de Lescars, femme du tuteur en question, mère de Caroline, sœur de feu M. le marquis de Vernanges.

Une étroite amitié, comme on se le rappelle sans aucun doute, unissait les deux vieilles dames. Jadis la baronne avait supplié Lisette de devenir la femme de son frère. Elle n'ignorait par conséquent rien du passé. La marquise de Vernanges, en lui révélant le présent, croyait donc pouvoir compter sur elle comme une auxiliaire toute-puissante auprès de son mari, le redouté baron de Lescars. Et voilà qu'avant même que la lettre ne fût arrivée en Bretagne, avant que la baronne ait été prévenue, ait pu agir, le baron arrivait précisément à Paris, dans l'intention toute résolue de hâter le mariage de sa fille Caroline avec Gaston de Vernanges.

Ne s'agissait-il pas d'ailleurs de s'assurer le million du cousin de Gibrac?

Aussi, Pipe-Chardonneret trouva-t-il la pauvre vieille douairière toute désillusionnée, toute désespérée.

— Attends-moi là, mon garçon, dit-elle en le laissant dans son petit boudoir, M. de Lescars est là... je vais causer avec lui... puis je reviendrai t'apporter des nouvelles pour là-bas... mais, hélas! j'ai grand'peur qu'elles ne soient pas encore aujourd'hui ce que nous espérions hier soir.

Et madame de Vernanges passa dans le salon voisin. Pipe-Chardonneret resta seul dans le boudoir. Durant le premier quart d'heure, il eut beau prêter l'oreille, il n'entendit absolument rien. Puis, les deux voix s'élevèrent peu à peu, une surtout... une voix aigre, courroucée, inexorable.

— C'est le tuteur, pensa judicieusement le maëstro. Ça va mal!

Effectivement, lorsque la vieille marquise rentra, elle était pâle, et ses yeux, légèrement rougis, annonçaient qu'elle avait pleuré.

— Mon garçon, dit-elle d'un air abattu, je n'ai ni la force, ni le temps d'écrire ce soir... Garde-toi cependant d'effrayer nos amis; dis-leur qu'il faut attendre le retour de Gaston... Dis-leur que j'irai moi-même au bois de Romainville... Oui, c'est cela... demain à la même heure qu'hier... A demain!

Et la courageuse douairière sortit pour relancer le maudit baron qui venait de passer dans la salle à manger.

Resté seul pour la seconde fois, déjà, Pipe-Chardonneret se disposait à sortir de l'hôtel:

— Psitt! psitt! fit-on précautionneusement derrière lui.

Il se retourna vivement. Une troisième porte du boudoir venait de s'ouvrir tout à coup. Une jeune fille était là... brune, éveillée, charmante... qui s'avançait sans bruit sur la pointe de ses pieds mignons. Est-il besoin de le dire... c'était Caroline de Lescars. Est-il besoin de l'ajouter, l'espiègle jeune fille avait tout écouté, tout entendu.

— Monsieur Pipe-Chardonneret, débuta-t-elle de l'air le plus attrayant du monde.

— Tiens! fit celui-ci, de plus en plus émerveillé; tiens... on me connaît donc, ici?

— Moi, du moins... qui suis l'amie de Lise Lambert, et qui, pas plus tard que ce matin, ai reçu cette lettre d'elle... Voyez plutôt!

Pipe-Chardonneret n'eut besoin que d'un regard pour reconnaître l'écriture de Lise, pour avoir toute confiance dans ce qu'allait lui dire Caroline.

— Vous désirez le mariage de Lise et de Gaston? reprit-elle presque aussitôt.

— Si je le désire!... c'est-à-dire que pour ça je donnerais... n'importe quoi! s'empressa de déclarer Pipe-Chardonneret.

— Je partage exactement votre manière de voir, sourit la jeune fille, et là, tout à l'heure, je me disais: puisque les grands parents réussissent si mal, et surtout si lentement, pourquoi n'essaierions-nous pas de notre côté, M. Pipe-Chardonneret et moi?

— Mademoiselle?

— Pourquoi n'associerions-nous pas, dans un même effort, nos deux dévoûments, auxquels on se garde bien de songer? Qui sait, cependant... j'ai idée que nous irions beaucoup plus vite.

— Je ne comprends pas.

— Vous n'avez nul besoin de comprendre, monsieur Pipe-Chardonneret, il s'agit du bonheur de Lise.

— C'est juste, mademoiselle... me voici prêt à vous obéir aveuglément. Que faut-il faire?

Ils firent une longue promenade à travers le bois. (Page 35.)

— M'enlever.

Pipe-Chardonneret fit un tel bond qu'il faillit tomber à la renverse.

— Eh! mon Dieu, oui! répéta plus mutinement que jamais l'adorable lutin... je parle très sérieusement. Il faut m'enlever aujourd'hui... à l'instant même...

— Moi?

— Vous-même!

— Cependant...

— Pas de cependant!

— Mais...

— Pas de mais... vous m'avez promis de m'obéir les yeux fermés...

— C'est qu'en vérité...

— Voyons, je suis bonne fille... En partant d'ici, je dois y laisser certaine lettre que je vais écrire là, et lire à haute voix tout en l'écrivant. Cela vous rassurera peut-être un peu... Écoutez!

Là-dessus, et sans même attendre la réponse de Pipe-Chardonneret, qui de plus en plus croyait rêver, Caroline sauta, ainsi qu'une jeune chatte alerte, au beau milieu d'un grand fauteuil de velours, attira, sans bruit, à elle, le petit bureau de madame de Vernanges, et tandis que sa blanche main griffonnait sur le papier armorié, elle lut, suivant sa promesse, en appuyant sur chacun des mots :

« Monsieur le baron,

« Je fais peut-être une folie. Mais ne vous en prenez qu'à

« votre tyrannie qui s'obstine, malgré tout, à vouloir me faire
« épouser mon cousin Gaston. »

Ici, Pipe-Chardonneret fit un mouvement.

— Ah! souligna Caroline avec un féerique sourire.

Puis elle continua :

« Bien résolue à n'être jamais marquise de Vernanges, je
« pars avec celui que mon cœur a choisi. »

Ceux qui auraient pu voir en ce moment la figure de Pipe-Chardonneret, n'eussent pu se défendre de pouffer de rire.

« Avec celui que j'aime, avec le vicomte Albert de Simiane,
« qui profite de cette occasion pour solliciter une fois encore
« la main de

« Votre très-obéissante et respectueuse fille,

« CAROLINE DE LESCARS. »

Après avoir intrépidement signé cette déclaration de guerre, la charmante rebelle glissa la lettre dans une enveloppe, au dos de laquelle elle écrivit :

À Monsieur le baron de Lescars.

Puis, se retournant vers Pipe-Chardonneret :

— Eh bien? fit-elle, êtes-vous plus content?

Le maëstro était beaucoup trop abasourdi pour répondre.

La gentille conspiratrice en profita pour donner ses derniers ordres.

— Maintenant, reprit-elle vivement, vous allez sortir comme si de rien n'était, prendre une voiture de place et la ramener, les stores hermétiquement baissés, à quelques pas de la porte du couvent qui touche à cet hôtel. Mais allez donc vite, cher monsieur Pipe-Charbonneret, le temps nous presse en diable!

— Mademoiselle!... tenta de parlementer encore le pauvre garçon; en bonne conscience... songez-y donc... ce que nous allons faire...

— Nous allons faire de Lise Lambert une marquise de Vernanges... voilà tout!

— Vous êtes donc bien certaine que ça décidera le mariage?

— J'ose espérer du moins que ça y contribuera beaucoup!

— Ah!... si je le croyais...

— Mais regardez-moi donc, monsieur Pipe-Charbonneret, ai-je donc la figure de quelqu'un qui songe à tromper, qui veut vous induire à mal?

Pipe-Charbonneret eut l'imprudence de regarder Caroline. Elle semblait si franche et si décidée... Il y avait tant d'éclat dans ses yeux, tant d'innocente espièglerie dans son sourire, de si purpurines couleurs sur ses joues, dans toute sa lutine personne tant d'irrésistible entraînement... elle était si jolie enfin, que Pipe-Charbonneret ne put conclure d'autre façon qu'en s'écriant:

— Ah! tenez, mademoiselle, décidément vous m'ensorcelez... Arrive que pourra... tant pis... je me risque!

— A la bonne heure! s'écria triomphalement la folle jeune fille, qui n'imagina rien de mieux pour récompenser son complice, que de lui sauter inopinément au cou, et de l'embrasser bel et bien sur les deux côtés de sa barbe rousse, ce qui ne contribua pas peu à augmenter le trouble du pauvre garçon.

Enfin, le poussant en dehors par les deux épaules:

— A bientôt! termina-t-elle. N'oubliez rien... adresse, promptitude et prudence!

Pipe-Charbonneret descendit le grand escalier de l'hôtel comme un homme ivre, comme un fou.

— Quelle enchanteresse! se disait-il. Elle a le diable au corps, ma parole d'honneur!... Moi, l'enlever!... en voilà une misère!... Avec ça que la lettre ne m'a guère fait comprendre davantage, et que j'ai grand'peur de commettre une énorme incongruité... N'importe, j'ai promis, exécutons-nous!

Quelques minutes après, un fiacre s'arrêtait effectivement à l'endroit indiqué. Derrière les stores hermétiquement clos, notre musicien qui n'avait jamais imaginé pareille fugue, se tenait aux aguets. Caroline de Lescars, qui venait de prétexter une visite à ses anciennes amies du couvent, ne tarda pas à paraître, suivie du vieil Ambroise. Mais, arrivée à la porte que surmontait une petite statue de la Vierge, elle se retourna prestement vers son guide, et avec toutes sortes de petites chatteries hypocrites:

— Mon vieil Ambroise, lui dit-elle, je resterai peut-être longtemps... Le parloir du couvent est trop froid... tu as des rhumatismes... je ne veux pas t'exposer... retourne à l'hôtel et tiens-toi à une fenêtre donnant sur le jardin; quand je désirerai revenir, je te ferai signe... va!

Après quelques hésitations, Ambroise qui, du reste, ne demandait pas mieux, se résigna.

Mais à peine eut-il tourné les talons, que l'alerte fugitive bondit tout d'un trait jusqu'au fond de la voiture, dont son complice involontaire venait d'entr'ouvrir machinalement la portière.

— Et vivement, commanda-t-elle en même temps. Dites donc au cocher de partir au galop... si c'est possible.

— Je ne demande pas mieux, moi, mademoiselle... mais où allons-nous?

— A Bagnolet... parbleu... chez Lise Lambert!

— Ah! fit Pipe-Charbonneret qui se sentit un énorme poids de moins sur la conscience. Fouette, cocher!

Sa grand'peur se dissipait déjà. Il commençait enfin à comprendre.

XXXII

Parole de gentilhomme.

Grande fut la stupéfaction, et disons-le tout de suite, la joie de la marquise de Vernanges, lorsqu'en arrivant le lendemain au pied des deux chênes, elle retrouva sa nièce envolée, la fugitive Caroline de Lescars.

— Comment?... voulut-elle gronder. Comment, malheureuse enfant!...

— C'était pour le bonheur de Lise et de Gaston!... interrompit vivement le gracieux lutin de la famille. Demandez plutôt à M. Pipe-Charbonneret, ma bonne tante... Avons-nous réussi?

— Pour toi-même, oui... Pour eux, hélas! pas encore!

— Pas possible!

— Soit!... a répondu ton père. Qu'elle épouse M. de Séviane... Elle est payée d'avance par la perte de la moitié dans le million du cousin de Gibrac, qui revient désormais tout entier à mon pupille Gaston de Vernanges. Raison de plus pour ne le marier que suivant sa fortune et son rang!

— Et vous n'avez rien répondu à cette énormité-là!

— Oh!... si fait... chère folle... Mais tu ne connais donc pas l'entêtement de ton père?... C'est le Breton le plus Breton de tous les Bretons, que M. le baron de Lescars.

A ce nom, qui pour la première fois était prononcé devant lui, le vieil aveugle jeta un cri soudain.

Tout le monde aussitôt se retourna vers le banc de gazon. André Lambert était debout... Une étrange émotion se lisait sur son visage, et durant quelques secondes d'abord, elle semblait lui refuser la parole.

— Le baron de Lescars! s'écria-t-il enfin... Est-ce bien le nom que vous avez dit, le nom du tuteur de Gaston... Répétez... Oh!... mais répétez-le donc!

— Oui, mon ami... confirma la marquise. C'est bien le baron de Lescars...

— Et n'y a-t-il personne autre que lui de ce nom dans la noblesse de France?

— Personne... j'en suis bien certaine... personne autre que lui ne l'a même porté depuis cinquante ans.

— Ah!... soyez béni, mon Dieu!... s'écria le vieil aveugle, avec l'explosion triomphante d'une incompréhensible joie.

Puis, se retournant au bruit des chuchottements des jeunes gens étonnés:

— Vous pouvez aussi remercier le ciel, mes enfants, ajouta-t-il... Car il se mêle bien décidément de votre bonheur!

— Expliquez-vous? demandaient toutes les voix. Que signifie...

— Cela signifie que madame la marquise va me faire l'honneur de me conduire immédiatement auprès du baron de Lescars.

— J'ai là ma voiture, mon ami.

— Très-bien... Partons!

— Mais...

— Tout ce qu'il me plaît de vous dire à présent, mes bons amis... c'est qu'à ce fameux tuteur je m'en vais conter une histoire...

— Une histoire?

— Madame la marquise l'entendra, tout naturellement, car elle voudra bien me faire l'honneur de rester présente à l'entretien... Quant à vous, mes jeunes amoureux, un peu de patience et de foi... J'ai déjà conté quelque chose à madame la marquise, qui a joliment avancé les affaires... Eh... eh... eh... peut-être ce que je vais rappeler au baron vous prouvera-t-il qu'il en est de mes récits comme de mes macarons, et qu'il ne faut pas trop se moquer des histoires du bonhomme *à-tout-coup-l'on-gagne!*

Là-dessus, sans vouloir s'expliquer davantage, il s'éloigna tout malicieusement guilleret au bras de la marquise de Vernanges.

. . . .

Une heure plus tard, le vieil aveugle était en présence du baron de Lescars qui, malgré les instances de sa belle-sœur, avait été bien rétif à recevoir le père de Lise.

C'était un petit vieillard, plein de verdeur et de vivacité, tête à la poudre et à la culotte courte. En dépit de sa houppelande violette, il conservait un grand air; à travers ses ridicules, qu'il exagérait avec une sorte de fatuité, on devinait un de ces derniers types bretons, tout de vaillance et d'honneur.

Bien que fermement résolu à ne pas céder un pouce de terrain, il accueillit le pauvre plébéien avec cette exquise politesse qui reste l'apanage de la vieille noblesse française; il l'avait fait asseoir à côté de la marquise, mais il restait debout encore lui-même, et durant les préliminaires de l'entrevue, il tambourinait avec un reste d'impatience sur le dossier du fauteuil auquel il s'appuyait négligemment de l'autre bras.

— Monsieur le baron, débuta tout à coup l'aveugle de Bagnolet, c'était une bien belle nuit... n'est-il pas vrai... que la nuit du 23 octobre 1796?

A cette date, le vieux gentilhomme se redressa soudain, et cessa complètement de tambouriner sur le bois du fauteuil.

— Il y avait des gens néanmoins qui n'étaient pas de cet avis, continuait l'autre vieillard, sans paraître s'apercevoir de rien. Là-bas, chez vous, monsieur le baron... e, Bretagne... tout à l'extrémité de la pointe du Finistère... on eût désiré cette nuit plus sombre... car il y avait dans ces récifs une barque cachée, qui devait, sans que personne le soupçonnât, s'approcher du rivage... car dans les grottes de la falaise il y avait des Vendéens, des proscrits, qui espéraient s'embarquer cette nuit-là sans être aperçus de personne!

— Monsieur! balbutia le baron de Lescars en avançant d'un pas... Monsieur, d'où pouvez-vous savoir...

— Monsieur le baron le comprendra sans peine, s'il daigne m'écouter jusqu'au bout... reprit avec calme le bonhomme *A-tout-coup-l'en-gogue*.

Et il continua ainsi :

. . . .

— Tout à coup, au moment même où le signal allait être donné à la barque, au moment où les fugitifs s'apprêtaient à sortir de la caverne, voilà qu'au sommet de la falaise, et se détachant en noir sur le bleu limpide du ciel, ils aperçoivent la silhouette d'une sentinelle perdue, qu'on avait eu la fatale idée de placer à l'extrémité du promontoire précisément cette nuit-là.

— Les républicains ont-ils quelques soupçons, murmurent probablement ceux-ci?

— Serions-nous trahis? disent les autres.

— Ce n'est qu'un homme, après tout!... décide le plus hardi... Attendez-moi...

Et, le poignard à la main, le voilà qui rampe sans bruit à travers les broussailles, dans la direction du pauvre soldat.

Heureusement pour celui-ci, malheureusement pour les royalistes, c'était un enfant de Paris; il avait l'oreille fine, l'œil clairvoyant et la main leste.

A peine le poignard se levait-il sur sa poitrine, qu'il saisissait déjà le bras, qu'il terrassait son ennemi, et que, lui mettant aussitôt sa baïonnette sur la gorge, il lui disait :

— Halte-là! monsieur le chouan... Ne bougez plus, ou vous êtes mort!

. . . .

Jusque-là, le baron de Lescars avait écouté, mais avec une émotion croissante; à ce dernier mot, à ce mot terrible, il pâlit affreusement, et tomba plutôt qu'il ne s'assit enfin sur le fauteuil.

De plus en plus étonnée, la marquise de Vernanges regardait en silence tour à tour les deux vieillards.

Le bonhomme *A-tout-coup-l'en-gogue* avait pour un instant suspendu son récit, et écoutait.

Mais, voyant que personne ne profitait de cette interruption, il poursuivit :

. . . .

— L'homme que menaçait ainsi le soldat, était brave, monsieur le baron, car il ne trembla pas, il ne sourcilla même pas.

Mais, arrêtant avec vigueur le fer de la baïonnette, il dit au volontaire républicain d'une voix résignée :

— Monsieur, je voulais vous tuer, tuez-moi... c'est trop juste... Mais il y a là-bas une barque qui devait sauver cette nuit dix malheureux... Un mot de vous, un seul cri pour donner l'alarme... et, au lieu de la liberté qui les attendait, ils seront tous fusillés demain matin!

— Incontestable!... fit impassiblement le bleu. On connaît l'ordre du jour!

— Si vous tournez la tête au contraire, reprit le blanc, si vous feignez de ne point voir, il y aura dix gentilshommes qui vous devront la vie. Faites de moi ce que bon vous semble, monsieur, mais sauvez-les!

Malgré cette ardente prière, le soldat ne répondit pas tout d'abord.

— Eh bien! fit le proscrit, ne m'avez-vous point entendu, monsieur?

— Si fait... parbleu... mais je réfléchis...

— A quoi donc?

— A ceci... que si vos camarades en réchappent, c'est moi, selon toute probabilité, qui serai fusillé demain matin!

L'argument était si péremptoire, que le gentilhomme se trouva plus un mot à répondre.

Il croyait tout perdu.

Mais le soldat était un pauvre diable qui n'espérait plus de bonheur en ce monde, et qui, par conséquent, ne tenait guère à la vie.

Bien plus, quoique ses infortunes lui vinssent d'un noble, il n'avait pas de haine dans le cœur.

— Monsieur, reprit-il donc après un court silence, quel est le signal pour faire approcher la barque?

— Une flamme agitée par trois fois en l'air, répondit le gentilhomme.

— Bien!

Le soldat tira de sa giberne une blague à tabac, et se mit à bourrer silencieusement sa pipe.

Puis, après avoir mis le feu à un papier d'une assez grande dimension... l'ordre du jour précisément... il en agita par trois fois la flamme, et finit par allumer sa pipe avec ce qui en restait.

Se détachant aussitôt du rocher, la barque ne tarda pas à aborder au rivage.

Du haut de la falaise, les deux hommes virent les dix ombres sortir une à une de ses flancs, et passer successivement dans le bateau.

Lorsque le dernier fut embarqué :

— A votre tour, monsieur! dit seulement alors la sentinelle républicaine au proscrit vendéen qu'il cessa de menacer tout à coup.

Le gentilhomme se redressa vivement, saisit la main du soldat, et passa à son doigt un anneau sur lequel un chiffre et des armes étaient gravés.

— Monsieur, dit-il d'une voix solennellement émue, on n'offre pas de l'argent à des hommes tels que vous... mais gardez cette bague, à l'aide de laquelle nous pourrons nous reconnaître un jour... et dans quelque lieu que ce soit; quelques nouveaux changements que l'avenir nous garde, quoi que vous me demandiez, j'en prends le ciel à témoin, je vous donne ma parole de gentilhomme breton... je ne vous refuserai rien... non, rien... à vous qui sauvez la vie de mes dix compagnons, je ne saurai moi-même!

Le soldat ne répliqua que par un geste assez indifférent.

Puis, tout en achevant sa pipe, il regarda le gentilhomme redescendre la falaise au clair de la lune, et rejoindre les dix autres proscrits dans la barque, qui ne tarda pas à disparaître dans les brumes de la haute mer.

Bien des années se sont écoulées depuis cette nuit-là, monsieur, conclut en se levant avec lenteur le vieil aveugle.

Le soldat de la République eut de la chance cette fois, il ne fut pas fusillé... c'était moi!

Au cas où mon visage serait devenu méconnaissable... voici des armoiries et des chiffres qui n'ont pas changé... voici la bague!...

Est-il besoin d'y joindre un nom?

— C'est inutile, André Lambert! répondit l'autre vieillard

se se redressant à son tour avec une dignité cette fois complète, ce chef royaliste, ce proscrit vendéen se nommait le baron de Lescars... Qu'exigez-vous de moi, monsieur?

— J'ai l'honneur de vous demander la main de M. le marquis Gaston de Vernanges, votre neveu, pour Lise Lambert, ma fille.

— O mon Dieu! priait tout bas la marquise de Vernanges, les yeux au ciel.

Le baron de Lescars dut faire un violent effort avant de formuler sa réponse.

Le suprême entêtement de ses préjugés, la dernière révolte de son orgueil lui montaient à la gorge, et lui coupaient la parole bien autrement encore qu'autrefois la baïonnette de la sentinelle républicaine.

Mais il parvint à se dompter enfin lui-même, et ce fut d'une voix franchement résolue qu'il répondit :

— Assurément, monsieur, vous ne pourriez me demander un plus grand sacrifice... mais que voulez-vous... j'ai promis que je ne vous refuserais rien... Un gentilhomme breton n'a que sa parole !

XXXIII

Conclusion.

Je déteste les dénouements sur les lesquels il y a trop de points.

Vous pensez de même, n'est-il pas vrai?

Lorsque Gaston ramena la baronne de Lescars, il trouva le baron, non-seulement consentant, mais de plus enchanté.

Il avait reçu la visite de la supérieure du couvent; il y avait deux jours qu'il connaissait Lise.

Ainsi s'appelle-t-elle présentement la marquise de Vernanges!

Et Caroline de Lescars la vicomtesse de Simiane.

Voici l'essentiel de notre dénouement, ce me semble.

Quant aux autres personnages de cette histoire, qu'il vous suffise de savoir encore:

Que l'autre marquise de Vernanges, la douairière, s'est fait bâtir, non loin de Romainville, un ravissant Trianon de campagne; qu'elle y passe les trois quarts de l'année en tête-à-tête avec l'ex-bonhomme *À-tout-coup-l'on-gagne*; que parfois, au déclin du jour, on les rencontre assis tous les deux et souriants au pied du vieux chêne; que chacun s'étonne de cette subite et familière sympathie. Lise et Gaston l'expliquent entre eux le plus simplement du monde.

— Il était si malheureux! dit Gaston.

— Elle est si bonne! dit Lise.

— Sont-ils rajeunis tous les deux! ajoute Pipe-Chardonneret, devenu l'ami, le protégé, le boute-en-train non moins des vieux que des jeunes; sont-ils alertes maintenant!... sont-ils guillerets!... sont-ils heureux!...

Et à propos de M. Pipe-Chardonneret, ajoutons en terminant qu'il est aujourd'hui grand chef d'orchestre et grand musicien... pour tout de bon.

Enfin, pour n'oublier ni les végétaux ni les choses... voilà le printemps; les deux chênes du bois de Romainville sont plus verts que jamais. Et le tourniquet aux macarons?... Il est pieusement suspendu dans l'oratoire de la jeune marquise de Vernanges. Chaque jour, dans sa prière, elle lui adresse un regard reconnaissant... Souvent elle dit, en le montrant à son mari:

— C'est de là que sont sortis mon éducation, notre bonheur... N'oublions jamais les macarons de l'aveugle de Bagnolet, mon ami; c'est le talisman désormais de la famille de Vernanges!

Saint Germain. — Imprimerie D. BARDIN et Cᵒ.